MARGHERITA OGGERO

UNA PICCOLA
BESTIA FERITA

OSCAR MONDADORI

© 2003 Arnoldo Mondadori Editore S.p.A., Milano

I edizione Omnibus maggio 2003
I edizione Oscar bestsellers maggio 2004

ISBN 978-88-04-53243-9

Questo volume è stato stampato
presso Mondadori Printing S.p.A.
Stabilimento NSM - Cles (TN)
Stampato in Italia. Printed in Italy

Anno 2010 - Ristampa   10 11 12 13 14

www.librimondadori.it

UNA PICCOLA BESTIA FERITA

Solo ciò che è umano può essere davvero straniero.

WISLAWA SZYMBORSKA, *Salmo*

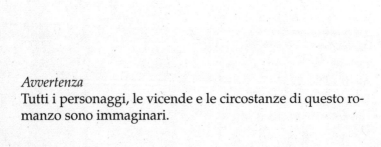

Avvertenza
Tutti i personaggi, le vicende e le circostanze di questo romanzo sono immaginari.

L'aveva fiutato subito, l'odore d'infelicità.

Continuava a sentirlo ogni volta che incrociava il ragazzo nell'androne, davanti alla porta dell'ascensore o su per le scale. L'infelicità la paura l'eccitazione sessuale l'ira hanno odori precisi: i cani li distinguono benissimo. E anche lei, che non era un cane ma che quasi a compensare lo sguardo sfocato da miope e l'imbarazzante mancanza di senso d'orientamento possedeva un olfatto finissimo. Un olfatto assoluto.

Sono un relitto – pensò blandamente –, un fossile vivo, un pollone laterale non potato per un abbiocco imprevisto della selezione naturale. Uno sbaglio insomma. Ma se almeno lo sbaglio servisse a qualcosa, a scovare tartufi per esempio, o a inventare profumi, e invece no, ho scelto altre strade e non mi serve a niente. Quasi a niente. Meglio mantenere il segreto e fingere la normalità.

Levrone, di cognome il ragazzo fa Levrone, e di nome Cristian o forse Christian, l'acca nobilita e favorisce il salto di classe insieme alla jei all'ipsilon e alla kappa, così tutti discendono dai Paleologi o da Carlo Magno. Perfino madama Buonpeso – la preside – grazie a una ipsilon finirà col trovarsi un antenato illustre, un quadrisnonno del bisnonno di suo cugino che ha partecipato a una crociata, sia pure la più miseranda e sfigata, omessa da tutti i manuali di storia. Dalle tempo a smanacciare sulla tastiera del computer:

qualcosa salterà fuori e, impegnata come sarà a rimodellare l'albero genealogico e a farsi disegnare lo stemma, chissà che le riunioni pomeridiane non si sfoltiscano un po'.

Quella di oggi si intitola: *Definizione dei criteri di omogeneizzazione della docimologia nella valutazione delle competenze in aree disomogenee* e significa – forse – che ci dobbiamo mettere d'accordo su quando come e perché assegnare un quattro o un otto in ragioneria e in italiano. C'è anche chi crede negli Ufo, o che gli asini possano volare.

Diciassette anni o giù di lì, bruttarello acneico e odoroso di infelicità: il soggetto ideale per imbastirci un raccontino mentale o lo script di un privatissimo film, invece di perdersi nel gioco degli anagrammi che è la mia specialità per non vedere non sentire e sopravvivere.

Quando lei arrivò, l'aula magna era già affollata e puzzolente. Chiamarla "magna" era un accrescitivo eufemistico, un'abitudine profiesca, un vezzo da avvocaticchio attempato, di quelli che sputacchiano ogni cinque minuti un filamento o una scorzetta liceale rimasta incastrata fra i denti: *absit iniuria verbis, redeamus ad rem, omnia munda mundis.* "Puzzolente" invece andava bene, era un aggettivo appropriato. Le sedie verso il fondo erano tutte occupate perché i prof replicano a ogni riunione la consuetudine studentesca del primo giorno di scuola: accaparrarsi i posti più lontani e defilati nella speranza di farsi invisibili e di sfangarla meglio. Meno i leccapiedi i secchioni e i narcisi che stanno sempre in prima fila.

Adocchiò qualche sedia libera in posizione mezzana e scelse quella tra la Bertola e Campigli, perché la prima era un tipo taciturno e il secondo aveva l'aria svagata di chi sogna canne ad Amsterdam e Goa, anche se un po' in ritardo sulle tabelle di marcia. Si sedette, salutò a cenni, scivolò sulla sedia per non essere puntata dall'autorità: silenzio alla sua sinistra, sguardo da trip mentale a destra, poteva partire anche lei per i suoi viaggi mentali.

Diciassette anni, il fisico gracilino di chi non tira notte in palestra, qualche pustola massacrata da unghie feroci, abbigliamento informe – non il falso informe firmato da cucibottoni internazionali, proprio informe informe: jeans qualsiasi da bancarella, idem per magliette e giubbotti. Nell'insieme il ritratto di chi ha rinunciato a curare il proprio aspetto perché non si ama e non si sente amato, perché la ragazza della terza C o la sorella del compagno di banco l'ha preso in giro o non l'ha cagato per niente. Uno che stare al mondo non lo appassiona ma che non ha dichiarato guerra al mondo. Anzi: saluta per primo (una rarità), tiene aperto il portone invece di sbatterlo in faccia a chi lo segue e una volta che qualche fesso aveva bloccato di proposito l'ascensore, si è camallato i miei due borsoni di vettovaglie fino al secondo piano ed è pure arrossito quando l'ho ringraziato con un calore un po' enfatico. Gli occhi però sono belli, sono occhi pensosi ed espressivi da eroe romantico, da principe di Homburg, da Jacopo Ortis con un cerotto sulla bocca; dovrebbe valorizzarli di più e non nasconderli con quel ciuffo vagamente forforoso. (La solita vocazione pedagogica, insopprimibile come l'istinto omicida.) Niente a che vedere con la sorella, che si chiama addirittura Karin, con la *K* presumo, che ho annusato poco perché sguscia come una serpe e ha comunque un odore così complesso che per decifrarlo mi ci vorrebbe la consulenza di Potti. Il quale però non riesce a esprimersi con un linguaggio articolato e secondo zoologi ed etologi non ci riuscirà mai, né lui né i suoi conspecifici, perché i cani hanno il cranio troppo piccolo per un'ulteriore espansione del cervello. Gli occhi però – di Karin non di Potti – sono una pozza di odio puro, non quello generico e transitorio da crisi adolescenziale, da ricerca di sé attraverso l'opposizione agli altri, quello è odio di lucido diamante, odio freddo da fan dell'apocalisse. E sì che al contrario del fratello è carina assai, un fisico minuto e agile da ballerina di hip-hop, una testa ben scolpita, bella pelle e bel viso: ma a dormirmi accanto in camera non la vorrei, di film di paura ne ho visti anche troppi nelle arene estive.

C'erano braccia che si alzavano e madama stava con-

tando trentuno trentadue trentatré, evidentemente bisognava votare su qualcosa. Si rivolse a Campigli:

«Su cosa si vota?»

«E chi lo sa? Non stavo a sentire.»

Provò con la Bertola:

«Di cosa si tratta?»

«Stupidaggini. Le solite. Inutile scalmanarsi.»

Non si scalmanò, tenne abbassato il braccio anche per
la seconda conta (quella del no) e fu verbalizzata, insieme
ai suoi vicini, nel numero degli astenuti: la Bertola sembrava affidabile, come tutti quelli che non ti inondano di
chiacchiere e non pretendono di entrarti nel cuore al primo incontro.

Stava proiettandosi privatamente un film di Karin con
l'ascia di *Shining*, con le lame di *Nightmare*, col coltello di
Scream, col punteruolo di *Basic Instinct*, quando Campigli
si chinò su di lei:

«Sei stata in India?»

«Sì. Perché me lo chiedi?»

«Per via della noce. Quella che hai al collo.»

«Ah...»

Effettivamente al collo, infilata in una catenina sottile,
aveva la sua rinsecchita noce di Rudra portafortuna. Che
portasse davvero fortuna non ci credeva granché, però le
piaceva tantissimo il cesello dei gherigli merlettati con
stupefacente manualità dagli umori della terra e dal calore del sole.

«Anche la Bertola dev'esserci stata. Guardale la borsa.»

Si voltò verso sinistra: la borsa era sicuramente made in
India, ma poteva benissimo arrivare dal glorioso e pidoc-
chioso mercato Balon. Inoltre coi suoi colori violenti e tro-
picali, con i suoi specchietti conchiglie pendagli e bubboli
era più adatta a un agosto romagnolo che a un gennaio torinese: se la Bertola se ne fregava era ancora più affidabile.

«Chiediglielo.»

«Che cosa?»

«Se è stata in India.»

«Campigli vuol sapere se sei stata in India.»

«Sì. Perché?»

«Dice di sì e chiede perché.»

«Perché cosa?»

«Perché glielo hai chiesto.»

Che bellezza tornare scolari. Con la mano davanti alla bocca per parlare senza che la maestra se ne accorga.

«Un po' di silenzio, prego!»

La maestra se ne è accorta. Ma Campigli è pieno di risorse: tira fuori dallo zaino un blocco rigido da stenografia e comincia a interrogare per iscritto. Senza usare il Cima.

"In quale zona sei stata?"

"Sud. Karnataka, Tamil-Nadu e Kerala."

Passaggio del blocco: anche Campigli dev'essere miope.

"Bello?"

(Passaggio.)

"Molto."

(Passaggio.)

"E la Bertola?"

(Passaggio.)

"Non ne ho idea."

(Passaggio.)

"Chiediglielo."

(Passaggio.)

"Campigli chiede in quale zona dell'India sei stata."

(Passaggio a sinistra.)

"Orissa."

(Passaggio a destra.)

I passaggi innervosiscono la maestra che mena tre o quattro fendenti da osteria sul piano della cattedra.

«Un po' di attenzione, insomma!»

Non è che abbia tutti i torti. Non le prestano attenzione ma smettono di armeggiare col blocco e assumono (lei e Campigli) la faccia da scolari ripetenti. La Bertola mantiene l'impassibilità di prima.

Mezz'ora dopo la *Definizione dei criteri* eccetera è finita, le sedie strusciano per terra, tutti si alzano e si rianima anche la puzza di sudore-fiato-scarpe e varia umanità. Lei ha un guizzo di socievolezza:

«Perché noi indiani non ci facciamo un aperitivo al bar? Offro io.»

Accettano.

Al bar, forse grazie al prosecchino, la Bertola si sgela e vuol sapere.

«Perché hai chiesto dell'India?» chiede a Campigli.

«Ho in programma un viaggio.»

«Quando?»

«Quest'estate, in agosto.»

«Brutta stagione. Caldo e monsoni. Meno che nel Kashmir, dove invece si ammazzano.»

«Tu quando ci sei andata?»

«Nelle vacanze di Natale, l'anno scorso.»

«E tu?» (Questa volta la domanda è rivolta a lei.)

«In ottobre. Vent'anni fa o giù di lì.»

«Con un viaggio organizzato?»

«No. Con lo zaino in spalla e il mio ragazzo di allora.»

«Hai speso tanto?»

«Sono passati vent'anni. Comunque no. Avevo fatto la baby-sitter e un'infinità di lavoretti risparmiando come una formichina. A luglio avevo dato la matura e a ottobre siamo partiti, prima che cominciasse l'università.»

«È stato bello?»

«Per me sì, per lui non tanto.»

«Perché?»

«Non sopportava lo sporco la polvere gli odori le merde di vacca e le vacche. Credo che in cuor suo sognasse la Svizzera. E tu, Bertola, come ci sei andata nell'Orissa?»

«Mi chiamo Gemma. Con un gruppo del Cesmeo, l'istituto di studi asiatici. Il viaggio non era regalato, ma in compenso i partecipanti non facevano cadere le braccia.»

«Con chi pensi di andarci, tu?» chiede lei a Campigli.

«Con la mia ragazza.»

«Anche lei insegnante?»

«No no. Lei lavora in discoteca, fa la buttafuori. È cintura nera secondo dan di judo ed esperta di arti marziali. Se vuole, mi stende a terra con un dito.»

«Piacerebbe anche a me, non sai quanto.»

«Stendermi a terra?»

«Ma no, figurati. Sapermi difendere, essere autosufficiente in caso di bisogno.»

«La mia fidanzata lo è. Un mese fa, lei era di riposo, siamo andati ai Muri e tornando a casa verso le tre ci hanno aggrediti due albanesi che volevano portafogli, orologi, cellulari: tutto. Ma hanno fatto lo sbaglio di puntare il coltello su di me, così lei li ha stesi tutti e due, uno dopo l'altro, e il coltello è volato a tre metri da noi. Io poi gli ho mollato qualche calcio nei punti giusti ma il lavoro grosso l'aveva fatto lei, in pochi secondi e senza dire una parola. Prima o poi ci sposiamo, magari l'anno prossimo. Tu l'hai poi sposato il tuo ragazzo dell'India?»

«No, non quagliavamo più. Ciascuno per la sua strada. Mi sono sposata molto più tardi. E tu, Gemma?»

«Io vivo sola. Single. I miei sono di Bra, hanno una pasticceria. Avevano comprato un alloggio a mio fratello e quando è toccato a me ho preferito che me lo comprassero a Torino. Così ho evitato di vendere bignole tutti i pomeriggi e la domenica mattina. Non sono un'ingrata, o lo sono soltanto un po', sotto le feste e nelle occasioni speciali vado sempre a dargli una mano.»

«Ti piace Torino?»

«Mi piaceva anche Bra. È un posto straordinario, pieno di teste matte. E le nostre vie hanno dei nomi che qui ve li sognate: via della Coppa d'oro, via della Mendicità istruita, altro che via Roma e via Garibaldi e via tutti i santi del calendario.»

«Noi abbiamo via delle Orfane e via Figlie dei militari.»

«Dici che durano?»

«Non so. Politicamente scorrette e sessiste, il peggio del peggio.»

I prosecchini erano finiti, anche il pomeriggio era finito. Non in modo infame.

«Come sarebbe che devo andarci io?»

«Non ho detto che devi, ho detto che sarebbe meglio.»

«Meglio per te di sicuro, ma non per me.»

«Meglio per l'esito della faccenda. Se davvero hanno propositi criminali nei confronti della quercia, tu sei più adatta di me a bloccarli. Più abile nella retorica e nella dialettica, perché le arti del trivio sono la tua specialità.»

Anche la tua, pensa lei. Prima arrivi a casa con un mazzolino di fresie che intenerirebbe anche la matrigna di Biancaneve, poi mi lisci ancor di più il pelo dicendo che sono più brava di te a sventare intrighi e complotti. La galanteria come arma impropria ma efficace. E tu sai benissimo che io ho capito i tuoi raggiri e che faccio finta di lasciarmi intenerire; così non so più chi vinca e chi perda, se tu che riesci a ottenere quello che vuoi o io che sospirando ti concedo quello che avevo già deciso per conto mio. Siamo diventati troppo bizantini, o forse ci conosciamo troppo, dodici anni di convivenza hanno spazzato via ogni zona d'ombra.

(Il resto della famiglia non partecipa alla discussione: la bambina scucchiaia nel suo piatto e metabolizza una volta tanto in silenzio minestrone e battibecco, il cane ostenta un educato disinteresse perché le brodaglie di verdura non sono di suo gradimento e la scaramuccia in corso ha toni di ordinaria amministrazione.)

Così, dopo la riunione a scuola, un'altra chicca, un'altra ciliegina sulla torta di un'ordinaria giornata di porca vita: la riunione di condominio, cioè un passettino avanti verso l'ictus l'infarto e tutti gli altri possibili disastri cardiocircolatori. Questa volta l'argomento vero del contendere, occultato tra le pieghe della conferma o revoca dell'amministratore, sistemazione di antenne paraboliche, modifica della chiusura del passo carraio, è la quercia del cortile. La quercia che non è ancora caduta e neppure cadente, ma che quasi tutti i condomini non vedono l'ora di far cadere, *nidïetti* della primavera compresi. Con ricorrenti scatti di fantasia le hanno tentate tutte: fa troppa ombra, porta umidità, le ghiande quando cadono rovinano i tettucci delle auto eccetera eccetera. Tutte balle ovviamente, o se non proprio balle pretesti risibili, perché le due vere ragioni per abbattere la quercia sono altre e per ipocrisia non vengono mai fuori: le geremiadi della portinaia che si scoccia a raccogliere le foglie e se ne lamenta trecentosessantacinque giorni l'anno (trecentosessantasei nei bisestili: una goccia in grado di appiattire l'Everest nella collina di Superga) e la manovrina in più che le macchine debbono fare per sistemarsi nei loro rettangoli delimitati dalle righe bianche. Manovrina oggi, manovrina domani, capace che alla fine dell'anno ci hai perso due o tre ore di vita, due o tre ore che potevi passare comodamente in poltrona a seguire in tivù una rissa sul calcio o un quiz milionario.

Se le cose stanno così, e purtroppo stanno così, non serve a niente fare la profia e tirare in ballo nobili referenze culturali (Tasso e Pascoli per esempio), fiato sprecato. Inutile anche invitare i condomini a dare un'occhiata vera, una sola, a questa meraviglia di pianta che ha più di duecent'anni e supera il quinto piano, questa pianta che aveva già radici e tronco e rami quando Napoleone, sbaraccati i Savoia, si è preso la città, questa pianta che è sopravvissuta agli ampliamenti ottocenteschi e alla fame di legna degli inverni di guerra del Novecento, allo smog e alle piogge acide. Invece di affidarmi alle arti del trivio dovevo darmi da fare, documentarmi, o meglio ancora alzare le suole e andare di persona in Regione Provincia e Comune a rompere le scatole, a chiedere se, oltreché delle foreste dell'Amazzonia, c'è qualcuno che si preoccupa degli alberi indigeni: in mezzo a scansafatiche e mangiapane a tradimento ci sarà pure qualche onest'uomo o donna che non si limita a spostare le carte sulla scrivania ma prende provvedimenti assennati nel campo di sua competenza e poi si adopera per farli rispettare. E se non c'è, facciamo come se ci fosse e speriamo che il farmacista e la vedova Parola mi diano una mano.

La saletta riservata del bar Splash era già quasi al completo: le sorti della quercia intrigavano tutti, *in primis* quel marpione di Willy il barista, che si beccava, oltre al prezzo delle consumazioni, un centone in nero per concedere all'assemblea dei condomini – di cui faceva parte – l'uso della saletta in questione, di sera sempre desolatamente deserta. A lui di querce gli va bene segarne tre o quattro alla settimana, e all'amministratore anche, perché magari il boscaiolo è suo fratello o suo cognato.

Accanto alla vedova Parola c'era una sedia libera, ma lei preferì andare *in partibus infidelium*, tra i coniugi Garetto (autosaloni), i Loprevite (sportswear) e l'impenetrabile dottor Colosimo, coi suoi abiti di buon taglio i modi freddamente cortesi e una colf a mezzo servizio che in italiano sa dire a stento "sì no gracie buonciorno". Su di lui neanche il Kgb portieresco è riuscito a raggranellare informazioni attendibili: uomo del Sismi, killer internazionale, eminenza dell'Opus Dei, uno che si fa i fatti propri? L'amministratore, un quarantenne calvo cachettico e scrofoloso, disponeva in bell'ordine le sue carte su un tavolino, consultava l'orologio, lisciava le tre deleghe a suo nome che gli consentivano un certo margine di manovra nel pilotare la faccenda e salutava qua e là con aria da sacrista. Lei fece un cenno con la mano a sua madre (era di sicuro arrivata tra i primi, non mancava a una seduta di condominio per nulla al mondo, avrebbe preferito perdere il portafogli piuttosto che farsi rappresentare, ma in compenso aveva giurato solidarietà sulla questione della quercia); l'amministratore si schiarì la gola, disse dichiaro aperta la seduta e lesse, sbagliando le pause come un attore d'avanguardia, i vari punti all'ordine del giorno. Qualcuno si accese una sigaretta – alle pareti c'erano cartelli bilingui "No smoking/Vietato fumare", ma c'erano anche i posacenere sui tavolini –, qualcun altro rimestò col cucchiaino nella tazza del caffè, il farmacista si dimenò sulla sedia e il dottor Colosimo si grattò signorilmente un orecchio. Appello (tardivo) dei presenti e calcolo dei millesimi, il calcolo non quadra, l'amministratore ripigia i tasti della calcolatrice e intanto arrivano i coniugi Levrone, bisogna correggere la brutta copia del verbale e rifare i conti. La Levrone per scendere quattro piani di scale – presumibilmente con l'ascensore – e infilarsi nel bar sottostante si è intabarrata in una pelliccia a tre piazze da incoronazione imperiale, il marito ha optato per il minimalismo e sfoggia un cappotto di splendido taglio e stoffa che però gli sta malissimo. La quercia a loro non piace di sicuro, che gli frega della quercia, hanno cose più importanti cui pensare, i loro Tir e container da far viaggiare in giro per l'Europa, da caricare e scaricare a Genova Vado e Trieste e la manovrina aggiuntiva gli deve stare proprio sulle palle. D'altra parte il chiacchiericcio globalizzato sul pianeta da salvare i polmoni verdi da rispettare e la desertificazione incombente un qualche effetto l'ha provocato e, anche se non si vede l'ora di fare i taglialegna, il desiderio non si può confessare, non così almeno, e bisogna truccarlo bene con un rammarico ipocrita per dover prendere una decisione tanto dolorosa. Insomma hanno tutti o quasi l'accetta in mano e la sega negli occhi, ma non il coraggio di menare il primo fendente. La situazione comincia a divertirmi – pensa lei –, questa spalmatina di civiltà si presta a essere sfruttata e offre anche il pretesto per una performance improvvisata.

Quando si arrivò al dunque, alzò educatamente la mano per chiedere la parola e quando le fu concessa estrasse dalla borsa il suo taccuinetto nero – non una Moleskine, non ne aveva mai avuto il coraggio, un taccuinetto nero che incuteva una certa soggezione per la sua aria accuratamente fuori moda –, l'aprì alla pagina su cui aveva annotato la ricetta del gazpacho alla madrilena (gliel'aveva passata Ines, la moglie spagnola del suo amico Carlo) e fingendo di leggere iniziò il suo numero da fantasista. Da cui risultò che in data 14 settembre 2001 – una probabilità su sette che non fosse una domenica – la Regione Piemonte, in accordo e su sollecitazione di Italia Nostra e Legambiente, aveva emanato la delibera numero 147/01, in base alla quale veniva censito il patrimonio arboreo regionale di rilevante interesse botanico-storico-paesaggistico. Gli esemplari censiti, sottoposti alla tutela dei beni ambientali, sarebbero stati periodicamente monitorati da funzionari e tecnici del suddetto assessorato, che ne avrebbero certificato lo stato di salute e avrebbero eseguito gli eventuali interventi di bonifica. La quercia del cortile, se non andava errata, era stata censita al numero... – voltò pagina, lì erano annotati i palindromi che le piacevano di più: ama la salama, i treni inerti, i topi non avevano nipoti o dialogo laido eccetera – al numero 453. Richiuse il taccuinetto, lo mise al sicuro nella borsa e aggiunse come per caso che nei bollettini Tecnocasa la presenza di alberi di alto fusto nei cortili era indicata come elemento di pregio che faceva lievitare il valore degli immobili: e si parlava solo di alberi di alto fusto, non di alberi secolari censiti dalla Regione e sottoposti a monitoraggio! Rimise le mani nella borsa per prendere il pacchetto di sigarette e mascherare il nervosismo e intanto, mentre frugava con gli occhi abbassati, si chiedeva che cosa stesse succedendo, se il rumore di sottofondo – scarpe sfregate sul pavimento cigolii di sedie raschiatine di gola – preludesse a pollice recto o verso. Poi alzò gli occhi (non poteva rovistare nella borsa all'infinito) e colse un divertito scintillio in quelli del dottor Fazzini, il farmacista. Quando le parole tornarono a circolare, capì che le cose stavano andando per il verso giusto, che il suo modesto e truffaldino prestigio di professoressa li aveva costretti, sia pure controvoglia, a rimandare per il momento il loro progetto disboscatorio.

Mentre usciva dal bar, un'ora dopo, esaurite le varie ed eventuali, la signora Levrone le si avvicinò e, avvolgendosi nel suo manto regale e curiale, le disse che era proprio contenta perché a lei la quercia piaceva tanto tanto e non si stancava mai di guardarla tutte le volte che passava dal cortile, e il tono di voce e l'espressione del viso autenticavano le parole.

«Che numero ha il nostro albero? 453?» le chiese invece il farmacista.

«Sì, 453» rispose lei. «Un buon numero. È l'anno della morte di Attila.»

Passa qualche giorno, due o tre, e uscendo dall'ascensore lei si imbatte nel ragazzo Levrone che aveva invece optato per le scale. Dovrei farlo anch'io, sospira tra sé, soprattutto in salita, e dovrei anche fare un po' di ginnastica con un minimo di costanza, perché *Carne tremula* è un bellissimo titolo di film, più bello del film, ma riferito a cosce e polpacci non suona lusinghiero. Il ragazzo, Christian, le tiene aperto il battente del portone e poi si incammina di fianco a lei, lottando coi suoi piedi che hanno voglia di portarlo da un'altra parte e con la sua lingua che è comandata a dire qualcosa ma non lo fa. Come faccio ad aiutarti? – si intenerisce lei guardandolo di sguincio mentre lui cerca di spezzare le proprie invisibili catene – se parlo, se dico una qualunque banalità discorsiva del tipo "fa un bel freddo stamattina", rischio di bloccarti del tutto, di ricacciare indietro quello che vuoi dirmi e che dal tuo punto di vista dev'essere importante, considerato lo sforzo che ti costa. Se invece continuo a tacere magari passa il momento magico, quello in cui sì e no coesistono nella sfera del possibile e faccio prevalere il no per forza d'inerzia.

Fermò il passo si voltò verso di lui e gli mise una mano sul braccio, in un gesto che sperava non fosse troppo invadente:

«Che mi vuoi dire, Christian?»

Lui arrossì negli spazi tra una pustola e l'altra – le pustole erano già rosse per conto loro –, scalpicciò coi piedi per terra come se dovesse pulirsi le scarpe da cacche di cane ed esalò un «Io... niente» quasi disperato. Però aveva ripreso a camminarle accanto.

Timido introverso infelice. Mi piacerebbe aiutarti, ma non sono una maga della tivù né una psicologa dell'età evolutiva, non so dove e come mettere le mani e temo di farti graffiare ancora di più dai tuoi spinosi rovi adolescenziali. È così difficile gettare un ponte tra le età, un ponte su cui incontrarsi in modo non conflittuale, dicendo e ascoltando parole che abbiano un senso per tutt'e due, che non offendano e non scatenino rabbie come tempeste. A quindici anni, quand'ero tormentata da uno sfogo di acne come il tuo e ci pativo e mi dannavo e mi sembrava che tutti i mali del mondo convergessero sui miei brufoli crostolosi – carestie guerre terremoti terrorismo? sì d'accordo, ma la mia faccia butterata? –, a quindici anni dunque mia madre mi porta da un celebre e costoso dermatologo che dopo avermi prescritto qualche ovvia norma igienica e qualche inutile lozione mi guarda sorridendo e dice:

«Sta' allegra. Vorrei averli io i tuoi quindici anni e le tue pustole.»

L'ho odiato con una violenza autentica, una violenza che rare volte ho provato dopo e che ricordo a distanza di decenni. Eppure, a suo modo, aveva ragione lui, ma a mio modo avevo ragione anch'io. Tra noi, a tenerci lontani, c'erano esperienze ed emozioni che non potevano essere condivise, che era inutile spiegare: la materia oscura che separa le generazioni, che non trova le parole di una lingua comune.

Come vorrei essere capace di srotolare il nastro di parole che ti si ingolfa dentro, e invece non riesco a trovarne il capo, non ho indizi cui aggrapparmi, tranne l'odore di infelicità che stamattina è più pungente del solito. Continui a camminarmi accanto, hai lo zaino sulle spalle e presumibilmente stai andando a scuola, che non so quale e dove sia, sono già le otto meno un quarto, arriverai in ritardo per la prima ora oppure taglierai del tutto e ti imbucherai in un bar in una sala giochi o alla Rinascente, perché stamattina fa davvero freddo, finalmente una temperatura torinese, meno sette, sempre che il termometro luminoso dello Splash non sia traditore come i bianchini della casa.

«Mia mamma mi ha detto che la quercia non la buttano giù» attacca finalmente il ragazzo.

La sta prendendo alla lontana, commenta lei tra sé, ma ci sono ancora tre o quattro minuti di strada e forse ce la farà a sputare il suo nocciolo indigesto.

«Per fortuna. È talmente bella che è una consolazione guardarla.»

«Sì, ce l'ho proprio davanti alla finestra di camera mia...» pausa, poi a precipizio: «Mi darebbe ripetizioni di italiano?»

Ripetizioni di italiano? Ma chi va più a ripetizione oggi, e soprattutto di italiano? C'è il debito formativo, ci sono i corsi di recupero, ti promuovono anche se parli o scrivi come la mammy di Rossella O'Hara nel doppiaggio nostrano... Non vuole ripetizioni di italiano, vuole una zattera una spalla una confidente una confessora. Perché proprio io?

«Sì, volentieri.»

«Può... può prendermi subito o devo aspettare?»

«Ti prendo subito. Io non do lezioni private, ma per te faccio un'eccezione.»

«Perché abitiamo nella stessa casa?»

«No, perché mi piaci.»

«Io?»

«Tu, proprio tu. Quando vuoi venire?»

«Le va bene oggi?»

«Alle tre?»

«Sì, grazie. Lei insegna qui?»

Erano arrivati davanti al Fibonacci: muri scrostati marciapiede zozzo cortile zeppo di auto di qualche coraggioso motorino e della solitaria bici di Uta, la conversatrice di tedesco.

«Sì. Tu in che scuola vai?»

«Al Gioberti.»

«Sei un po' fuori zona, arriverai in ritardo.»

«Non importa, stamattina nelle prime due ore c'è assemblea. Alle tre, allora.»

«Certo, e buona giornata.»

«Anche a lei, grazie.»

La scuola era immersa in un coro di doglianze contro il freddo. A lamentarsi non erano i ragazzi dei motorini, che qualche ragione potevano averla (ragione relativa, perché nessuno li obbligava a usarli in pieno inverno) e non si lamentava neppure Uta, che inforcava la bici con qualunque condizione climatica, ma colleghi segretarie e bidelli appena sgusciati fuori dalle auto parcheggiate in cortile, strabiliati e indispettiti come se fossero stati sorpresi da una nevicata sulla linea dell'equatore. Ma perlamiseria, è gennaio e siamo a Torino, che nonostante l'effetto serra resta una città nordica, anche se trent'anni fa lo era di più, con la galaverna a festonare i rami degli alberi, i ricami di brina sui vetri, i cumuli di neve ai bordi delle strade, le fontane di ghiaccio e l'aria che menava rasoiate. Siamo a Torino, non a Palermo o a Tripoli: le città nordiche hanno una loro precisa identità che va non solo accettata ma anche rispettata senza troppi piagnistei.

Uta, la bellissima Uta, ha invece l'aria allegra e le brillano gli occhi come per un regalo inatteso, forse i meno sette sono un omaggio dedicato solo a lei dal dio della meteorologia. Passa tra i colleghi maschi che ancora non si capacitano di come una bellezza simile non faccia la modella, non esponga tette e glutei nei calendari, non porga buste alla tivù, passa e va a far innamorare di sé tutti i suoi allievi che per la prima volta nella storia del Fibonacci apprezzano una lingua straniera e si sforzano anche di spiccicarne qualche parola. I privilegi della bellezza sono immensi, diceva Cocteau, e Uta – che fa bene il suo lavoro senza per questo aspirare all'aureola, che ha la creanza di non sputare nel piatto in cui mangia e non impreca mai contro l'Italia e gli italiani –, Uta i privilegi li merita tutti.

«Ciao Schatzi» le dice lei passando, e si avvia verso la sua terza.

In classe, fatto l'appello, gli assenti risultavano essere cinque. Stecchiti dal freddo. O rimasti a crogiolarsi sotto i piumoni, con il tacito assenso di madri iperprotettive, dispensatrici di merendine e indulgenze ugualmente venefiche. I presenti – maschi e femmine – inalberavano quasi tutti l'aria aggrondata da ballerini di flamenco, non avevano le nacchere ma fingevano di battere i denti. E c'erano almeno venti gradi, la caldaia miracolosamente non in blocco. Le venne voglia di interrogarli tutti quanti, due domande a testa e via veloci, tanto per dargli una ragione vera di scontento. Invece annunciò: «Federigo degli Alberighi, pagina 452», e leggendo e commentando ammirò ancora una volta la perfezione assoluta del racconto, la precisione commossa e insieme sottilmente ironica dei passaggi.

Alle otto e venti, toc toc come nelle fiabe, qualcuno bussa alla porta, lei dice avanti e Manuel Crivellato avanza.

«Vedere la giustificazione» intima subito.

«La preside non è ancora arrivata e la vice ha detto che deve giustificarmi lei.»

«E con che giustificazione ti giustifico?»

«... Cioè?»

«Perché sei arrivato in ritardo? Sveglia rotta, tram che non è passato, ingorgo stradale?»

«No no... è che... che fa un così bel freddo che mi è venuta voglia di fare una passeggiata. Mi scusi.» Non frigna per il freddo. Gli piace passeggiare. Chiede scusa. Roba da non credere.

«Sei giustificato. Va' pure a posto.»

«Non mi interroga?» (L'interrogazione dei ritardatari è una ritorsione abituale.)

«No, devo finire la novella del Boccaccio.»

Che si abituino all'arbitrio. La vita non è regolata da un imparziale meccanismo svizzero.

All'uscita da scuola faceva meno freddo, ma lunghi

tratti di strada e marciapiede continuavano a essere gelati. Meglio stare attenta e guardare bene dove si mettono i piedi – mugugna tra sé –, è già un miracolo non essere scivolata stamattina, una culata per terra e Christian si sarebbe defilato: le profie che rovinano al suolo ci rimettono l'aura e diventano inservibili come confessore. Però mi sono cacciata in una bella grana. Alle tre lui mi suonerà alla porta – pisolino abbreviato, pomeriggio rovinato – a meno che non ci ripensi, eventualità improbabile vista la fatica che gli è costata il parlarmi, e io non saprò cosa dirgli. Imbarazzati tutti e due, lui perché mezzo pentito della sua richiesta e io perché non so se ho fatto bene ad accoglierla. Dovrei, per chiarezza, chiedergli se i genitori, uno almeno, sono al corrente della faccenda, ma se lo faccio lo spingo a ricacciarsi nel suo guscio ingigantendo la portata del nostro piccolo accordo, e se non lo faccio scivolo in una posizione di dubbia correttezza nei confronti della famiglia. Poi c'è la questione economica: è dai tempi dell'università che non do lezioni private, non sono al corrente delle tariffe: un'ora di ripetizione quanto vale? Due ore della colf, cinque minuti dell'idraulico, cinque secondi dell'avvocato? D'altra parte non sono in rapporti d'amicizia con la famiglia e non ha senso dire ma figurati, tra noi, ci mancherebbe, e poi comunque si sentirebbero in dovere di sdebitarsi con un regalo, diocenescampi, un accendisigari da tavolo a forma di zampa d'elefante, un trittico di anatre di terracotta che spenzolano il collo all'ingiù, una mela di vetro contenente un giardinetto tropicale, e bisognerebbe lasciar passare almeno cento anni per posarci sopra gli occhi senza inorridire. E io cento anni davanti non li ho più. Era più semplice rifiutare: mi dispiace, non posso proprio, tra scuola e famiglia non mi resta il tempo di... Però di fronte ai suoi occhi e al suo odore di infelicità bisognava non avere il dono della vista e dell'olfatto per poter rifiutare. Porcamiseria, il pane. Dimenticato di nuovo. Fare dietrofront e comprarlo in quell'Alimentari polveroso, frequentato solo dai vecchietti che non ce la fanno ad allontanarsi da casa. Il pane sarà un chewing-gum, pazienza, qui nei paraggi non ci sono forni ma solo rivendite che si riforniscono tutte nello stesso posto, pane industriale con lievito chimico e grassi idrogenati, una vera schifezza per palato e stomaco. Ah, le pain d'antan! Spalmato di burro con un pizzico di sale, nell'era antica delle merende casalin...

Un brusco strattone la fa quasi stramazzare, è un miracolo che non cada e riesca annaspando a recuperare l'equilibrio, ma non la borsetta che due giovinastri in motoretta le hanno abilmente scippato. "46X92" annota automaticamente, colore verdognolo, la moto fa serpentine tra le auto e scompare, il suo cuore scalpita come un purosangue al traguardo, li odio questi stronzi malnati, che slittino sul gelo, che si sfascino, che si schiantino, che siano travolti da un Tir... Il cuore rallenta, l'adrenalina cala, la rabbia si sfredda e le viene quasi da ridere. Vi credete tanto furbi, poveri bulletti padroni delle strade, e aggredite una signora quarantenne che cammina cautamente, con la borsa incautamente appesa alla spalla che dà sulla carreggiata. Ma la signora, appunto perché quarantenne, non è nata ieri, le sue esperienze le ha già fatte e ha imparato a sopravvivere nella giungla metropolitana: si è – vero – dimenticata di cambiare spalla alla borsa quando ha fatto dietrofront, ma le chiavi le ha nella tasca destra del Barbour, il portafogli in quella sinistra, i documenti in quella interna, il cellulare a casa, e nella borsa ci troverete un fazzoletto, speriamo caccoloso e moccioso, un'agenda in similpelle verdolina, un astuccio di latta contenente mezza dozzina di biro un paio di matite un evidenziatore e un tubetto di colla. Contenti del bottino? La borsa è di quelle da scuola, spelata agli angoli, e di sicuro quella buona donna di vostra madre non la userebbe mai. Amen. Amen un corno. C'è anche il mio taccuinetto nero, quello con le ricette i palindromi i giochi di parole, il mio taccuinetto che mi piaceva tanto, accidenti a voi, niente morte e niente Tir, ma il vermocane, la sciolta, la caghetta

28

torcibudella ve la auguro di cuore, mezza giornata sul water, il medico della mutua irreperibile le farmacie chiuse e neppure una compressa di Buscopan o una capsula di Imodium nel cassetto dei medicinali. E voi lì a contorcervi, sudore freddo e colorito verdognolo come la vostra moto merdosa.

Al diavolo il pane. Cracker e grissini e guai a Renzo se si lamenta.

«Di nuovo senza pane. Ma non te ne ricordi mai?» si lamenta Renzo.

«Me ne sono ricordata benissimo. Ma mi hanno appena scippata e ho preferito venire subito a casa.»

«Scippata? Sei caduta ti sei fatta male ti sei spaventata?»

«Non sono caduta non mi sono fatta male non mi sono spaventata, ma incazzata sì, di brutto.»

«Chiavi documenti portafogli?»

«Tutto al sicuro come sempre. Solo la borsa al posto sbagliato. Ma allora mi vuoi bene davvero, hai fatto le domande nell'ordine giusto! Però da domani il pane lo compri tu.»

L'harem l'harem, ho nostalgia dell'harem. Io tra odalische pigre e pingui, tutto il giorno a fare bagni, a spalmarmi unguenti, a spazzolarmi i capelli, a decorarmi mani e piedi con l'henné, come in un quadro di Ingres.

Oppure una veranda di fronte all'oceano, la sedia a sdraio nella veranda e io lì a respirare la salsedine, a seguire il volo dei gabbiani, ad ascoltare il frangersi delle onde e il soffio del vento, come in un manifesto dei bagni di Deauville.

O anche una stanza all'ultimo piano, con la finestra aperta sui tetti di Parigi Londra o Dublino, io che passo le ore a guardare il rincorrersi delle nuvole, le loro forme sempre diverse, matasse grigie o rosee, riccioli capricciosi che si sovrappongono, e ne prendo nota giorno dopo giorno, maniaca come il reverendo Hopkins.

Invece no.

Invece sono qui intrappolata nel traffico delle sei e mezzo, tutti che hanno le feu au derrière, che sarebbe il fuoco al culo ma più elegante, e che per non perdere tempo telefonano scattano rabbiosi ai semafori stringono da destra e da sinistra, coalizzati a stritolare la mia macchina me la mia bambina e il mio cane.

Livietta e Potti – l'una seduta l'altro sdraiato sul sedile posteriore – si ignorano signorilmente; lui appagato perché è in macchina (gli piace tantissimo, i cani vanno in macchina sin dall'antichità), lei contenta perché sta andando dal dentista. Dario, il dentista, ha lo studio in un posto infame, nei dintorni di Venaria, cioè fuori Torino, e ci si arriva per strade intasate e insidiose oppure con la tangenziale che è la scorciatoia per l'obitorio, però è un mio compagno di liceo, è coscienzioso nel lavoro e in nome dell'antica colleganza pratica dei robusti sconti sulle parcelle. In cambio, riesuma ogni volta aneddoti liceali ormai in stato di avanzata putrefazione e io ogni volta gli suggerisco mentalmente di lasciar perdere, Lia Lamberti che attribuisce la Bolla d'oro a Carlo Magno e Aldo Furno che si scazzotta in gita scolastica con Bruno Trivero per amore della suddetta Lia appartengono al passato remoto, tiriamoci un frego sopra e passiamo ad altro. Sono trascorsi più di vent'anni e lui potrebbe parlare di un libro che ha letto, di un film, di una vacanza, di sua moglie, di una delle mille e mille cose che devono pur essergli successe nel frattempo, sarebbe una conversazione civile tra due adulti mediamente acculturati: e invece no, è sempre lì avvinghiato come una cozza ai suoi anni liceali, alla sua età dell'oro, alla sua guerra mondiale o sbarco sulla luna. Ma il suggerimento me lo tengo sempre per me, perché ognuno ha le sue viltà e io di una civile conversazione posso anche fare a meno, ma di prestazioni dentistiche e sconti no. Questa volta lui è stato anche così gentile da spostare un appuntamento per poterci ricevere oggi pomeriggio e mettere così fine alle impreviste sofferenze di Livietta.

In sala d'aspetto non c'è nessuno e anche madre e figlia ci restano poco (il cane dormicchia in macchina): il tempo di sfogliare le prime pagine di una rivista professionale e ammirare dentature maschili e femminili disastrate prima delle cure che poi diventano splendenti e trionfali dopo le cure, ed ecco che dallo studio esce un omaccione con l'aria stranita e una mano premuta sulla guancia destra. Non è una vista incoraggiante, ma siccome su Livietta non è previsto un intervento cruento entrano senza apprensione.

«Allora, com'è che sto apparecchio ti fa tanto male?» dice Dario alla bambina mentre regola l'altezza e l'inclinazione della poltrona. «Lo abbiamo registrato una settimana fa e ti andava bene. Su, apri la bocca.»

Livietta esegue, lui si infila i guanti le solleva il labbro superiore le mette l'indice in bocca tasta e sfruculia.

«Prova un po' a toglierlo.»

Livietta esegue di nuovo, porge l'apparecchio baveso al dentista che lo esamina con attenzione rigirandolo tra le mani guantate.

«Sfido che ti fa male!» sentenzia. «Non è il tuo.»

«Non è il suo?» sbalordisce la madre. «E come può essere?»

Livietta sta studiando la propria felpa con concentrata fissità e finge che la cosa non la riguardi.

«Come può essere che l'apparecchio ortodontico che tieni in bocca non sia il tuo?» ripete la madre. «Guardami e rispondi!» (Il tono è minaccioso.)

Livietta alza lentamente la testa ma evita di guardarla, gli occhi rivolti verso la neutrale scrivania. Poi si decide a parlare:

«È che... qualche volta... è che ce li scambiamo, io Alice Caterina Ingrid e Ginevra. Solo tra noi femmine però.»

Come se la cosa risultasse più igienica.

Lei è incerta tra il ridere e il mollarle una sberlotta, tutto sommato la sberlotta sarebbe più educativa e comprensibile, ma prima che riesca a decidersi Dario arbitra la faccenda e dall'alto della sua statura (che è notevole, più di un metro e novanta) e della sua veste professionale rovescia su Livietta una scarica di rimbrotti. Che fanno più effetto dell'omessa sberlotta materna, perché la bambina sembra davvero colpita e contrita, al punto che gli occhi le si fanno lucidi, come per lasciar sgorgare un paio delle sue rarissime lacrime. Che però poi non sgorgano affatto.

Di nuovo in macchina. Livietta affronta subito la situazione, non le piacciono i conti in sospeso e promette che non lo farà più, ma insiste perché il padre sia tenuto all'oscuro della faccenda. Non certo per timore, ma per non fare brutta figura, per non, come si dice, rimetterci in immagine.

«E che cosa gli diciamo quando ci chiede com'è andata? Una bugia?»

«No, non una bugia. Diciamo... diciamo che l'apparecchio è a posto ma che per oggi non lo devo mettere. Non è una bugia, non ti pare?»

«Tecnicamente no, ma sostanzialmente sì. Piuttosto, il tuo vero apparecchio c'è speranza di recuperarlo?»

«Sì. Ce l'ha di sicuro Caterina. Anche a lei faceva male il suo, perciò dev'essere il mio. Domani ce lo scambiamo. Poi mai più, lo prometto, ma non dirlo a papà.»

«E non ficcartelo subito in bocca quando te lo restituisce. Va lavato bene, disinfettato, non è il caso di beccarsi un'infezione.»

«Come vuoi. Però non ci siamo mai beccate niente.»

L'ultima battuta è sempre la sua. Adesso capisco perché Giunone ogni tanto spediva dei serpenti nelle culle.

Sempre in macchina, ancora mezza città da attraversare, mille cose da fare lasciate in sospeso e il tempo che mi sta stretto come un vestito di dieci anni fa. Oggi per esempio: sveglia alle sei e mezzo, passeggiata col cane, acquisto dei giornali. «Sempre una delle prime, eh signora? Si vede che le piace alzarsi presto!» ironizza l'edicolante un giorno sì e uno no. Preparazione di cioccolata calda tè e caffè, tanto per semplificare le cose, sveglia dei familiari – Livietta non fa storie ma Renzo sì, bisogna scuoterlo e strattonarlo e poi lui si lamenta che non lo sveglio dolcemente –, un'occhiata a un giornale mentre loro si lavano e si vestono e intanto sono le sette e mezzo, è ora di infilarsi il giaccone e filare a scuola. Quattro ore di lezione, torno a casa, faccio tappa al piano di sotto da mia mamma per la quotidiana dose di rimproveri e recriminazioni – hai una testa che fa spavento, ma ti sei pettinata stamattina? guarda che entro venerdì devi pagare la rata del riscaldamento, non dimenticartene un'altra volta –, e se mancano i

rimproveri c'è sempre qualche cattiva notizia a rimpiaz-
zarli: la colf che non è venuta, la prozia Serafina malata
che bisogna andare a trovare. Salgo e preparo qualcosa da
mangiare perché Renzo se solo può preferisce la mensa
domestica ai ristoranti convenzionati – salvo poi lamentarsi delle "fettine alla professoressa" con contorno di verdure lesse –, sparecchio riordino e intanto arrivano e partono due o tre telefonate. Faccio un pisolino così breve da
non mettere neppure in conto, correggo compiti e quando
finalmente potrei tirare un po' il fiato no, bisogna andare
a recuperare Livietta e portarla dal dentista. Per fare la
bella scoperta degli apparecchi scambiati.

E ieri non è andata meglio. Ieri c'è stato lo scippo la denuncia la ripetizione a Christian. La denuncia è stata una
faccenda facile e sbrigativa, grazie all'intervento di Gaetano che mi ha indirizzata al collega commissario di zona e
ha fatto precedere il mio arrivo da una opportuna telefonata. Così niente attese e trattamento da Vip: si accomodi
signora, ho già preparato il verbale, basta che mi confermi
targa e tipo della moto e metta una firma qui. Nome cognome data e luogo di nascita indirizzo, tutto già compilato: o sono schedata o Gaetano ricorda troppe cose di me.
Comunque, efficienza e cortesia: se si è amici di, non ci sono lungaggini defatiganti, riesci ad avere l'apertura della
partita Iva o un letto all'ospedale quando ti serve e non
dopo sei mesi. Public relations: il segreto per sopravvivere, forse non solo in Italia.

Alle tre Christian ha suonato alla porta. Puntuale, pun-
tualissimo. Che venisse era previsto al novantanove per
cento, che fosse puntuale al cento per cento. Ci scambiamo un saluto e un sorriso, lui è imbarazzato – previsto anche questo –, io non tanto perché nel frattempo lo scippo e
la denuncia mi hanno distratta e pensieri ed emozioni
hanno gravitato attorno a un altro centro. Decido di trat-
tare la faccenda in modo professionale e lo faccio passare
nello studio, comincerò con argomenti scolastici, da programma ministeriale, e poi chissà. Dal canto suo lui facili-

ta le cose, perché si è portato dietro i suoi libri di testo e un bel quadernone per gli appunti. Avanti con la professionalità.

«Dove siete arrivati?»

«Machiavelli, appena cominciato.»

«Vuoi farmi delle domande o preferisci che te ne parli io?»

«Me ne parli lei.»

Machiavelli va benissimo, di meglio non poteva capitare. Anche nel più ottuso e lobotomizzato teledipendente qualche inquietudine, qualche cellula staminale di pensiero riesce a farla nascere. E questo ragazzo non è né ottuso né lobotomizzato, perciò posso saltare le nozioni di base – gliele avranno già fornite o se le fornirà da solo – e fiondarmi nel cuore del *Principe*, nel nocciolo duro dei capitoli 15, 16, 17 e 18. Lui segue serio e interessato, non si agita sulla sedia non guarda fuori dalla finestra piglia anche qualche sporadico appunto sul quadernone, ma la mia esperienza di profia mi dice che ha una parte di sé altrove, rifugiata in un luogo nascosto e lontano dove non so se le parole arrivano. Interrompo un momento, mi alzo per bere, gli chiedo se vuole qualcosa, un caffè un succo d'arancia, dice un bicchiere d'acqua per favore, e quando torno dalla cucina, quando mi sono appena seduta e ho appoggiato il bicchiere di minerale sulla scrivania – sopra un piattino perché non lasci l'alone –, lui finalmente sbotta:

«Ma che senso ha la vita?»

Chi siamo dove andiamo e perché: un tuffo nell'adolescenza e nella prima giovinezza, un ritorno alle grandi domande che poi accantoniamo non solo perché non hanno risposte (o hanno risposte razionalmente insoddisfacenti), ma anche perché rischiano di turbare i nostri equilibri sempre precari, di mettere in crisi la quotidianità intessuta di compromessi presunzioni e piccole o grandi vigliaccherie. Che senso ha la vita: gli rifilo una risposta consolatoria, la butto sulla fede, tiro in ballo etica e valori?

«Non ha nessun senso. Se per senso intendi "fine".»

«Ma... è terribile!»

«Perché? Anche una partita di tennis o di calcio non ha nessun senso, però è bello giocarla. Senza barare.»

Lui sgrana gli occhi. Non bisogna insistere.

«Lei gioca a tennis?»

«Giocavo, da ragazza. È un gioco elegante, bei gesti, bei movimenti, esige concentrazione oltre all'agilità. Quando azzecchi un rovescio e spedisci la palla come una fucilata nell'altro campo non importa se l'avversario te la rimanda o no, è bello lo stesso.»

«Adesso non gioca più?»

«No, mi sono inventata degli altri giochi.»

Adesso lui è tutto qui, le parole lo raggiungono.

«Funzionano gli altri giochi?»

«Quasi sempre. Qualche insuccesso devi metterlo in conto, anche i campioni sballano un match ogni tanto.»

A questo punto la strada è tutta in discesa. Parlano di lui, che ha quasi diciassette anni, del liceo, dei professori, della famiglia, di Karin. Karin di anni ne ha appena fatti diciotto, è indietro con gli studi, ha saltabeccato tra una scuola e l'altra e adesso frequenta un istituto di grafica e fotografia. Karin ha tanti amici e un fidanzato, sta poco in casa, sempre fuori mattino pomeriggio e sera, certi giorni lui manco la vede. Karin fa quello che vuole, riesce a imporsi, è una dura, quando decide una cosa, quella cosa è. Karin Karin Karin. Da Karin nasce il groviglio delle sue insicurezze, la sua paura di vivere, la sua infelicità. Karin è il modello che non riesce – o forse non vuole – emulare. Per sua fortuna: ma non bisogna dirglielo, non subito almeno.

Intanto è passata un'ora, la "ripetizione" è finita, si può conversevolmente passare ad altro per non chiudere l'incontro su questo groppo irrisolto.

«Sai cosa mi è capitato stamattina all'uscita da scuola?»

«Cosa?»

«Mi hanno scippata. Due ragazzi su una motoretta targata 46X92 eccetera. Non che la targa serva a qualcosa, la moto l'avranno rubata poco prima e poi lasciata chissà dove.»

«Magari no. Non è che chi fa gli scippi rubi anche le moto.»

«Come sarebbe?»

«C'è un giro, un'organizzazzione. Uno – come dire? – affitta una moto per la mattina o per il pomeriggio, fa due o tre scippi e quando ha finito la riporta. Così si dividono i rischi.»

«E tu come lo sai? Fai scippi a tempo perso?»

Arrossisce.

«No. Me l'ha detto mia sorella.»

«E a lei chi l'ha detto?»

«I suoi amici, immagino.»

«A cui l'avranno detto altri amici. Non è una bella scoperta, presuppone già un'organizzazione mafiosetta, una razionalizzazione del crimine.»

«Già... forse. Posso tornare venerdì?»

«Sì, facciamo alle tre e mezzo però.»

«Va bene, grazie.»

Sta uscendo. È uscito. Poi, sulle scale, prima che lei chiuda la porta:

«Provo col tennis?»

«Prova, perché no.»

Lo scippo aveva generato sgradevoli effetti collaterali. Non su di lei direttamente, ma su Renzo che glieli aveva scaricati addosso. Quando tutto era già passato – stupore rabbia scocciatura – lui aveva cominciato a dirsi e a dire "e se": e se fossi caduta, e se ti fossi rotta una gamba un braccio una vertebra, e se ti avessero trascinata e avessi battuto la testa contro lo spigolo del marciapiede, e se fosse arrivata una macchina e ti avesse travolta... Aveva disegnato scenari apocalittici di fratture scomposte, interventi chirurgici, squarci nel cuoio capelluto, zampilli Marmore e Niagara di sangue, coma vigile coma profondo coma dépassé, un marito vedovo una figlia orfana una madre affranta, la successione ereditaria da sistemare, la liquidazione da richiedere... A onor del vero, gli ultimi due scenari non li aveva evocati, ma lei li aveva visti impliciti in quel dispendioso affannarsi mentale preventivo-successivo. Un marito di solito svagato e polemico si era trasformato inopinatamente in un flagello di sta' attenta dove vai cosa fai torna presto ti telefono. Lei, superato il primo momento di legittimo compiacimento – ci tiene a me, si preoccupa, mi vuol bene –, era passata alla fase dell'esasperazione montante, alla sindrome da braccialetto elettronico, ma confidava nella discontinuità delle reazioni maritali e sperava che il periodo iperprotettivo finisse presto.

Però, quando Marco Campigli aveva invitato lei e Gemma Bertola a casa sua per una pizza alla buona, l'insicurezza da metropoli durava ancora. E meno male che lei e Renzo di comune accordo avevano avuto la prudenza di non mettere a parte dello scippo la madre e suocera – e neppure la figlia che glielo avrebbe subito riferito – perché se no la vita sarebbe diventata invivibile. Il Campigli, che non era un buzzurro e qualche rudimento di galateo l'aveva imparato, aveva sì esteso l'invito al coniuge – se credi, digli di venire anche lui –, ma la formula e il tono non erano stati propriamente entusiasti. Come dire: se non viene è meglio.

E lei, tutto sommato, era della stessa opinione per due motivi.

Primo. Le amicizie che si procurava autonomamente avevano il potere di provocare nel marito una sotterranea irritazione che non avrebbe ammesso neanche sotto tortura, ma che tuttavia si manifestava con un diffidente ipercriticismo. Anche con Gaetano, che poi era entrato nelle sue grazie, era cominciata così, ma Gaetano era un caso a parte e la diffidenza iniziale era stata più che motivata da un temporaneo sbilanciamento sentimentale di lei, che lui aveva subodorato ma deciso di ignorare.

Secondo. Una innocente boccata d'aria in autonomia giova a qualunque matrimonio e da Campigli, presente la di lui ragazza e Gemma Bertola, si era nell'innocenza dell'eden prima del serpente e della mela.

L'invito a cena, che si prevedeva modesta e sbrigativa, aveva però generato più problemi del lancio di uno Shuttle: la bambina mangia con me o con la nonna, io resto a casa o vado una volta tanto a trovare mia sorella, dove abita il tuo collega, ti accompagno io o ci vai in macchina da sola? E il ritorno? Di notte – di notte! – può succederti di tutto, anche se metti la sicura possono fracassarti il finestrino, oppure seguirti e malmenarti quando scendi, oppure ancora...

«Smettila!» era esplosa lei, e poi esagerando: «Sei peggio tu dei due malnati sulla moto!», e aveva anche sbattuto con violenza una porta. Il cane si era rintanato sotto la credenza, Livietta li aveva guardati con occhio severamente interrogativo e lui l'aveva smessa.

L'aveva smessa ma l'aveva avuta vinta. Sistemata la bimba dalla nonna, si era autoinvitato a cena dalla sorella – tanto doveva vederla comunque, per la faccenda di un terreno in comune da vendere – l'aveva accompagnata sotto casa di Campigli e sarebbe passato a riprenderla previa telefonata di richiesta. «Fa' pure con comodo» aveva anche largheggiato, «Gilberta è sempre in ritardo, prima delle nove non ci metteremo a tavola e poi le cose andranno per le lunghe perché tutti ci ficcheranno il becco. Buona pizza e goditi la serata.»

La pizza si rivelò non solo buona, ma imprevedibilmente ottima. Imprevedibile anche, sotto certi aspetti, la casa di Marco e della sua ragazza, Valeria: stabile anonimo e scrostato, bisognoso di una energica ripassata, scale con ristagno di puzzette sovrapposte (lei inspirò con attenzione per scannerizzarle: cavolfiore lessato di recente su un remoto piscio di gatto e frittura di pesce), cartoncino attaccato sghembo sulla porta coi due cognomi scritti a pennarello, ingressino spoglio e mal illuminato. Ma poi: una grande cucina – due camere, parete divisoria abbattuta – come copiata da un libro ottocentesco per l'infanzia, con tavolone di larice, sedie impagliate alla Van Gogh, stampi di rame alle pareti, un armadione al posto di basi e pensili in plastica, i soliti elettrodomestici e un potagè sbalorditivo per foggia e dimensioni, sormontato da una cappa in vetro e alluminio di pari maestosità, su cui si innestava il suo bel tubo di scarico. Poi ancora: uno scaffale ricettacolo di marmellate, verdure miste e singole – carciofini funghi melanzane zucchine – in vasetti e albarelli di dichiarata confezione domestica. Lui o lei l'artefice? Ogni risposta a tempo debito. Intanto, quando Valeria estrasse la pizzona dal forno del potagè, fu chiaro il motivo della riluttante estensione dell'invito: la teglia, pur capace, conteneva giusto quattro porzioni, ma cinque sarebbero risultate scarsine. Soprattutto in considerazione dell'eccellenza del prodotto:

pasta morbida ma non collosa, lievitata e cotta al punto giusto, mozzarella vera e non plastica fusa, pomodoro... pomodoro come? Non sa di scatola come tutti i pelati, anche quelli che costano il triplo degli altri, sono pomodori forse messi via da lei o da lui, insomma una delizia come solo a Napoli – e sapendo gli indirizzi giusti.

Marco le ha invitate a cena, lei e Gemma, in qualità di "indianiste" da cui ricavare informazioni utili per la futura spedizione. Ma, benedetto ragazzo (fino a che età si è ragazzi? Trenta, trentadue? Io comunque non sono più ragazza), non sai ancora in quale parte dell'India volete andare e poi io ti ho detto e ripetuto che ci sono stata vent'anni fa e niente deve essere più come allora: Bangalore e dintorni non erano ancora la Silicon Valley asiatica, le centrali nucleari erano state appena costruite, Indira era al potere e la vasectomia in atto. Forse i villaggi restano uguali, con la loro sporcizia colorata i bufali pazienti le donne bellissime e regali anche nei loro poveri stracci e pure l'odore sarà immutato, quel pasoliniano odore dell'India che ti penetra nella pelle e nel bagaglio e che ti resta addosso per settimane dopo il ritorno, addosso e nella mente, a ricordarti che c'è davvero un altrove. Quell'odore che ripugnava a Federico e che io respiravo felice. L'India che io ho visto, in quell'autunno di vent'anni fa, resta un'emozione legata alla giovinezza, alla prima vera lontananza da casa, a un amore che si stava sgretolando sotto il sole feroce e il diluvio intermittente di un monsone tardivo. Un'emozione mia, ancora viva e presente, che può essere raccontata ma non condivisa. I nomi, certo, i nomi te li posso dire, ma quelli li trovi più o meno giusti su tutte le guide, con le indicazioni di monumenti templi regge musei date orari e mezzi di trasporto; il film dei miei ricordi invece è impreciso lacunoso e arbitrario ma io non ho voglia di rimontarlo in altro modo perché è un pezzo della mia vita.

Gemma è più compresa nel suo ruolo di consigliera, sciorina dati e dettagli con allarmante precisione, ricorda sicura fusi orari, temperature, distanze e tempi di spostamento, ha una memoria pericolosa o forse ha semplicemente ripassato la lezione per non presentarsi impreparata.

Dopo la pizza, un'insalata e un tagliere coi formaggi, provola silana pecorino sardo e una toma di Bra omaggio di Gemma. Marco sbarazza la tavola e Valeria fa per cambiare i piatti ma le ospiti si oppongono – hanno notato entrambe che non c'è la lavastoviglie –, i piatti della pizza vanno benone e ancora complimenti: chi l'ha fatta, a proposito? L'ha fatta lei ma i complimenti inorgogliscono lui, che li incassa e sorride come per dire ve l'avevo detto, e invece non l'aveva detto per niente.

Quando la cena è finita, quando hanno bevuto il caffè e fumato una sigaretta (Valeria no, lei non fuma ma a dio piacendo non fa crociate), Marco ha finalmente capito che lei non sarà granché utile come guida turistica e s'imbuca con Gemma nell'altra stanza, che è stanza da letto ma anche studio, per consultare carte geografiche cd-rom dépliant e chissà cos'altro. Valeria sparecchia e riordina, lei non ne perde una mossa perché la ragazza l'ha incuriosita ancor prima di conoscerla e adesso che ce l'ha davanti ha una voglia matta di farle un terzo grado, saltando preamboli e mossette d'avvicinamento.

Non è tanto il suo aspetto ad averla colpita – è una ragazza quasi bella ma non proprio, una come se ne vedono tante, alta giusta con curve e proporzioni giuste ma non da schiamazzarci dietro –: non il suo aspetto, ma il modo in cui si muove. La sicurezza la calma la precisione dei suoi gesti, il suo alzarsi sedersi camminare denunciano una padronanza assoluta del corpo, un sentirselo presente e vigile dall'alluce sinistro al mignolo della mano destra, suggeriscono la capacità di controllo della respirazione e del battito cardiaco, la facoltà di rappresentarsi e comandare ogni muscolo, dallo psoas al pronatore. Con un corpo così ci si vuole bene per forza, dentro a un corpo così ci si sta a proprio agio e in confidenza – pensa lei –, ma per costruirselo c'è voluta più fatica e disciplina che a pigliare due lauree.

«Marco mi ha raccontato che una notte hai steso due albanesi...» le dice, per entrare subito in argomento e conoscerla meglio.

«Stupido» la interrompe Valeria scuotendo la testa con espressione infastidita, «gli ho detto e ridetto di non parlarne in giro, ma lui...»

«Lui è orgoglioso di te. L'ha raccontato per questo, per farti un complimento. Mi spieghi com'è andata?»

«Lo sai già.»

«No, voglio i particolari. Il film, fotogramma per fotogramma e anche qualche fermo-immagine. Poi me lo proietto nei momenti di frustrazione, quando qualcuno mi dà della troia perché non è riuscito a fregarmi il parcheggio.»

Valeria ridacchia e si decide.

«È notte. Stiamo tornando a casa, chiacchieriamo tra noi e così non sento quei due che svoltano l'angolo e ci arrivano dietro. Uno mette un braccio intorno al collo di Marco, gli punta il coltello alla gola e chiede portafogli e cellulari, l'altro mi immobilizza alle spalle.»

«E tu ti li liberi e li stendi.»

«Calma, calma. Hai detto fotogramma per fotogramma. Se io reagisco subito è peggio e la situazione può precipitare. Invece faccio la donnetta impaurita, fingo che mi cedano le ginocchia, mi lascio andar giù quel tanto che posso e mugolo no no ah ah come se stessi svenendo. Il bastardo che mi tiene bloccata cerca di sostenermi – sai, viene istintivo tenere su chi sta cadendo – e io intanto mi sono un po' girata e lui con me ed è un po' sbilanciato in avanti e non troppo concentrato, così quando ho l'altro nel mirino gli mollo un calcio al ginocchio destro, proprio sulla rotula e sento un bel crac, frattura di legno verde diciamo noi, e capisco che ce l'ho fatta. Quando ti becchi un calcio ben assestato sul ginocchio non riesci a ragionare, fa così male che si blocca il respiro, il cervello non risponde e vai giù come un sacco, anche se sei Schwarzenegger o Nembo Kid. Io approfitto della sorpresa e del fatto che chi mi tiene ha ormai una presa debole, me lo lavoro con un atemi di piede ai genitali e un paio di gomitate allo stomaco, poi lo proietto in avanti con un colpo d'anca e lui atterra proprio sul naso.»

«E c'è un'altra frattura di legno verde...»

«No, il naso non fa rumore, non tanto da sentirlo almeno.»

«Non hai usato le mani.»

«Mai usare le mani, se solo si può. Le mani sono fragili, anche se hai fatto più di quindici anni di karate, non devi giocartele coi primi stronzi che incontri, rischi di rovinarle. Meglio piedi e gomiti.»

«E Marco?»

«Marco quando è caduto il primo ha allontanato il coltello con un calcio, poi i calci li ha usati per lavorarseli un po', l'uno e l'altro, finché non l'ho trascinato via. Inseguirci non potevano, perché a quello del coltello avevo messo una gamba fuori uso e l'altro stava sputando sangue, però siamo filati via veloci. Comunque non è una storia da raccontare in giro.»

«Perché? Siete stati aggrediti, era legittima difesa.»

«Certo. Ma quelli sono farabutti che non dimenticano facilmente.»

«Come fai a sapere che erano albanesi?»

«Dall'accento. Però abbiamo avuto due colpi di fortuna: primo, che faceva freddo, avevamo berretti sciarpe e colletti dei piumini rialzati, e non abbiamo detto una parola né lui né io, io ho solo mugolato e sono anche riuscita a trattenere il kiai.»

«Il kiai?»

«Sì, l'urletto che viene fuori quando dai la botta. Così non credo che abbiano tanti elementi per riconoscerci.»

«E il secondo colpo di fortuna?»

«Che non gli avrà fatto piacere raccontare ai compari quello che gli è capitato. Se vogliono salvare la faccia coi connazionali del loro giro devono inventare balle, dire che si sono scontrati con una banda più numerosa o cose del genere. Certo che se Marco lo racconta a tutti e attacca i manifesti ai muri io prima o poi quei due me li ritrovo davanti: con una pistola, questa volta.»

«Beh... non mi sembra così probabile.»

«Invece sì. Se a quei due gli brucia – e gli brucia di sicuro – ci rimuginano su e arrivano a capire che chi li ha sistemati è una professionista. A quel punto restringere il campo è un gioco da ragazzi.»

«Come in *Triplo*: l'agente del Mossad smascherato perché picchia troppo bene.»

«Proprio così. Anche tu leggi Ken Follett, vedo.»

«Io leggo di tutto, sono onnivora. Come ti è venuta la passione per le arti marziali?»

«Per caso. La mia compagna di banco mi ha invitata al saggio di fine anno di suo fratello e mi è piaciuto lo spettacolo. Se quello studiava danza, magari adesso sgambetterei nello *Schiaccianoci*.»

«Quanti anni avevi?»

«Otto. Ho cominciato quasi subito e non ho più smesso. Karate judo ju-jitzu ju-tai-jutzu, li ho fatti tutti.»

«Fai anche gare?»

«No, la competizione non mi interessa. Qualche incontro amichevole in palestra, ma niente di più. Comunque i miei non l'hanno mai digerita.»

«Preferivano la danza?»

«Beh, sai, famiglia tradizionale con padre commercialista madre casalinga e fratello che poi è diventato ingegnere ed è entrato in Fiat. Io non gli ho dato nessuna soddisfazione, neanche a scuola.»

«Non ti piaceva?»

«Sì che mi piaceva. Ma non ho fatto il liceo le magistrali o ragioneria, ho fatto la scuola d'arte bianca.»

«Adesso capisco.»

«Cosa?»

«La pizza. Anche la pizza fai da professionista.»

«Sì, pizza pane dolci, per questo ho voluto il potagè. Quando mi stufo di fare la buttafuori, pardon l'agente della security, apro una pasticceria. Ma tra un po' di anni, adesso mi piace ancora. E tu?»

«Io cosa?»

«Che lavoro faresti se non facessi la profia?»

«Non lo so: avvocato medico architetto, non cambierebbe molto o cambierebbe in peggio. Allora tanto vale fantasticare alla grande, scegliere tempo e luogo e scatenarsi.»

«Cioè?»

«Hai mai visto *Shanghai Express*?»

«No.»

«Allora ti presto la cassetta. Attrice di varietà, viaggiare sul treno Shanghai-Pechino, avere il corpo il viso lo sguardo i colli di volpe e le velette di Marlene Dietrich. E far fuori il viscido Henry Chang. Oppure danza del ventre, ballerina nei bassifondi di Istanbul o Beirut e intorno avventurieri legionari biscazzieri scrittori falliti e agenti segreti.»

«Non l'avrei detto.»

«Perché no? Se devi tenere a bada la palude della routine, tanto vale farlo in modo spericolato, fregandosene di kitsch e ridicolo.»

«Con l'immaginazione.»

«Appunto. È una risorsa formidabile.»

E mentre torna a casa protetta e scortata da Renzo, con l'immaginazione lei si vede vittoriosa in scontri e risse acrobatiche. Ma le strade sono deserte, i semafori lampeggiano sul giallo, agli incroci nessuno imperversa per pulire il parabrezza o vendere spugnette e fazzoletti, nessuno esibisce cartelli di malattie terminali e disastri familiari. Sotto i portici e sui marciapiedi non si vedono rapinatori stupratori o assassini: fa troppo freddo. Meno sette virgola cinque segna il termometro sul cruscotto, un'inezia rispetto al meno quindici virgola otto e al meno dodici virgola nove degli anni eroici (1954 e 1956), ma comunque una temperatura da isole Sverdrup per quasi tutti i torinesi, indigeni o d'adozione, che hanno imparato da giornali e telegiornali a sbalordirsi se d'inverno fa freddo.

«Com'è andata la tua cena?» chiede il marito.

«Bene» risponde lei. «Ho scoperto che vorrei fare judo.»

MERCOLEDÌ

La portinaia presidia la guardiola come Pinocchio il pollaio del contadino. Brutto segno, cattive notizie in arrivo.

Se tutto scorre liscio, se non ci sono grane condominiali sulla rampa di lancio – un tubo dell'acqua rotto con due alloggi allagati: non è colpa di nessuno, ma qualcuno ci ha sparato un chiodo dentro; se la posta, accuratamente esaminata in prima visione, non promette niente di male cioè multe, cartelle di pagamento –, se insomma gli dèi sono momentaneamente distratti perché impegnati a vessare qualcun altro, la portinaia è latitante o invisibile. Ma adesso è lì, presente e vigile e la abborda con faccia da disastro.

«Signora, lo sa già?»

E mentre esce dalla guardiola per raggiungerla nell'androne le lascia il tempo per un rapido inventario di possibili sciagure: la figlia il marito la madre il cane, a chi è toccato stavolta?

«Lo sa già?» le ripete, e lei risponde no, che non sa niente e intanto l'apprensione ha già macinato chilometri di strada.

«La signorina Karin» spiega, e lei tira un segreto sospiro di sollievo. Karin le sta discretamente sull'anima e anche se non le ha mai augurato neppure un raffreddore la sua sorte non la impensierisce più di tanto.

«Che cosa le è successo?»

«Non si sa. Manca da casa da ieri mattina. I signori Levrone sono preoccupati da morire.»

«Una scappatella» minimizza lei, «i ragazzi a quell'età...»

«La signorina Karin ha diciotto anni, non è più una bambina» puntualizza la portinaia, che è aggiornata meglio dell'anagrafe.

«Un litigio in casa allora...»

«Macché, la signora Levrone dice che non avevano litigato, che ieri mattina Karin ha fatto colazione e poi è uscita per andare a scuola come sempre.»

«Ci è andata, a scuola?»

«No. Ma non ci era andata neanche il giorno prima e a casa non lo sapevano. Però da scuola dovrebbero avvertire quando i ragazzi non ci vanno, dovrebbero stare un po' più attenti...»

«Come no. La colpa è sempre della scuola. Anche se la signorina Levrone è maggiorenne e per legge responsabile dei suoi atti.»

«No scusi, non volevo dire...»

«Certo. Speriamo che tutto si risolva presto» taglia corto lei che si è già indispettita.

Al primo piano è intercettata da sua madre:

«Vieni dentro, ho una cosa da dirti.»

«La so già, me l'ha detta la portinaia.»

«Accidenti che lingua!»

«Ti ha rubato la primizia?»

«Ma si può sapere che cos'hai? Invece di parlare mordi.»

«Non ho niente, scusa. Ma se devo dire la verità, non mi sembra il caso di fare sto gran trambusto.»

«Non ti sembra il caso? È da ieri mattina che è scomparsa e non ha dato sue notizie, può esserle capitato di tutto!»

«Mamma, la Levroncina non ha l'aria di una ragazza casa chiesa e famiglia, per un tipo così una notte fuori non dev'essere una cosa eccezionale.»

«E allora perché i suoi si preoccupano tanto?»

«Già, perché? Non lo so. Non lo so e non mi riguarda. Ciao, mamma.»

«Il cane l'ho già portato giù io.»

«Grazie, mamma.»

«E non dirlo con quel tono. L'ho fatto per farti un piacere.»

Per farmi un piacere e per spettegolare con la portinaia – pensa lei, ma evita di dirlo. La vita è già abbastanza complicata, non c'è bisogno di spiattellare sempre la verità. O quella che si crede tale.

Entra in casa e il bassotto sporge il muso dalla cuccia senza sventagliare la coda o, meglio, con un accenno minimo e svogliato di sventaglio. Come dire: lo so che si deve salutare, ma al momento mi passa altro per la testa. Stamattina è rimasto tutto solo, i padroni via per i loro misteriosi affari e Luana non è venuta – ha chiesto un giorno di permesso per accompagnare alla mutua la solita zia invalida e ricattatoria – e così non l'ha intrattenuto mettendolo a parte dei suoi amori e delle rate da pagare. Luana come colf non è la prima della classe, a esser generosi se la sfanga appena con un sei, ma in compenso si trascina dietro Potti di stanza in stanza come il pifferaio di Hamelin, grazie alla telenovela dei suoi affari di cuore e di denaro. Stamattina niente puntata, Potti è rimasto tutto solo a immalinconirsi e forse tra un giretto e l'altro nella casa silenziosa, tra un salire e scendere dal divano proibito, ha pure sognato brutti sogni, sogni che appartengono all'inconscio collettivo canino: nascere in Cina, essere gettati in un cassonetto dell'immondizia, venire scaraventati giù dalla macchina a cinquecento chilometri da casa, stare inchiodati a un tavolo da vivisezione... Quando hai fatto dei sogni così, si capisce che dopo hai gli occhi come uova al tegamino e se la tua padrona non ha un cuore di pietra deve prenderti in braccio carezzarti lasciarsi slinguare la faccia e darti anche un bocconetto vietato. Lei non ha un cuore di pietra, soddisfa le muteloquenti richieste canine e intanto il senso di colpa comincia a serpeggiare nella selva oscura della coscienza. Acida e aggressiva, si rimprovera tra sé, ecco come sono, una miserabile donnetta che non ha ancora imparato a dominare le lune storte e la sindrome premestruale, che si impermalisce senza motivo e reagisce inviperendosi. No, senza motivo è troppo, con la portinaia qualche motivo ce l'avevo e resto ancora in credito; con mia madre – si capisce – il discorso è più complicato, secoli di letteratura non sono bastati e anche la psicoanalisi non è che ci ha preso più di tanto nello sbrogliare il nodo del rapporto madre-figlia, conflittualità e identificazione, cannibalismo e oblatività, amore ed escrescenze cancerose.

Deposita a terra il cane – che si scuote dalla testa alla coda come dopo il bagno, semina peli, sbadiglia e vira istantaneamente d'umore: i cani non hanno stati crepuscolari – e si accorge che la segreteria telefonica lampeggia sul due. Lei detesta ascoltare i messaggi registrati (hanno quasi sempre un tono di forzata allegria o di eccessiva sicumera, oppure, raro, sono tartagliamenti di ecco ehm cioè mmm) e detesta anche lasciarne, per la verità è ostile al telefono come mezzo di comunicazione, così decide di far finta di niente, se la sbrighi il marito quando viene a pranzo, non caschera il mondo per una mezz'ora di attesa.

Insalata di pomodori giustamente esangui e insapori – siamo in gennaio – e minestra di lenticchie, che essendo stata preparata il giorno prima e lasciata riposare vale due primogeniture, non una. Via i pomodori, li rimandiamo a domani, con la minestra si accompagna meglio qualcosa di più deciso, un'insalata di arance con cipolline novelle e pepe, pazienza per chi si godrà l'alito, sta' a vedere che bisogna mangiare solo cibi di plastica per non turbare l'olfatto del prossimo. Chi se ne frega del prossimo. Al prossimo piacciono i deodoranti in stick spray roll-on, piacciono gli alberi magici e i gel da cesso, se non gli piace l'odore di cipollina peggio per lui.

Apparecchia la tavola prepara l'insalata scalda la minestra dà da mangiare al cane, poi si mette comoda in poltrona a leggere il giornale, ogni tanto un'occhiata all'orologio. All'una e mezzo è colta da un dubbio: sta' a vedere che... e si decide ad ascoltare la segreteria. Il primo messaggio, ore undici, è di Christian che dice che non sa se potrà venire a lezione, comunque si farà vivo; il secondo è del marito: ciao, sono Renzo. Se ti portassi dietro il cellulare e lo tenessi acceso ti avrei chiamata lì e lo avresti saputo prima. Comunque il messaggio è questo: non vengo a pranzo perché devo accompagnare in giro e poi al ristorante una delegazione di cinesi. Parlano un inglese infame e sarà dura. Spero che tu senta almeno la segreteria e non aspetti come al solito che arrivi io. Ma ti voglio bene lo stesso, anche se sei arcaica. A stasera.

Arcaica, non ha tutti i torti e io non lo prendo come un insulto. Due cucchiaiate di minestra direttamente dalla pentola, due forchettate d'insalata e via a letto, per un bel pisolo lungo. Stacco il telefono in camera – tanto c'è la segreteria – e lascio accostata la porta, così Potti penserà di fregarmi entrando gatton gattoni e saltando sul letto appena mi crede addormentata.

La delizia della pennichella, il piacere carnale del pisolo su cui aleggia la consapevolezza agretta ma anche dolce della fregatura inflitta al centalogo dei doveri, alle faccende di casa e di scuola. Gli altri fuori infognati nei loro compiti quotidiani e lei invece lì a godersi la sua ora clandestina di quiete, il sonno ristoratore all'ottavo livello Rem. Nel corso degli anni ha individuato gli elementi che favoriscono la perfezione di quell'intervallo di rilassato abbandono: buio totale plaid di ovattina leggero e morbidissimo da stendere sulla sovracoperta per non sconvolgere il letto e doverlo rifare, basta spogliarsi, sdraiarsi, raggomitolarsi in posizione quasi fetale, tirare giù la saracinesca della mente e respirare il proprio calore e odore. Qualche volta, non troppo spesso – perché la trasgressione non può essere norma, per la contraddizion che nol consente – permette che il bassotto la raggiunga, si spalmi lungo il contorno del suo corpo al di là del plaid e resti poi immobile nella speranza di non essere avvertito e scacciato. Anche per lui un'ora di puro paradiso.

Un suono prolungato la fa riemergere, livello dopo livello, dal suo confortevole abisso; il telefono no, non può essere, in camera l'ha staccato, il bassotto non le dà nessun aiuto perché finge di non aver sentito e se potesse si tapperebbe e le tapperebbe le orecchie coi piottini, però il suono continua e lei finalmente capisce che qualcuno si è attaccato al campanello della porta come alla martinella del Carroccio. Butta giù le gambe dal letto e accende la luce, il cane infingardo si scuote scende pure lui trotterella verso la porta e a metà strada si ricorda di abbaiare, lei si infila una vestaglia e dice vengo vengo, anche se è del tutto inutile perché chi suona non può certo sentirla da fuori. Guarda dallo spioncino e al di là c'è la faccia di Christian deformata dalla lente, ti apro subito, gli dice, e mentre armeggia con chiavi e chiavistelli pensa che è vestita in modo improprio, che è scalza – per la fretta e l'intontimento non ha infilato le ciabatte – che ha sicuramente i capelli ritti come nella storica réclame delle matite Presbitero e che devono essere già le tre e mezzo.

Christian entra e non bada affatto al suo aspetto, ha un odore acre e insieme oleoso che non sa solo di infelicità ma anche di paura e forse di febbre, Potti starnutisce e si allontana subito, lei dice vieni avanti e cerca di mettersi sopravento. Lui passa nello studio e si siede al solito posto, non ha portato né i libri né il quadernone ma il cellulare che posa subito sulla scrivania, ha il fiato corto anche se ha fatto le scale in discesa o ha preso l'ascensore e sembra avere mille cose da dire. Lei lo lascia un momento da solo, non va neppure a cercare le ciabatte ma gli porta un bicchiere d'acqua e ne prende uno per sé, avrebbe più bisogno di un caffè, magari doppio e ristretto, un concentrato di caffeina per essere lucida e in grado di dare un po' di conforto a quel poveretto. Gli mette il bicchiere davanti e gli stringe una spalla con la mano, un po' di fisicità è meglio di mille parole, vorrebbe quasi abbracciarlo, ma la consapevolezza del suo déshabillé e il tanfo del ragazzo le sconsigliano di farlo.

«Bevi» gli dice sedendosi di fronte a lui. «Ancora nessuna notizia?»

«No, niente.»

«Raccontami dal principio.»

«L'altra notte Karin è rientrata tardi, dopo le tre, i miei non l'hanno sentita ma io sì, abbiamo le camere vicine. Ieri mattina alle sette era già in piedi, di solito si sveglia più tardi, non è tanto puntuale e a scuola salta un sacco di volte la prima ora o non ci va del tutto. Si è bevuta il mio tazzone di caffè – io me ne sono fatto un altro – e quando le ho chiesto come mai già in piedi ha alzato le spalle. Lei dice solo quello che vuole, è inutile farle domande e io ho lasciato perdere. Poi non so, perché è uscita dopo di me, comunque ha preso la macchina, l'ha vista la portinaia che stava spazzando il marciapiede e dice che era parcheggiata davanti al bar. A scuola non è andata, né ieri né l'altro ieri, però forse voleva andarci, perché la macchina è lì vicino, due isolati più in là. Ieri non ci siamo preoccupati, perché spesso lei non viene a pranzo o a cena e non avverte, oltre tutto i miei erano andati a Milano e sono rientrati verso le otto di sera, poi hanno deciso di cenare fuori perché Regina, la nostra donna di servizio, era già andata a casa e non c'era niente di pronto. Io no, non avevo voglia di uscire, ho mangiato dal frigo, ho giocato alla Playstation e poi ho ascoltato musica con le cuffie. Non ho sentito rientrare i miei e verso le undici mi sono addormentato. Stamattina credevamo tutti che Karin fosse in camera sua a dormire, Regina verso le dieci ha bussato per rifare la stanza e quando ha visto che non c'era e il letto non era sfatto mi ha chiamato e io ho telefonato a mia mamma.»

«Anche tu non sei andato a scuola?»

«No, stamattina mi sentivo strano, ho misurato la febbre e avevo trentotto e tre.»

«E adesso?»

«Adesso cosa?»

«Quanto hai di febbre?»

«Non lo so, non l'ho più misurata, ma mi sento le ossa rotte, forse ce l'ho ancora.»

«Probabile. È già capitato che Karin passi la notte fuori senza avvertire?»

«Sì, qualche volta. Adesso è maggiorenne e dice che può fare quello che vuole.»

«E nessuno in casa le ha mai svirgolato la testa con una sberla?»

«Come dice?»

«Dico...»

«Noi non ci hanno mai picchiati.»

Lo vedo, pensa lei, e tu sei spaurito e fragile e tua sorella è arrogante egoista e stronza. Ma io sono arcaica anche sotto questo aspetto, se mi sentono quelli di Telefono Azzurro mi denunciano per apologia di reato e istigazione a delinquere, se esterno le mie idee fuori da una cerchia ristrettissima mi tolgono la patria potestà e mi licenziano dall'insegnamento. È anche vero che la sberla costituisce l'*ultima ratio*, quella cui non si dovrebbe arrivare, perché prima ci sono l'esempio il dialogo la persuasione, ma in certi casi... à la guerre comme à la guerre.

«Dove l'avete cercata?»

«Beh, prima di tutto al cellulare, ma è spento ed è per questo che siamo preoccupati. Le altre volte che ha passato la notte fuori senza avvertire, al cellulare poi l'abbiamo sempre trovata. Dopo mia mamma ha telefonato a scuola, a un paio di sue amiche che conosciamo e a Gigi, il suo ragazzo, ma nessuno l'ha vista o sentita dall'altra sera. Dopo ancora ha telefonato agli ospedali, ma per fortuna non dovrebbe aver avuto incidenti, non è ricoverata da nessuna parte. È anche andata a vedere se trovava la macchina: è parcheggiata vicino a scuola, gliel'ho detto, chiusa con l'antifurto e dentro non c'è niente che possa darci un'idea, mia mamma l'ha aperta.»

«Polizia, carabinieri?»

«Non ancora. Però se per le sei non ne sappiamo niente

mio padre ha deciso di avvertirli. Solo che poi lei quando torna diventa una belva.»

E tutti hanno paura della belva, nessuno fa schioccare la frusta per insegnarle a salire sullo sgabello o a starsene semplicemente al suo posto senza ruggire spalancare le fauci e sfoderare gli artigli. L'adolescente ha impugnato il coltello dalla parte del manico e il bagliore della lama blocca tutti. Perché? Che cosa è capitato prima? Oppure non è capitato niente e ci sono stati solo impercettibili scivolamenti, cedimenti così minimi da sembrare innocui?

«Tu non hai proprio nessuna idea di dove possa essere andata?»

«No.»

Abbassa gli occhi e la testa, fissa il cellulare come se potesse farlo squillare con la forza della volontà e lei capisce che sta nascondendo qualcosa. Si sporge in avanti – si ricorda in quel momento che ha mangiato le cipolline e il suo alito non dev'essere angelico nonostante il dentifricio, ma che importa, un po' per ciascuno e poi lui ha la febbre e non se ne accorgerà neppure –, si sporge in avanti, gli solleva il mento, lo costringe a guardarla.

«No? Proprio no?»

Lui arrossisce si ritrae e abbassa gli occhi.

«No.»

È un no deciso, per il momento niente da fare. Solidarietà generazionale, complicità fraterna o chissà cos'altro. Bisognerebbe nascere a trent'anni, non prima.

«Come vuoi. Però se tua sorella non torna presto, cerca di farti venire in mente qualcosa. È meglio per tutti, per lei in primo luogo.»

«Sì.»

Ha una sfumatura di ostilità negli occhi e nella voce. Christian – pensa lei –, non volevo ferirti né farti la predica, so che sei venuto qui perché non reggi la tensione di casa tua, tua madre pallida che si torce le mani e ripete frasi senza senso, tuo padre che cammina avanti e indietro come un carcerato accendendo una sigaretta dopo l'altra.

«Ti misuro la febbre» dice e tronca subito i tentativi di resistenza.

La febbre lui ce l'ha davvero, trentotto e sei, può essere influenza distonia neurovegetativa reazione all'ansia, vai a sapere, forse neanche un clinico illustre azzeccherebbe la diagnosi. Ma prendersi cura di lui non può che fargli bene.

«Adesso ti faccio una cioccolata calda e ti rifilo venti gocce di tachipirina. Torno subito.»

Stavolta lui non oppone resistenza, lei va a infilarsi pantaloni maglione e ciabatte e a darsi una sommaria pettinata, prepara la cioccolata per l'ospite e un caffè doppio per sé, torna in studio con un vassoio su cui ha posato quanto promesso più una scatola di biscotti. Abitudine femminile radicatasi nei millenni: somministrare cibo e bevande contro i mali corporali e spirituali. Christian beve la medicina e comincia a sorseggiare la cioccolata. Un biscotto? No grazie; ma poi per curiosità o compiacenza ne prende uno e lo sgranocchia, e dopo un altro e un altro ancora, insomma fa fuori il contenuto della scatola perché, tutto preso dalle sue ambasce, non si era accorto di avere fame.

Lei beve il suo caffè e intanto si chiede come finirà il pomeriggio. Se il ragazzo non se ne va spontaneamente dicendo grazie signora buongiorno, come farà a fargli capire – con tutto il garbo possibile, per carità – che dovrebbe smammare? Le dispiace per i Levrone, le dispiace per lui, ma non può baliarlo tutto il giorno perché quella stronza di sua sorella non dà notizie di sé. Di cose da fare ne ha più del solito, dato che Luana non è venuta, e poi non è un'istituzione benefica una dama di carità una suora laica. E comunque, incombenze a parte, come lo intrattiene? Gli racconta la sua vita o quella del Machiavelli, gli fa affettare le cipolle per la zuppa di stasera (così può sfogarsi con lacrime giustificate), lo seduce come in Radiguet? Ma lui non è Gérard Philipe e lei è più attempata di Marthe: coraggio, Christian, alzati ringrazia saluta e che sia finita lì.

Lui non fa proprio niente di quello che lei spera, sembra aspettare un intervento risolutore, un *deus ex machina* che sblocchi la situazione e gli permetta di posare la tazza senza rigirarci dentro il cucchiaino all'infinito.

«Una partita a Scarabeo?» propone lei.

«Oh sì!» acconsente subito lui.

Sistemata la cartella, sorteggiato il turno, tocca a lui cominciare. Deve avere fatto un'estrazione sfigata, perché tutto quello che riesce a compitare è una miseria, una paroletta stracciona di quattro lettere: CASO.

Ma caso, si accorge subito lei, è un anagramma di caos.

Se nasci di trent'anni ti perdi gli stupori e le scoperte dell'infanzia, le improvvise accensioni della giovinezza, l'onnipotenza di qualche slancio. Ti perdi anche gli sconforti dell'adolescenza, la disperazione cupa per un saluto negato, uno sguardo non ricambiato. Il furore e la rivolta verso un mondo che non ti capisce. Se non nasci ti perdi tutto.

Com'ero io tra i quattordici e i diciott'anni?

La memoria è infida e selettiva, ricorda quel che vuole, rimuove quel che disturba o contraddice il presente, e la nostra immagine retrospettiva è distorta dai mille infingimenti più o meno volontari che accampiamo per proteggerci. Non ricordo lunghi furori e rabbiose rivolte, anche se molte cose del mondo mi sembravano atroci. Carestie, bambini di Africa e Asia col ventre gonfio e gli occhi spenti, guerre d'apocalisse con foreste carbonizzate, cumuli di cadaveri e profughi senza domani: non potevo non commuovermi e indignarmi, e gli adulti ne erano responsabili, quegli adulti di cui io e i miei coetanei avremmo preso il posto e le cui infamie avremmo rinnegato e cancellato. Ma gli orrori assortiti dei vari continenti, Vietnam Biafra Afghanistan Cile Cina Cambogia Argentina, le impunite stragi di casa nostra, i morti ammazzati distesi sull'asfalto nella pozza del loro sangue: era per quelle atrocità vicine e lontane che qualche volta ho desiderato di morire e ho immaginato i lucidi dettagli del mio funerale? Francamente, no. La consapevolezza del male e dell'ingiustizia costituiva soltanto il franoso zoccolo su cui si ancoravano ferite e crucci meschini certo, ma dolorosamente invadenti. A vagheggiare il suicidio, a emulare virtualmente il giovane Werther e Jacopo Ortis non sono mai arrivata, almeno mi pare, ma a sognare di essere travolta da un tram (perlopiù il 18), sì. Nel mio copione non c'erano un tronco straziato dalle ruote e membra tranciate o maciullate – me lo impediva, come dire?, una certa repulsione estetica verso il grand-guignol –, il tram mi dava semplicemente una botta, io cadevo sull'asfalto e un opportuno spigolo di marciapiede provvedeva a farmi decedere. Niente sangue, l'emorragia cerebrale era una roba interna, non visibile, non turbava la compostezza della scena. E il piangere sulla propria morte dava un conforto dolce, faceva quasi dimenticare perché si voleva morire. Ci hanno pensato gli scrittori latini ad aprirmi gli occhi, a farmi capire quanto compiacimento c'era in quei vagheggiamenti elegiaci. Poi... poi è morto mio padre e di elegia non ho più sentito il bisogno, perché era arrivata la tragedia. Forse mio padre – di cui fra poco sarò coetanea – sarebbe un testimone discretamente attendibile di come ero. Mia madre no. Lei riscrive il passato a ogni stagione, si ingegna in un fantasioso revisionismo che corrisponda alle sue esigenze del momento: io – tra i quattordici e i diciotto – posso essere stata Bernadette Soubirous o Rosa Luxemburg, indifferentemente.

E adesso, come sono adesso?

Adesso, per il momento, devo affrontare l'ora del ricevimento-parenti, incombenza più indigesta di una bagna cauda con peperoni e cavolo.

I parenti, cioè i genitori degli allievi, vengono solo per lamentarsi di qualcosa – il quattro del compito in classe, l'interrogazione senza preavviso –, per aggredirti verbalmente – perché mia figlia deve tenere il cellulare spento durante le lezioni? cosa li hanno inventati a fare i cellulari? –, per contestare gli infiniti soprusi inflitti ai loro figli. Che non hanno nessunissimo dovere ma un universo di diritti. Oppure non vengono mai. Oppure vengono a dichiararti guerra se hai fatto telefonare o scrivere dieci volte dalla segreteria per pregarli di farsi vivi. Anche la più sparuta donnetta lucana in abiti di lutto perenne, anche il più mite e calloso cuneese che scava buche per i lavori stradali hanno voglia di lapidarti quando insinui che il loro figlio o figlia è un po' meno perfetto del Cristo salvatore figlio di Dio o della di lui madre. Chiusi a riccio in difesa della famiglia, sordi e ciechi di fronte a ogni rilievo e a ogni richiesta di collaborazione. I loro figli sono ragazzi normalissimi. Con la faccia pulita. Come tutti. E quelli che buttano sassi dai cavalcavia? Quelli che la notte viaggiano ai 180 a fari spenti accoppando e accoppandosi? Quelli che scannano con coltelli e con spranghe?

Quelli vengono da un altro pianeta.

Stamattina forse viene il padre o la madre di Deborah Lentini e saranno dolori. Dolori e tempo sprecato, come sempre o quasi. Ma dopo ho finito, la giornata è tutta mia e speriamo che sia meglio di ieri. Ieri Christian aveva messo radici sulla sedia e a un certo punto ho temuto che non se ne andasse più: noi due congelati in uno spazio-tempo parallelo a giocare a Scarabeo per l'eternità – e intanto mi venivano le formiche ai piedi, il crampo ai polpacci, il prurito al naso alle orecchie all'inguine (dove non sarebbe stato educato grattarsi) – ma poi finalmente il suo cellulare si è agitato sulla scrivania e ha dato un trillo, non era Karin e non erano neppure sue notizie, era il padre che lo invitava a tornar su per presidiare la casa e il telefono insieme con Regina, mentre lui e la madre andavano alla polizia a raccontare tutta la storia e a fare forse una denuncia di scomparsa. Finalmente libera. Libera, kantianamente, di fare il mio dovere: il cane che lancia occhiate alla porta e al guinzaglio – hai ragione, hai più che ragione ma mi raccomando non farla sul pianerottolo e men che mai sull'ascensore – poi la cena da preparare, niente zuppa di cipolle perché è troppo tardi, ma la minestra di lenticchie non basta per tre. Però a Livietta i cibi biblico-contadini non piacciono, Findus Knorr e Star l'hanno già corrotta, le hanno insegnato a trovar buone le poltiglie precotte e predigerite – l'Internazionale del glu-tammato, direbbe Pepe Carvalho – sicché le lenticchie ce le mangiamo noi e a lei diamo quello che vuole, minestri-na di dado tonno in scatola e altre schifezze a scelta. Così si avvelenerà un po' ma la smetterà di contestare le no-stre scelte alimentari e magari a diciott'anni non scompa-rirà senza dire né ah né bah.

Davanti alla sala professori stanno in attesa tre parenti: uno per lei e due per la Rinetti, specifica la bidella. Faccio passare subito o prende prima un caffè? Faccia passare su-bito, dice, così mi tolgo prima il dente, pensa. La bidella fa passare un trentacinquenne dall'aria malavitosa, vestito come Robert De Niro in *Casinò*, anche se Torino, soprat-tutto d'inverno, non regge le tinte di Las Vegas. Le scarpe non fa in tempo a vedergliele ma le immagina bianche e bordò. Il malavitoso la guarda dall'alto in basso – lei si è seduta –, si siede a sua volta e spara:

«Debbie Lentini.»

Niente buongiorno, niente stretta di mano. Malavitoso e villano, cominciamo bene.

«Lei chi è, scusi?»

«Vengo per Debbie Lentini. Ha scritto la segreteria.»

«Io ho chiesto di parlare con il padre o la madre di De-borah e lei non mi sembra né l'uno né l'altra.»

«Sono lo zio.»

«Paterno o materno?»

«E che min...»

«Che minchia me ne fotte?» lo interrompe lei con soa-vità provocatoria.

Il malavitoso è interdetto. Ma come si permette sta fem-mina scrausa sta zoccola sta profia di merda, come si per-mette di parlare come neanche un carrettiere?

Ma perché parlo peggio di un rappista nero, perché non

recito la mia parte di profia impicciona e inconcludente, perché sto cercando rogne?

«Materno» ringhia lui.

Lei apre la sua nuova agenda, sempre verdolina, alla pagina giusta e appunta: "D. Lentini, colloquio con lo zio materno".

«Le dispiace dirmi il suo nome e cognome?»

«Russo Nicola.»

Appunta anche cognome e nome, richiude l'agenda, apre il registro alle ultime pagine (*Annotazioni*), legge e dice:

«La madre di Deborah di cognome fa Alderucci.»

Il malavitoso non usa subito la lupara, ma gli occhi trasmettono una minaccia concreta. Begli occhi, tra l'altro, anche se in un contesto poco tranquillizzante.

Lei sospira, sa benissimo di esser partita col piede sbagliato e per un motivo non futile ma addirittura idiota. Mi sono irrigidita perché non mi piace com'è vestito, anch'io infognata nel pregiudizio globalizzato, liceo università buone letture buone frequentazioni non mi hanno insegnato niente, giudico le persone dal look e le inchiodo in caselle definite, si rimprovera. È anche che ho dormito male stanotte, la faccenda di Karin mi ha disturbata più del previsto, una carie fastidiosa che trafiggeva il mio sonno. Ma adesso come la sistemo con questo Russo Nicola che forse non è un malavitoso ma che di sicuro non è lo zio di Deborah detta Debbie?

«Che ne dice se prima ci prendiamo un caffè e poi ricominciamo da capo?» propone.

Russo Nicola abbozza un sì con la testa, lei rifornisce la macchinetta della giusta mercede, armeggia con cialde pulsanti e bicchierini di carta, si risiede e gli mette davanti bustina di zucchero paletta e bicchierino con caffè fumante. Non è una meraviglia ma neanche uno schifo, già meglio che in tanti bar.

«Grazie» sibila lui che non ha smesso un attimo di impallinarla con gli occhi.

«Senta» attacca lei, «se ho fatto telefonare e scrivere dalla segreteria didattica non è per mio divertimento e neppure per impicciarmi in affari che non mi riguardano. Deborah però mi riguarda perché è una mia allieva e occuparmi di lei fa parte del mio lavoro. Se lei è venuto qui, zio o non zio, è perché Deborah, cosa fa o non fa, in qualche modo riguarda anche lei.»

Lui ha bevuto il caffè senza smettere di fissarla. Apparentemente impassibile. Impassibile e torvo.

«Che cos'è che fa o non fa?»

«Fa tante assenze, troppe. Viene due giorni sì e tre no, salta i compiti in classe e le interrogazioni. Le assenze sono sempre giustificate sul libretto – mal di testa mal di denti visita medica indisposizione – con tanto di firma del padre, ma siccome la storia va avanti da novembre... ecco: non mi sembra credibile.»

«Perché non dev'essere credibile?»

Perché è una storia ricorrente e ci sono già inciampata decine di volte. Sedici, diciassette anni: sbandate amorose o di altro genere, in famiglia si contano balle, a scuola si va a singhiozzo, falsificare la firma di padre o madre sulle giustifiche è una roba da ridere... Ma perché spiegare tutto questo al finto zio malavitoso – sì, malavitoso – di Debbie Lentini? E c'è anche dell'altro, più preoccupante ancora. Da dove arrivano gli improvvisi abiti firmati le borse di gran lusso e tutti gli accessori di prima classe – occhiali sciarpe guanti – spuntati come funghi dopo la pioggia? E proprio lei, la Debbie, che prima vestiva da bancarella o Postalmarket e distoglieva pudicamente lo sguardo dai versaci e dolciegabbana di qualche compagna o compagno più in tiro...

«Non è credibile perché non è vera. A diciassette anni è difficile star male a rate, è più facile innamorarsi e perdere di vista la scuola e tutto il resto.»

Centrato, bersaglio colpito in pieno. Missile intelligente. Russo Nicola non ce l'ha fatta a restare impassibile, un guizzo minimo degli occhi lo tradisce. Restano da spiegare gli orpelli alla moda, l'assenza dei genitori, la veste di questo delegato.

«E se di amore si tratta, è un amore corrisposto.»

Un altro guizzo negli occhi. Nicola Nicola, che malavitoso sei? I padrini la cupola i compari d'anello non ti hanno insegnato quasi niente, riesci a controllare la faccia ma gli occhi no, gli occhi che – dicevano i romanzi per signorine e i proverbi delle nonne – sono lo specchio dell'anima. Sta' a vedere che sei innamorato pure tu e al cuor non si comanda. La faccenda, a questo punto, può anche avere un lieto fine. Un temporaneo e precario lieto fine, come tutto.

«E siccome gli amori corrisposti sono in genere felici – intralci di parenti a parte – dovrebbero lasciare un po' di spazio anche alla scuola, non le pare?»

«I parenti sono d'accordo e Debbie tra cinque mesi è maggiorenne.»

«Lo so. Ma a diciott'anni si è meno maturi che a trenta o trentacinque. A diciott'anni la scuola può sembrare una perdita di tempo, ma non lo è, non del tutto perlomeno. Non perché poi regali o quasi un diploma, ma perché aiuta a crescere. Glielo dica, per favore, a Debbie. Sono sicura che lei può convincerla.»

Adesso lui è un po' a disagio. Cerca sigarette e accendino, legge i cartelli di divieto e decide di rispettarli, ma non sa cosa fare con le mani. Poi al disagio subentra qualcos'altro, il compiacimento del maschio lusingato. Anche i malavitosi hanno una psicologia elementare.

«Come fa a sapere che è innamorata?»

«Guardo Debbie, le poche volte che viene a scuola. Glielo si legge in faccia.»

E tu, mister Russo, devi essere un amante mica male. Uno che dà soddisfazioni. Non che sia difficile per un trenta-trentacinquenne alle prese con una ragazzina senza troppa esperienza, che ha provato solo il sesso goffo e maldestro di coetanei, ma insomma... Debbie, quando compare, ha negli occhi la luce liquida di chi ha appena fatto l'amore e nei gesti – lenti e molli – il languore di chi si sente intorpidito da un lungo corpo a corpo. Occhi e gesti di una ragazza appagata ai limiti dello sfinimento. Ma questo non te lo dico, mister Russo, non è il caso.

«Ancora una cosa. I genitori sono al corrente delle assenze o no?»

«I genitori sono tornati in Sicilia. Torino non gli è mai piaciuta, non si sono ambientati.»

«E Debbie?»

«Debbie vive con me. I suoi lo sanno e sono d'accordo.»

«Allora tocca a lei averne cura. È poco più di una ragazzina. E me la mandi a scuola, la prego.»

«Non si preoccupi.»

Sì che mi preoccupo. Meno di prima, ma un po' mi preoccupo. Ci sono questi genitori che a Torino non hanno messo radici né fatto fortuna, c'è questa figlia di diciassette anni che incontra Russo Nicola che di anni ne ha il doppio. La trappola non può che scattare: lei è una bellezza radiosa e acerba, una preda irresistibile per un uomo oltre la trentina – amante padre e padrone –; lui ha il fascino di chi ha vissuto, sa cosa e come ordinare al ristorante, la fa sentire adulta, non s'imbrana al primo ostacolo e in più ha soldi vestiti costosi macchina potente... Le premesse per la passione ci sono tutte. Quanto durerà non è dato sapere, ma anche la vita non dura per sempre eppure la viviamo lo stesso. Certo, gli elementi di rischio sono molti: il mestiere di Nicola, per esempio. Non è un bancario un avvocato un commercialista un impiegato, è... ebbene sì, è probabilmente un malavitoso di livello medio. Se va bene contrabbando di auto rubate, se va peggio grossista di droga o racket delle estorsioni, se va malissimo commercio di carne umana. Di peggio ancora ci sono solo i trafficanti di armi – mine antiuomo esplosivi mitragliatrici bazooka lanciamissili – ma quelli vestono da veri signori, sono magari principi o conti, vivono tra una capitale e l'altra.

Speriamo che duri. Un paio d'anni almeno, intanto lei cresce e dopo ce la fa a reggere il colpo.

Russo Nicola – sempre che si chiami davvero così – si alza. Questa volta le stringe la mano e le dice arrivederci. Arrivederci: se le parole hanno un significato oltre al suono, vuol dire che si rifarà vivo, che comparirà di nuovo a chiedere notizie della sua Debbie.

Poi se ne va e lei gli guarda le scarpe: sono proprio bianche e bordò.

VENERDÌ E SABATO

La vita fugge e non s'arresta un'ora, ma non sempre e non per tutti.

Certe volte il tempo sembra fermarsi, le lancette dell'orologio bloccate da una forza invisibile, immobili sul quadrante della percezione. È sempre *adesso*, non si scivola nel dopo, ogni respiro si affaccia su una voragine di angoscia.

Quando aspetti che si apra la porta di una camera operatoria e qualcuno ti comunichi un verdetto di morte o di vita. Quando urli nel travaglio di un parto difficile e qualcuno dice che la peridurale è meglio di no che una flebo non è il caso. Quando il telefono non squilla la porta di casa non si apre e chi aspetti non compare.

Poveri Levrone – pensa lei, e intanto abbraccia Flavia che si è innaffiata con un profumo di mughetto un po' troppo jeune fille. Ogni tanto, quando esce dall'ufficio, le fa una visitina con o senza preavviso e lei ne è contenta, perché passano un'ora a giocare alle signore come quando erano bambine. Oggi Flavia ha un viso stropicciato da papavero appena esploso dal calice e la sua età la dimostra quasi tutta, nonostante il depistaggio operato da fondo tinta correttore ombretto e mascara.

«Come va?» le chiede, prevedendo che la risposta sarà compresa nella scala non bene-di schifo.

«Come vuoi che vada? Di merda» la sorprende l'amica. Di merda è una definizione inedita nel lessico di Flavia, ma la collocazione nella gerarchia delle paturnie è facilmente intuibile.

«Lavoro, vita privata, cosa?»

«Tutto. Tutto di merda. Mi fai un caffè doppio? Così poi non ho rimorsi con il Tavor.»

«Agli ordini.»

Flavia fa l'avvocata in una grande compagnia di assicurazioni. Ne dirige o quasi l'ufficio legale e lei preferisce non chiedersi quanto sia brava professionalmente. Perché va bene bastonare i furbastri che s'inventano colpi di frusta ed ernie del disco, che trasformano in apocalisse un paraurti ammaccato o il furtarello di due canotte e un calzino, ma ci sono anche i tapini gli onesti i vecchi coi figli lontani o indifferenti, quelli che un biglietto da cinquecento in più o in meno gli cambia la vita. Nell'amicizia è meglio non sapere tutto, lasciare zone d'ombra, non incaponirsi a frugare negli angoli.

«Lo sai che ho quasi quarant'anni?» sbotta Flavia quando ha finito il caffè.

«E allora? Io li ho appena fatti. Con la loro brava crisi di contorno, comprensiva di depressione e autocommiserazione.»

«Bell'aiuto che mi dai!»

«Poi passa.»

«Passa come?»

«Passa. Magari con una piccola spinta.»

«E tu una spinta me la daresti?»

«Certo. Suggerisci tu o mi arrangio da sola?»

«Mah... non so. Credo che dovrei buttarmi in qualcosa di nuovo, frequentare altra gente oltre alla solita, variare un po' il menu quotidiano.»

Io l'ho risolta con un delitto, la mia crisi – pensa lei. Non commesso da me – diociscampi – ma capitatomi tra i piedi. Però non si può generalizzare, non è che l'omicidio sia una panacea.

«Senti» riprende Flavia, «pensavo... se domani mattina sei libera...»

«È sabato. Sono libera. Cosa pensavi?»

«Di andare alla presentazione di un seminario. Per vedere se iscrivermi o no.»

«Seminario su cosa?»

«Toh, leggi qua, mi è arrivato in ufficio» e le porge un cartoncino d'invito e un opuscolo.

Lei legge. Poi rilegge. Non è possibile, Flavia deve averle passato una cosa per un'altra.

«Il seminario sarebbe questo?»

«Sì.»

«Allora ci vai da sola. Preferisco farmi un giro sull'1 e rischiare il borseggio con destrezza degli zingarelli.»

«Ma perché?»

«Perché? Sai ancora leggere o sei rincitrullita totale? *Introduzione all'Ecospiritualità. Alla scoperta dell'Identità Ancestrale dei Popoli Naturali.* Anche le maiuscole a sproposito ci mettono, sti fessi. *Sei incontri per compiere un viaggio alla ricerca della propria Identità Cosmica: da ciò che c'era prima del Big Bang, alla formazione delle galassie, sino alla Manifestazione della Coscienza e alle Sue prospettive di continuità.* E fa anche trecentocinquanta euro. Dopo questo c'è solo il corso per comunicare con gli angeli poi sei pronta per il repartino psichiatrico o per quello Alzheimer.»

Flavia non reagisce nel modo consueto, non contrattacca e un'increspatura alla radice del naso suggerisce possibili lacrime. Allora la faccenda è grave davvero, quest'avvocata abitualmente lucida e ironica sta quasi andando a pezzi. Bisogna aiutarla.

«Cosa fai stasera?»

«Vado al Regio con mia sorella e mio cognato. C'è la *Traviata.*»

«Brava. Ma prima va' a spendere quello che risparmi: comprati un vestito una borsa un servizio di piatti quel che ti pare. E domani mattina alle dieci vengo a prenderti e ti porto in un posto.»

«Dove?»

«Sorpresa! Poi andiamo a farci un brunch al bar Lavazza e dopo chissà, da cosa nasce cosa.»

«E Renzo? E Livietta?»

«Vedano loro, s'inventino qualcosa oltre al ronfare.»

Proprio a pezzi, si ripete lei quando l'amica se ne è andata. Per fortuna dopo cena può grondare lacrime con la *Traviata* e sfogarsi un po', così non mi è corso l'obbligo morale di invitarla a passare la serata da noi. Una scocciatura in meno e possibili complicazioni evitate. Complicazioni, perché una così in panne da voler frequentare un seminario di ecospiritualità è capace di qualunque cosa, anche di imbastire un'avventuretta col marito di un'amica. Non per carogneria ma per pura e semplice fragilità emotiva. E i maschietti, anche se vogliono bene alle loro mogli anche se sono tendenzialmente fedeli, si commuovono di fronte alla fragilità, si sentono investiti di missioni cavalleresche e alè, indossano l'armatura brandiscono la spada gonfiano i pettorali e in men che non si dica finiscono a letto con la fanciulla strappata alle fauci dell'orca assassina. Del drago. Del mostro. Un classico, un topos, da Perseo in giù. In questo caso la fanciulla non è più tanto fanciulla ma ha un bel paio di tette e due occhi da annegarci dentro. La prudenza non è mai troppa. Fidarsi è bene ma non fidarsi è meglio. Prevenire è meglio che reprimere. Sto rincitrullendo anch'io e penso per proverbi. Per proverbi e per libri. Ma per libri è più normale, dato che sono una profia di lettere. Domani però la distraggo per davvero e riscatto i miei pensieri maligni.

L'indomani alle dieci è sotto casa di Flavia che è già davanti al portone in attesa. Tutt'e due puntualissime, tutt'e due tirate su a suon di attenta a non far tardi, sbrigati che è tardi.

«Dov'è che mi porti?» chiede Flavia che ha la faccia un po' meno stropicciata di ieri. L'opera e/o il Tavor gliel'hanno stirata un pochino, ma il tono generale – voce occhi espressione – è sempre funereo.

«Aspetta e vedrai. Un po' di suspense non guasta. Intanto fammi da navigatore, perché lo sai che con le strade sono imbranata.»

«Ma come faccio a navigarti se non so dove andiamo? Mi sa che stai cileccando anche tu, nonostante i predicozzi di ieri.»

Sta meglio. Reagisce alla solita maniera, forse non è una cosa così grave.

«Sul cruscotto c'è *Tuttocittà*. Tavola 33, via Rosario di Santa Fé. È lì che dobbiamo andare.»

«Fin sulla forca, con tutto il centro da attraversare. Dai, gira a sinistra al prossimo semaforo, poi la quarta a destra no la quinta che ha il senso giusto poi...»

«Niente poi e poi, un'indicazione per volta se no mi scoppia la testa.»

Dev'esser bello aver stampate in testa le mappe della città. Della propria almeno. Torino è facile, perpendicolari e parallele, non ci si perde nessuno ma io sì, alla seconda svolta partendo da casa ho già il capogiro e non so se devo andare a destra o a sinistra. Renzo non se ne capacita mai, crede che lo faccia apposta per giocare un po' alla cottolenga invece io sono minorata per davvero, una fetta del mio cervello ha i chip scollegati. Non è un caso che il mio incubo ricorrente – che mi sveglia col cuore scalpitante e il sudore diaccio sulla nuca – sia il ritrovarmi in una città sconosciuta senza soldi e documenti, la mente vuota che non ricorda il nome dell'albergo dove alloggio. Sola, sperduta. E.T. prima dell'incontro con Elliott.

Via Rosario di Santa Fé è un esempio quasi perfetto di bruttezza metropolitana, che nessun infiocchettamento impacchettamento intervento – salvo la demolizione – potrebbe riscattare: palazzoni tirati su in economia con facciate in disfacimento tropicale e terrazzini che istigano al tuffo finale e liberatorio. Severamente controindicata a chi è in depressione. Prima che Flavia se ne renda conto lei la spintona verso un passo carraio e poi in un cortile:

«Yoshin Ryu? Scuola di arti marziali? Abbiamo attraversato tutta Torino per venire in una fottuta palestra? A fare cosa, poi?»

«Buona, buona, non sfoderare subito le unghie. C'è una

serie di incontri e una mia amica, beh non proprio un'amica, la ragazza di un mio collega, ci partecipa.»

Flavia scuote la testa. Forse pensa che tanto valeva l'ecospiritualità, ma qui almeno è gratis.

La palestra è meglio delle case circostanti. Probabilmente costruita dopo, da un geometra o architetto che aveva sfogliato qualche rivista di urbanistica. C'è anche una tribuna per gli spettatori ma i posti sono tutti occupati, meno quelli della prima fila con su scritto "Riservato". Lei non sa bene dove piazzarsi ma Marco Campigli arriva quasi subito a soccorrerla: toglie due cartoncini "Riservato" dai sedili e le fa accomodare nel bel mezzo della fila, posti da Vip.

Flavia sembra un po' meno scettica, si guarda intorno con una certa benevolenza partendo dal Campigli che staziona in piedi accanto a loro, gli occhi risalgono gambe natiche torso e spalle e si soffermano non dispiaciuti sul profilo. Dietro di loro parenti amici e conoscenti degli atleti in gara, un'aria allegra e familista da dopolavoro da recita di fine anno all'asilo, guarda c'è anche la Pennisi, e Yuri? Yuri è là che sta uscendo dallo spogliatoio... Dall'altro spogliatoio, quello femminile, sta uscendo anche Valeria, la divisa da judoka le dona assai, è bella senza quasi e Marco la guarda come se l'avesse fatta lui. Cinture verdi blu marrone e nere si siedono a terra su un lato della palestra, sull'altro si sistemano i piccolini, gli allievi maschi e femmine che faranno per primi la loro esibizione.

«Valeria è un po' la madrina di questa palestra» spiega felice Marco, «una specie di guest star. Fa due incontri alla fine, uno di judo e uno di ju-tai-jitzu. I ragazzi la adorano.»

Anche tu, pensa lei, e prova una fitta di nostalgia per quel momento splendido in cui l'amore è nuovo non conosce ancora la routine e ogni giorno è come una nascita e le ore sono eterne e brevissime e il pensiero non ha distrazioni e si è convinti che sarà sempre così...

Le esibizioni dei piccolini iniziano in un clima di trepidazione generale, lei non trepida tanto perché il suo cuore di mamma non è direttamente coinvolto, si distrae quasi subito guardando i calzari di Valeria, delle specie di muffole da piede, quattro dita unite e l'alluce da parte – devono essere comodissime, pensa –, con quelle sarei un po' meno scalcagnata che con le mie solite ciabatte da casa che Renzo chiama con un nome composto irripetibile e mi rimprovera da più di dieci anni senza trovare il minimo ascolto. Dopo i piccolini tocca alle cinture verdi blu eccetera che si inchinano cerimoniosamente e poi si sbattono a terra si avvinghiano rialzano e ricominciano daccapo, e infine è la volta di Valeria, la guest star, che si batte con un pari grado dell'altro sesso un po' meno sciolto nei movimenti e con qualche esitazione di troppo.

Lei non è più distratta, tifa per la ragazza anche se è solo un incontro amichevole, una specie di comparsata che Valeria regala ai suoi amici della palestra, un'esibizione professionale per attirare nuovi adepti. Flavia è ancora più intrigata e quando lo spettacolo è concluso non solo vuol conoscere Valeria ma la subissa di domande la monopolizza e va a finire che si iscrive lì per lì al corso di aikido che inizierà la settimana dopo. Perché aikido e non judo ju-jitzu o karate? Perché l'ha detto Valeria, perché lo "spirito del guerriero" di Flavia è più adatto a quella disciplina. *Ipsa dixit* e non si discute.

Alle quattro lei è di ritorno a casa. Hanno mangiato qualcosa non al bar Lavazza ma in una vineria di corso Unione Sovietica, Flavia ha voluto a ogni costo offrire per tutti poi si è accodata a Marco e Valeria per andare a comprare la divisa da aikido e hanno anche deciso di passare il resto della giornata insieme, serata e notte compresa nella discoteca dove la ragazza lavora. Bell'e che realizzato il proposito di buttarsi in qualcosa di nuovo di frequentare altra gente e variare il menu quotidiano: qualche volta il caso ti fa degli sconti impensati.

A casa, la porta dell'ascensore si apre su una signora Levrone riconoscibile solo per la pelliccia imperiale che le pende dalle spalle come da una gruccia per bambino, il viso scavato e terreo, le occhiaie oltre metà faccia e un'espressione... beh, un'espressione che straccia e supera ogni difesa ironica o riduttiva e le va dritta al cuore.

Il dolore degli altri. Bisogna essere di pietra per non venirne contagiati. Bisogna essere fatti di carne non umana, rettili scarafaggi creature viscide degli abissi per non provare compassione quando questo dolore è lì davanti a te che pulsa dalle ferite aperte. Eppure gli infiniti gerarchi del male di ogni tempo e paese assistono allo strazio lo programmano lo eseguono e sembrano ancora uomini, hanno facce anonime, voci che si dimenticano, gesti banali. Già, la banalità del male, anche in questo senso.

La Levrone sta lì immobile e stranita nella sua incongrua pelliccia, la porta dell'ascensore la inquadra in un fotogramma pretenzioso e retorico da film nordico, ma l'angoscia che emana è vera e palpabile, contagiosa come un virus. Stanno lì, una di fronte all'altra, due estranee che in questo momento non lo sono più, che in un paio di secondi hanno bruciato le tappe di una lenta conoscenza.

No, di Karin non si sa ancora niente. Sì, lei e suo marito sono andati mercoledì sera al commissariato di zona, hanno spiegato che la ragazza manca da casa da un giorno, ma hanno anche dovuto dire che non è la prima volta e che poi è maggiorenne e che non sempre anzi quasi mai dice dove va e con chi, che stavolta però neanche il fidanzato sa niente e neppure i compagni di scuola e gli amici, li hanno chiamati tutti, tutti quelli che conoscono almeno e anche tutti gli ospedali, ma se le fosse capitato qualcosa aveva i documenti con sé e qualcuno avrebbe telefonato avrebbe avvertito. Allora il commissario ha detto che probabilmente era una ragazzata un colpo di testa come ne fanno adesso i giovani che hanno tanta libertà e non pensano ai genitori che si preoccupano oppure magari lo fanno apposta perché vogliono fargliela pagare per chissà che cosa e così ha consigliato di aspettare per fare la denuncia di scomparsa, che magari si risolveva tutto in poche ore. Però oggi è sabato, Karin manca da martedì mattina e da allora nessuno ne sa niente, né lei né suo marito né Christian, il cellulare ce l'ha sempre staccato, sono giorni da incubo per tutti e stamattina si sono decisi a fare la denuncia, sono tornati in commissariato hanno portato le foto e dopo sono venuti a casa due poliziotti, il commissario di mercoledì e un altro, per vedere la stanza di Karin, se c'era qualcosa un diario un biglietto che potesse dare un'idea ma non c'era proprio niente, ci avevano già guardato loro e per leggere i file del suo computer ci vuole la password che chissà qual è, così se lo sono portato via e speriamo che ci riescano e salti fuori qualcosa. Lei in casa non resiste più le sembra di soffocare e il telefono che non suona che non suona che non suona per dare notizie di Karin. Adesso prova a far due passi con sua sorella, non può continuare coi tranquillanti, gliel'ha detto anche il dottore di uscire di fare un po' di moto di cercare di non avere il pensiero sempre lì, ma come si fa me lo dica lei come si fa...

Lei non sa proprio come si fa e non sa neppure cosa opporre al fiume di parole, forse andrebbero bene anche delle banalità dei suoni vuoti di significato che però sciacquino un po' questa ferita, che stordiscano un poco con il loro rumore. Ma per fortuna arriva la sorella e se ne vanno tutt'e due.

Schiaffi schiaffi davvero da svirgolarle la testa a questa stronza che riduce così sua madre, e probabilmente suo padre e suo fratello, schiaffi con le cinque dita stampate su una guancia e l'altra, schiaffi che la facciano barcollare nell'impatto. A meno che...

A meno che non sia successo qualcosa di davvero grave, qualcosa che lei non ha cercato né voluto, qualcosa di imprevedibile, un brutto incontro una svolta inattesa nel suo reticolo di giri... Se è così è anche peggio, perché il silenzio non dipende da lei, è un silenzio che qualcuno le impone. Qualcuno o peggio ancora qualcosa.

SABATO

La casa era vuota e silenziosa, nessuno che le venisse incontro per salutarla o protestare: nessuno, neanche il cane. Tutto taceva. Sul tavolo di cucina c'erano però tre biglietti e anche la segreteria telefonica lampeggiava sul tre. E se rimandassi tutto, se mi facessi un pisolo fuori orario clandestino e inconfessabile? Ma l'educazione cristiana ha braccia lunghe e colpisce da lontano, il battesimo libera sì dal peccato originale ma non dal senso di colpa che ti porti dietro per il solo fatto di esistere e di sentirti qualche volta moderatamente felice. Anche i pagani gli induisti i musulmani? O solo i cristiani e gli ebrei, figli di un dio che non maneggia troppo bene il concetto di responsabilità individuale e scarica addosso a tutti l'eredità di un torsolo di mela? Ogni desiderio voluttuoso – anche quello di due mentine anziché una o nessuna – risveglia quell'aculeo di inquieto disagio che ti fa sentire in una condizione di parziale esilio da te stesso e che ha reso necessari, nel corso del tempo, confessori psicanalisti e produttori di Prozac. E spesso opporsi al senso di colpa costa di più che accettarlo. Sicché niente pisolo e via con biglietti e segreteria, tanto più che quel giorno gli impegni familiari erano già stati abbondantemente trascurati.

Il biglietto più piccolo era di Renzo:

"Livia Potti e io andiamo a pattinare. Dici che ci sono pattini per cani? Due o quattro? Se non ci sono lui sta in macchina sotto la copertina e fa l'antifurto. Che facciamo stasera? Un bacio. Renzo."

Quello mediano era opera di Livietta:

"Devo fare una ricerca sugli Truschi. Me la fai tu? Papà dice di sì, tanto non mi serve a niente. Un bacio. Livietta."

L'opinione di Renzo era largamente condivisibile: una ricerca cartacea sugli Truschi – cioè Etruschi – era roba perfettamente inutile, la maestra doveva aver avuto una botta di stanchezza.

Il terzo biglietto era di sua madre e doveva esser stato depositato dopo gli altri due, perché Renzo non ci aveva apposto le sue chiose:

"Vado a fare una visita guidata al tempio crematorio insieme con Mariuccia. Stasera debbo tenere io la bambina oppure state in casa? Un bacio. Mamma."

Messaggi in segreteria:

Primo: di uno sconosciuto Enrico che asseriva di aver urgente bisogno di parlare con un'altrettanto sconosciuta Lorella. Concetto ripetuto – con trascurabili varianti e affanno in crescendo – una decina di volte.

Secondo: di Floriana che proponeva di combinar qualcosa per la serata.

Terzo: di Gaetano che doveva riferirle qualcosa sullo scippo.

Cominciò da Floriana. La conversazione partì con un amabile cazzeggio per diventare improvvisamente sbrigativa, dato che in galleria era arrivato un cliente e l'amica intendeva filarselo a dovere e possibilmente vendergli un quadro, magari un 180x180, tanto per stare sul modesto. Appuntamento alle otto e un quarto davanti al bar Elena, vengono anche Giorgio e Paola, si va a cena nei paraggi e poi si vedrà.

Chiamò Gaetano:

«Ma il cellulare non lo usi proprio mai?» attaccò lui tra l'ironico e il rimproverativo.

«Per favore, non mettertici anche tu, basta già Renzo. Che mi dici dello scippo?»

«Ho parlato col mio collega. La moto risulta rubata circa un mese fa ed è stata usata negli scippi cinque o sei volte nelle ultime settimane. Le zone d'azione però sono varie e gli attori sembra che non siano sempre gli stessi, almeno stando alle descrizioni. Però, sai, su caschi e corporature non è che si possa costruire granché. Cosa fate stasera?»

«Cena al ristorante con amici. Ti va di venire?»

«Sì, sono solo come un cane.»

«Mozione degli affetti?»

«Non ci provo neanche, a meno che tu non ci abbia ripensato.»

«No, ma ti vedo volentieri. Otto e un quarto, davanti al bar Elena.»

«D'accordo, ci vediamo là.»

Non devo preparare cena, la spesa non la faccio, domani ci arrangiamo con quello che c'è e la casa resta nello stato in cui si trova. L'alternativa è: correzione di compiti o ricerca sugli Etruschi. E mentre scopiazzava e riduceva ai minimi termini notizie su lucumoni e necropoli e tagliuzzava foto di buccheri e chimere da dépliant turistici – avevano vinto gli Etruschi – il cervello, che non era troppo implicato nelle operazioni, effettuò qualche riflessione e collegamento senza che lei glielo avesse espressamente richiesto.

Moto rubata e scippatori che forse non sono sempre gli stessi.

Marco Campigli che ha insegnato per qualche anno all'istituto di arti grafiche e fotografiche.

Collegamenti:

Christian mi ha detto che la sorella gli ha detto che le moto da scippo – rubate – vengono per così dire affittate da chi ha in programma qualche colpo. E chi l'ha detto a Karin? Dei suoi amici. Amici che, se sono così al corrente della procedura, non frequentano solo boy-scout... amici che conoscono quelli che, oppure amici che sono al corrente perché nella faccenda ci navigano in prima persona. Con chi va in giro la scorbutica e arrogante Karin oltre al fidanzato e a quei coetanei di cui i Levrone sanno qualcosa e che hanno interpellato? Non sembra così improbabile che la ragazza abbia qualche legame con dei balordi, drogati scippatori mascalzoncelli per noia o per necessità della dose, alla sua età è facile confondere la microcriminalità con l'opposizione al sistema, vedere un eroe in un teppistello che se ne sbatte delle norme della civile convivenza. Tanto più facile se in casa non ci sono quegli eroi della quotidianità che sanno dire no, adesso no e non si lasciano smontare da bronci e porte sbattute. Karin che se ne frega della scuola ma a diciott'anni ha la sua bella Mini Cooper, regalo dovuto si capisce, come vestiti occhiali scarpe borse tutti rigorosamente firmati, perché se no non li si sfiora neanche con gli occhi. Tutto dovuto perché? In cambio di cosa? E io, Renzo e io, saremo capaci di dire dei no, tanti quanti occorrono, quando verrà il momento difficile, quando le suggestioni esterne entreranno in contrasto coi nostri valori, quando Livietta dovrà schierarsi e scegliere?

Christian stranamente evasivo quando gli ho chiesto se non aveva qualche idea di dove fosse finita sua sorella, il suo no deciso e ostile... Ma adesso che è sabato, che sono passati cinque giorni dal momento della scomparsa, con i suoi o con la polizia avrà pur detto qualcosa, avrà capito che non è il caso di persistere nella sua omertà fraterna... Potrei chiedere a Campigli se ha conosciuto Karin, se è stata sua allieva, se sa dirmi qualcosa di questa stronzina ringhiosetta che magari si è cacciata in una grana più grossa di lei: ma dove lo rimedio Marco che è in giro con Valeria e Flavia? Il cellulare. Il cellulare di Flavia, proviamo con quello, qualche volta la tecnologia è servizievole.

Chiamò Flavia e si fece passare Marco, erano in giro a fare compere e a tirar tardi, allegri come in uno spot di panettoni. Karin Levrone? Sì, era stata sua allieva per un anno, poi l'avevano bocciata e spostata di sezione. Carina ma antipatica e strafottente, dello studio non avrebbe potuto fregargliene di meno. Certo qualche balordo intorno alla scuola ci girava, ma più o meno come intorno a tutte.

Piuttosto era da tener d'occhio il baretto della piazza, il Chico's bar, lì sì che transitavano brutti ceffi, nostrani e d'importazione, e qualcuno non transitava ma ci stava in pianta stabile, telefonino all'orecchio, a tutte le ore del giorno e forse anche della sera e della notte. I ragazzi della scuola in genere lo evitavano, anche perché avevano capito che i videogiochi erano taroccati di brutto, i panini pieni di segatura e le paste più decrepite della mitica Luisona. Perché tutto sto interesse per Karin? Scomparsa da martedì? Quella è una testa matta, magari è andata a farsi un giro a Rimini o a Disneyland con un ganzetto di passaggio, i soldi non le mancano di sicuro...

No, si dice lei riprendendo ad armeggiare con le forbici, la ragazza non è un tipo da Disneyland, non me la vedo tra cappuccetti rossi e gatti con gli stivali, Rimini andrebbe meglio, ma siamo in gennaio, non ci sarà sta gran vita e di posti per lo sballo, anche se meno letterari, ce ne sono anche qui, senza bisogno di macinare tanti chilometri per calarsi sniffare bucarsi o intronarsi di decibel sino allo sfascio.

Davanti al bar Elena, alle otto e un quarto, ci sono Floriana Sandro Paola Giorgio e, imprevedibilmente, Bettina. Bettina – detta anche scherzosamente Petrolio perché i suoi operavano nel ramo e lei è subentrata nell'attività – ha trentacinque anni e la sua caratteristica saliente è di essere una sciupamaschi. Con disinvolto cinismo e senza presupposti ideologici. Negli anni ha collezionato flirt e relazioni con uomini di tutto rispetto, di quelli che – quando ci sei entrata in confidenza – cerchi di tenerteli stretti e invece no, dopo due tre massimo quattro mesi di "fidanzamento" con Bettina quelli scompaiono sempre dall'orizzonte. Piantati con allegra noncuranza da lei, che dopo un brevissimo intervallo o anche senza intervallo intreccia un'altra storia con l'avvocato il giornalista lo scenografo di turno. E sì che non ha un fisico da diva, carina certo ma senza iperboli, brillante spiritosa ma non al punto da volerci fare insieme tutto il percorso della transiberiana. A suo onore c'è da dire che non ha mai attentato ai mariti fidanzati compagni delle amiche, ha sempre rispettato gli steccati senza mettere piede nelle proprietà altrui. O almeno così pare.

«Ci siamo tutti» dice Paola. «Che ve ne pare di una gita fuori porta? Alla Piola Veja di Castagneto Po?»

«Ci va almeno mezz'ora» obietta Floriana.

«Ma non ci sono problemi di parcheggio e si mangia bene» osserva Renzo.

«Non ci siamo tutti» precisa lei, «deve ancora arrivare un nostro amico.»

Ma Gaetano sta arrivando proprio in quel momento, scaricato da una volante. Rapide presentazioni, si decide per la Piola Veja, Paola telefona e riesce a bloccare un tavolo dopo mille insistenze, Sandro organizza il piano trasporti. Un piano strano afghano e talebano: maschi con maschi e femmine con femmine, non c'è tempo per le proteste e via che si parte.

«Ma che gli piglia?» chiede Paola mettendosi al volante. «Nostalgia dell'oratorio o sfida sessista?»

«Lascia perdere le sfide» smorza lei, «andiamo con calma e lasciamogli qualche illusione.»

La verità è che si sta alzando una leggera nebbiolina, fuori città sarà nebbia bell'e buona e Castagneto Po non le sembra più una scelta felice. È sabato sera, sera di stragi con auto accartocciate chiazze di sangue luci blu di ambulanze; se possibile meglio evitare, lei a casa ha una figlia una madre un cane che non vuol lasciare orfani (ammesso che una madre possa dirsi orfana della figlia) e un marito che non vuole lasciare vedovo. L'eventualità di una propria vedovanza le sembra più remota, perché alla guida dell'altra macchina c'è Giorgio, che in gioventù si è fatto una Mille Miglia e una Parigi-Dakar e qualche abilità congiunta alla prontezza di riflessi gli dev'essere rimasta, anche se ha superato da un bel pezzo la quarantina.

Le femmine se la pigliano con tanta calma che, quando arrivano, i maschietti si sono quasi scolata una bottiglia di dolcetto e in un sussulto di autoritarismo hanno già ordinato per tutti. Del resto sono le nove passate, la piola è piena di clienti e chissà perché di chitarre, Castagneto Po non è Barcellona e forse in cucina si vogliono sbrigare. Sandro sistema i bicchieri e assegna i posti: lui e Renzo a un capo e all'altro del tavolo, alla sua sinistra Paola Gaetano e Bettina, alla destra lei Giorgio e Floriana. Distribuzione da manuale, nemmeno una marchesa avrebbe fatto meglio.

«Possiamo avere notizie sul rancio o è una pretesa eccessiva?» chiede Floriana.

«Quattro agnolotti del plin e quattro panisse poi si divide, come secondo stinco arrosto e flan di porri per tutti. Il dolce ognuno se lo sceglie» è la risposta del collettivo maschile.

«Grazie ragazzi, siete proprio democratici» interviene lei, ma Bettina le dà sulla voce:

«Buona scelta, adatta alla serata.»

«E se, puta caso» s'intestardisce lei, «a me non piacesse la panissa e neppure lo stinco arrosto? Potrei cambiare o è previsto il digiuno?»

«La panissa è uno dei tuoi piatti preferiti e lo stinco arrosto pure, quindi non c'è nessun putacaso» la sbugiarda Renzo, ma il tono di voce smentisce intenzioni litigiose.

Arrivano i primi, c'è subito una gran caciara poco signorile e – al solito – tocca a Sandro fare il capoclasse: passatemi i piatti che vi servo io, dite metà se volete metà riso e metà agnolotti, panissa se volete più panissa, agnolotti nel caso contrario. Sti ingegneri! Dategli la foresta amazzonica e vi ritroverete con Boboli, senza che un rametto di bosso sfori di mezzo centimetro.

«Hai notizie di tua sorella?» chiede lei a Gaetano tra una forchettata e l'altra.

«L'ho sentita l'altro ieri. È sempre a Strasburgo.»

«Lavora nelle istituzioni?» s'intromette Bettina.

Gaetano sta bevendo, il suo ritardo nel rispondere è giustificato. Per toglierlo dall'imbarazzo e tacitare Bettina lei improvvisa:

«No, fa l'organizzatrice di eventi per conto di società franco-tedesche.»

A Gaetano per poco non va di traverso il vino. In realtà sua sorella è una scriteriata che gli ha già dato un mare di preoccupazioni, che ogni tanto si fa pestare a sangue dal suo drudo, che per amore mette un piede o un piede e mezzo in traffici ambigui. Ma organizzatrice di eventi suona bene, è uno di quei mestieri nati ai tempi di nani e ballerine ed esplosi con la new economy e la società-spettacolo. E poi – forse – la sorella scriteriata di eventi ne organizza davvero. Di che tipo, meglio non indagare.

«Strasburgo è una città fantastica» riattacca comunque Bettina, «piena di opportunità. E se l'Unione europea si allarga all'Est, è uno dei posti giusti per impiantare uffici di rappresentanza e darsi da fare... Ma tu, tu non lavori nel ramo di tua sorella, vero?»

«Io faccio il poliziotto» taglia corto lui, che però è sollevato perché il discorso sta prendendo un'altra piega.

«Poliziotto come? Dove?» lo incalza Bettina.

«Squadra omicidi.»

«Allora il lavoro non ti manca. E ti piace?»

«Il lavoro o gli omicidi?»

«Tutt'e due direi. Senza omicidi non ci sarebbe la squadra omicidi, senza gli incendi non ci sarebbero i pompieri.»

La sta prendendo alla lontana ma è una manovra d'aggancio – pensa lei –, forse Bettina è in pausa-fidanzato o ha intenzione di mettere in panchina il titolare. Per discrezione si volta verso Sandro e gli chiede se un disturbo del televisore, disturbo che compare solo a una certa ora – dopo le undici di sera, una specie di rete che si sovrappone all'immagine – può dipendere dalle trasmissioni di un radioamatore della zona. Sandro attacca a spiegarle che cosa sono le onde elettromagnetiche, quali proprietà hanno, come si propagano, lei dopo dieci secondi ha già perso il filo e in attesa del sì o del no in risposta alla sua domanda è libera di pensare ai fatti suoi. I fatti suoi in questo momento sono un'irritazione sottile che sta crescendo, irritazione verso Bettina che sta circuendo Gaetano e irritazione verso Gaetano che si fa circuire. Ah sì, capisco, dice rivolta a Sandro e invece non solo non capisce niente, ma manco lo ascolta, ascolta solo il suo tarlo e inghiotte il flan di porri come fosse sbobba e non quel manicaretto che è.

Si chiama gelosia il tarlo, è inutile fingere di non conoscere i sentimenti e i nomi che li indicano. Gelosia di cosa e perché? Gaetano non è mio marito né il mio amante, mi ha fatto un po' di corte, è vero, ma ci siamo fermati lì, alle parole, e anche di quelle molte non sono state dette, né da lui né da me. Abbiamo tracciato una linea come nei giochi di cortile, lui di là e io di qua, ci siamo imposti di non oltrepassarla e abbiamo rovesciato la faccenda in amicizia. In una specie di amicizia. Però io adesso prenderei a schiaffi Bettina, lei e le sue attenzioni interessate i suoi "ma davvero?" "ma dimmi!" i suoi sorrisi compiaciuti i suoi occhi sgranati la sua femminilità da televisione il suo accentuare la fossetta malandrina della guancia destra il suo dedicarsi tutta a lui. È ancora così che si corteggia un uomo? Ancora così nel terzo millennio d.C.? E a lui vorrei tirare la manica della giacca e dirgli sta' attento mio caro, non farti illusioni, quella è una mangiauomini e tu sei destinato a diventare un numero, una tacca sul suo coltello da caccia, non è una di cui fidarsi, carina sì e spiritosa ma se ci investi qualcosa sono dolori e orgoglio ferito.

Quando sono arrivati al dolce comincia un gran tramestio nella sala, le due camerierotte si affrettano a sparecchiare le altre tavole lasciando solo bottiglie e bicchieri, le sedie vengono spostate e le chitarre sguainate dal fodero. Che succede?

Succede che è in programma una serata canora, una versione stanziale dei cori da pullman dopo la gita in montagna, voci sgangherate attacchi fuori tempo e va già bene se nessuno vomita. Mioddio dove siamo capitati.

Invece non sono capitati male. I chitarristi sanno suonare, c'è qualche bella voce solista e il repertorio è un tuffo nella tradizione da osteria, con qualche appropriata incursione nello scollacciato boccaccesco. Si comincia con *J'alpin a la stassion*, un classico dell'understatement piemontese, una canzone leariana, roba da studiare all'università, si prosegue con *Marieta Me ideal Porta Pila*, si zigzaga fra Ottocento e Novecento senza intervalli. Bettina si avvicina ancor di più a Gaetano e gli fa la traduzione simultanea, tutti gli altri si uniscono ai cori, Renzo compreso, che si guadagna più di un'occhiata impermalita perché, stonato come una campana rotta, si esibisce a piena voce e con gran trasporto anticipa puntualmente gli attacchi. Battimani risate bottiglie che vengono rapidamente scolate. E quando un paio di chitarre fraseggiano gli accordi introduttivi di *Scarpettine*, Bettina fa il suo coup de théâtre: si schiarisce la gola si siede sulla tavola impone il silenzio con un gesto gentile della mano e canta tutta sola:

> Scarpettine colorate
> ricamate di seta verde...

Mentre canta, lei arriva a capire il suo fascino: come quelle attrici abbastanza qualunque che la macchina da presa e i riflettori trasformano in icone, così Bettina si è trasformata, cantando, in una sirena maliziosa e irresistibile. Povero Gaetano senza tappi di cera nelle orecchie...

All'uscita, la nebbia è diventata spessa, un bel nebbione da film in bianco e nero; lei, temporaneamente resa quasi orba dal passaggio luce-buio, inciampa in una sporgenza del terreno e nel riprendere l'equilibrio urta – in modo soft, niente di grave – un indigeno di passaggio. Prima ancora che riesca a scusarsi quello l'aggredisce:

«Varda 'ndoa 't vadi, bruta picia frusta...»

«Cosa ha detto a mia moglie?» s'inserisce Renzo nell'oscurità.

«Ma vatlo a pijé 'nt ël cul, ti e tua fomna!»

Ordinaria trivialità. Nient'affatto ordinaria la reazione fulminea di Renzo: un pugno di precisione olimpionica che atterra perfetto sul naso. Un bellissimo pugno: tutto il peso del corpo – ottanta chili – spostato su spalla braccio avambraccio mano e scaricato sulla faccia del buzzurro che stramazza all'indietro sul cofano di una macchina. "Il naso rotto non fa rumore" aveva detto più o meno Valeria, e probabilmente quello non è rotto, ma qualche ammaccatura dentro deve averla, perché dalle narici sgorgano subito due rivoletti di sangue di media entità, visibili anche attraverso la nebbia. Mentre il proprietario del naso si rialza, Renzo si mette in posa, gambe divaricate e guardia alta in attesa della reazione. Che non arriva, perché l'altro – buzzurro ma non completamente stupido – ha capito che è meglio troncare lì, dato che tre maschi adulti di varia stazza si sono materializzati accanto al primo picchiatore. L'unica reazione consiste nel pulirsi il sangue che continua a gocciolare, prima con le mani poi con un fazzoletto pallottoloso tirato fuori da una tasca. Le forze dell'ordine – nella persona di Gaetano – non hanno nulla da eccepire, limitandosi a un lapidario commento: «Se l'è cercata».

«Ben fatto, splendida fine di serata» chiosa Floriana a nome di tutti.

Ben fatto davvero, mio amato mio sposo mio difensore mio bastione mia fortezza mio rifugio. Ho fatto bene a sceglierti così come sei, alto e massiccio, con mani come pale di remi, non un fuscello taglia quarantadue che lo puoi spazzare con un soffio. E gli dà un lungo bacio, un bacio-premio da film anni Cinquanta prima della scritta "The end". Millenni e millenni di storia non passano invano.

Si infilano nelle macchine come viene viene, lei però abbracciata al suo Renzo sul sedile posteriore, mentre Giorgio si consuma gli occhi per forare la nebbia e portare a casa sano e salvo il suo quartetto. In piazza Vittorio – sono le tre, non c'è nessuno in giro o forse non si vede per la nebbia – si salutano in fretta e i trasportati si avviano a recuperare le loro macchine.

Gaetano – che era arrivato senza – è preso in consegna da Bettina.

Poi tutto precipita. Ci sono notizie di Karin, ma non sono buone notizie.

Alle otto e venti di domenica mattina lei è svegliata dal telefono. No no no si lamenta, ma subito abbranca il ricevitore, per evitare che anche il quieto ronfio di Renzo sia interrotto.

«Sono Christian. L'ho svegliata?»

«Sì.»

«Mi dispiace ma... ma ho proprio bisogno di parlarle... l'ho chiamata ieri sera e... e non c'era nessuno. Posso scendere un momento?»

«Sì, ma dammi un quarto d'ora.»

Fila in bagno, pipì bidè faccia e denti, non c'è tempo per altro. Afferra pantaloni e maglione, si precipita in cucina per prepararsi una pinta di caffè. Deve rintuzzare l'entusiasmo del cane: non è ancora ora, resisti un momento, stanotte sei sceso che erano le tre e mezzo, non puoi avere tutta questa urgenza. Si rifiuta di pensare a che cosa deve essere successo, tanto lo saprà tra poco. Tira fuori dalla credenza il suo bel tazzone americano che ha comprato in un mercatino di Boston e che non cede a nessuno, è suo-suo e le ripropone ogni giorno un bel ricordo: un mattino di aria tersa e frizzante il piacere della scoperta la contrattazione. Gli oggetti cari – come i luoghi – hanno un sommesso potere consolatorio. Va ad aprire la porta d'ingresso e Christian è lì davanti, ha aspettato a suonare nonostante l'impazienza.

«Entra» gli dice, e gli fa strada verso la cucina, «hai già fatto colazione?»

«No non importa grazie.»

«Se vuoi ti faccio un Nescafé senza caffeina. Non credo che tu abbia bisogno di eccitanti.»

È la verità – basta guardarlo – ma è anche una piccola meschineria, perché non ha voglia di dividere con nessuno il caffè che sta salendo denso e gorgogliante nella moka. Poi sono seduti una di fronte all'altro al tavolo di cucina, dal lampadario piove una luce calda, fuori c'è l'ovatta della nebbia che nasconde i rami della quercia: sarebbe un bel momento. Se.

«Dimmi» lo incoraggia, scaldandosi le mani intorno al tazzone.

«È un sequestro.»

«Mioddio! Quando lo avete saputo?»

«Ieri sera alle nove. C'è stata una telefonata.»

«Dei rapitori?»

«Sì, una voce maschile.»

«Cosa ha detto?»

«Poche parole. "Karin è con noi. Sta bene. Vi faremo sapere le nostre richieste." Poi ha riattaccato.»

«Chi ha preso la telefonata?»

«Mio padre. Non ha avuto il tempo di dire niente, è stata una questione di secondi.»

«Avete avvisato la polizia?»

«Sì, quasi subito. Mia mamma non voleva, ha avuto come una crisi isterica, ma mio padre ha fatto di testa sua.»

«Ha fatto bene.»

«Davvero?»

«Sì. A parte ogni altra considerazione, se mi hai riferito con esattezza la telefonata è chiaro che i sequestratori l'avevano già messo in conto. E che sono dei professionisti.»

«In che senso?»

«Nel senso che non hanno perso tempo per raccomandare di non avvertirla. Il vostro telefono era sotto controllo? Avete registrato la telefonata?»

«No.»

«No cosa?»

«No tutt'e due le cose. Adesso invece sì. Però la polizia ha deciso di tener nascosto il sequestro fino a domani o dopo, non ho capito bene il perché. Mia mamma è disperata, dice che così non possiamo più far niente, che bloccheranno i nostri conti in banca e tutti i beni e non ci lasceranno pagare il riscatto.»

«Ma intanto la polizia lavorerà sul caso, metterà in moto tutti i meccanismi necessari.»

Cala un silenzio lungo. Lei beve mezzo caffè poi si decide:

«Adesso dimmi tutto quello che sai. Tutto quello che hai pensato o immaginato in questi giorni, tutto quello che hai detto e non hai detto alla polizia.»

«Io veramente...»

«Basta!» lo interrompe. «Lo capisci o no che è una questione seria, che non è più una ragazzata, che ti devi assumere le tue responsabilità, perlamiseria?», e posa con uno scatto violento il tazzone. Un dito del suo prezioso caffè si rovescia sul tavolo.

Devo stare calma, se no questa conversazione non approda a nulla. E meno male che non gli ho detto quello che stavo per dirgli, la stronzaggine più ridicola del mondo – sii uomo! – che avrebbe ancora peggiorato le cose. Ma dopo cinque ore scarse di sonno e un risveglio brusco le scivolate nel pattume mentale e verbale sono quasi giustificabili.

Il ragazzo è sull'orlo delle lacrime e Potti si ostina a mordicchiargli le scarpe da ginnastica e a tormentargli le caviglie, due dettagli che stridono eppure fanno parte della stessa scena, pianto e gioco che coesistono senza influenzarsi, come capita spesso.

«Christian» riprende con più dolcezza, «che tu sappia, tua sorella frequenta qualche balordo, qualche sbandato, qualcuno che sa tutto di lei e di voi e che, magari senza intenzione, ne ha parlato ad altri che a loro volta...?»

Ma che sto a dire? – rimugina dentro di sé – sta domanda gliel'ha già fatta di sicuro la polizia, è la prima cosa da chiedere o una delle prime, le mie indagini parallele sono una pura perdita di tempo e un esercizio idiota di narcisismo.

«Me lo ha già chiesto la polizia» conferma infatti il ragazzo, «e ho detto la verità, che non conosco tutti gli amici di mia sorella e che quelli che conosco mi sembrano a posto. Però... però c'è una cosa che non ho detto...»

Finalmente! – pensa lei – forse è la volta buona. Ma quando lui avrà sputato il suo rospetto, che farò io? Me lo terrò per me, scriverò una lettera anonima, lo spiattellerò a chi di dovere? Accidenti a me, mi sto cacciando in un'altra grana, era meglio se facevo finta di niente.

«Dilla a me, allora.»

«Vede, si tratta di Gigi.»

«Il ragazzo di Karin?»

«Sì lui.»

«Cos'ha che non va? Droga furti brutti amici famiglia losca?»

«No no, è proprio per questo che non potevo dire niente. Suo padre e il mio sono soci nella ditta, si conoscono dalle elementari, e lui, Gigi, fa il terzo anno di università a Scienze Politiche. Non si buca, solo qualche sniffata ogni tanto, insomma è a posto. Sembra a posto.»

«Ma...»

«Ma io credo... io credo che sia un bastardo.»

«Perché?»

«Non lo so il perché. Cioè sì, credo di sì. Non è per le arie che si dà o altro... ma, vede, una volta che eravamo in macchina insieme e un cane stava attraversando la strada, lui ha accelerato per prenderlo sotto. Poi ha detto: centrato! e si è messo a ridere.»

«Hai ragione, è un bastardo. L'hai raccontato a tua sorella?»

«C'era anche lei in macchina.»

«Cosa ha detto?»

«Niente, ha alzato le spalle.»

«Allora, scusa se te lo dico, un po' bastardina lo è pure lei.»

Eccoli qui i ragazzi normali, quelli della porta accanto, quelli con la faccia pulita, quelli come tutti. Accoppano un cane e ridono, lo vedono accoppare e alzano le spalle.

«E tu cos'hai fatto?»

«L'ho fatto fermare anche se non voleva. Il cane era morto, l'aveva centrato in pieno. Poi ho vomitato fin l'anima.»

«In macchina, dovevi vomitargli. Che macchina ha?»

«Una Nissan Patrol, un fuoristrada.»

«Ovvio.»

«Perché ovvio?»

«Perché con un'altra macchina il cane non l'avrebbe centrato, non avrebbe voluto ammaccare paraurti e carrozzeria. Sai che ti dico? Che più che in macchina, gli dovevi vomitare addosso.»

«Dice sul serio?»

«Sul serio. Dico che coi bastardi non si usano i guanti bianchi, si ribatte chiodo su chiodo. È l'unico linguaggio che capiscono, credo.»

Mioddio, e io di mestiere farei l'educatrice. La verità è che mi sono rotta l'anima con tutto questo perdonismo istituzionalizzato, con questo bigottismo progressista. E se avessi qualche dote paranormale, come il piccolo Anthony di un remoto racconto di fantascienza, io Gigi non lo farei sparire sotto il campo di granoturco, questo no, ma gli farei fracassare una gamba, tibia e perone, frattura scomposta intervento chirurgico chiodo ingessatura, poi guarisce ma di giocare a calcio se lo sogna e di sci ai piedi non se ne parla più per tutta la vita. In alternativa ulna e radio – destro, a meno che sia mancino – e addio tennis.

«Christian, tu sei un bravo ragazzo. Gigi non lo è, e neppure tua sorella. Però adesso lei è in pericolo e bisogna fare di tutto per tirarla fuori.»

«Dovrei dire di Jim?»

«Jim?»

«Gigi, ma mia sorella lo chiama Jim.»

«Penso di sì.»

«Va bene, lo faccio. Però non ho niente da raccontare oltre la storia del cane, niente di concreto.»

«È già abbastanza. Però capisco che tu non voglia rovinare i rapporti di tuo padre col suo socio.»

«Sì, anche. Io non credo che Jim cioè Gigi c'entri qualcosa col sequestro, penso che sia un bastardo e basta. Capisce perché non ho detto niente?»

«Capisco, e scusami per prima.»

«Allora cosa devo fare?»

«Niente, è meglio che tu non faccia niente.»

«Ma...»

«Ci penso io.»

«Lei?»

«Sì. Telefono a un mio amico poliziotto. È alla squadra omicidi, non si occupa di sequestri ma può dire qualche parolina discreta al collega che se ne occupa. Così Gigi viene torchiato con più attenzione, con un occhio di riguardo, se così si può dire.»

Confidente della pula delatrice spiona. Chi fa la spia non è figlio di Maria, non è figlio di Gesù, quando muore va all'ingiù. Catechismo della mafia. Non sarà il caso di ribaltare i proverbi, di vedere la faccenda in un modo un po' diverso? Cambia la società cambiano i crimini e i criminali cambiano le motivazioni che spingono a delinquere. I Valjean, i ladri di biciclette di De Sica non esistono più, non qui da noi, chi ruba non ha da sfamare la famigliola macilenta, vuole solo cambiare il cellulare o procurarsi la dose. E chi ammazza gratis cani e gatti non è un bruto analfabeta, un reietto cui è stato negato l'accesso alla civiltà, è un universitario benestante ventiduenne o giù di lì. La delazione in questo caso è un dovere civico, un imperativo morale.

Suonano alla porta, alla porta non al citofono, chi può essere alle nove di domenica mattina?

La signora Levrone, senza pelliccia, rivela un corpicino esile, più smunto che in linea, e la faccia è quella del giorno prima con una decina d'anni in più.

«È qui Christian?» chiede.

«Sì. Mi ha detto di Karin, mi dispiace tanto. Vuole entrare?»

La signora Levrone non sa se vuole entrare o no, forse non sa neppure perché è scesa in cerca del figlio, muoversi – anche senza ragione, anche senza sapere il perché – sembra aiutare a tenere un po' a bada la tempesta.

«Venga, signora» insiste lei, «venga a fare colazione.»

Non le è venuto in mente altro, ma la parola colazione ha riportato la signora alla quotidianità, l'ha distratta per un attimo dal suo rovello, così entra e un minuto dopo intorno al tavolo di cucina sono in tre: lei prepara un altro Nescafé decaffeinato, ci aggiunge il latte e ricordandosi che ha detto colazione offre anche i biscotti fagocci, una squisitezza che si fa arrivare fortunosamente dalla panetteria Pignone di Pieve di Teco.

Poi, bisogna parlare. Bisogna dire che hanno fatto bene a denunciare subito il sequestro, che non c'era altro da fare, che la polizia sa il fatto suo, che negli ultimi tempi è sempre riuscita a liberare i sequestrati; poi bisogna anche dire – senza crederci troppo ma fingendo di crederci – che i carcerieri non tratteranno male Karin perché sanno che non gli conviene infierire, che se anche contano di farla franca non possono escludere del tutto la possibilità di restare incastrati e in quel caso è meglio per loro non essersi comportati come belve; e bisogna invece tralasciare e neppure lontanamente sfiorare quello che la Levrone sta pensando, quello che – dopo la morte di Karin – l'atterrisce di più, e cioè l'eventualità dello stupro.

Consolare gli afflitti è un'opera faticosa, la misericordia esige concentrazione e slancio emotivo. Lei, quando infine madre e figlio se ne vanno, è quasi stanca ma non può perdere tempo a commiserarsi perché deve ricominciare nel modo giusto la giornata. Passeggiata col cane tappa dal giornalaio poi dalla madre per recuperare la figlia cui il giorno prima non ha prestato troppe cure.

«Te lo ricordi che viene a pranzo Caterina?» le chiede Livietta dopo un torcimento di collo e un bacio distratto. (Sta guardando alla tele un documentario su lepidotteri ortotteri e altre schifezze assortite.)

«No che non me lo ricordo, non me lo hai detto.»

«L'ho detto a papà. Sua mamma deve andare fuori Torino, la porta alle undici e la riprende per cena. Alice invece viene alle tre. Potresti fare una ricerca sugli Etruschi anche per lei?»

«No, devo correggere compiti.»

«Ma i suoi sono via e la baby-sitter è una romana, figurati se sa farla.»

«Perché? Le romane sono stupide?»

«Non sono stupide per niente ma non parlano bene l'italiano.»

«Sicura che sia romana e non rumena?»

«Viene dalla Romania quindi è romana.»

«Invece no. Roma: romana, Romania: rumena.»

«Allora è stupido chi ha inventato l'italiano. Bastava chiamare la Romania Rumenia e io non mi sbagliavo.»

Non è il caso di insistere, lei mi atterra sempre col suo buonsenso contadino. Capace che me l'hanno scambiata in culla.

«Vieni su ad aspettare Caterina o resti ancora un po' qui?»

«Finisco di vedere i carabi. E la ricerca per Alice?»

«Ti ho già detto di no.»

«E come fa, povera bambina?»

«Mette il suo nome accanto al tuo e dite di averla fatta insieme.»

«Uau! Bello, è una truffa!»

«Sì, è una truffa. Una sola però. Se la facevo anche per Alice le truffe erano due e in più perdevo tempo.»

«Begli insegnamenti che dai a tua figlia! Ai miei tempi...»

«Lo so, mamma. Ai tuoi tempi eravate tutti santi. Però i

lavori di cucito per applicazioni tecniche me li facevi sempre tu.»

«Non lo ricordo proprio.»

«Lo ricordo io. Ti va di venire a pranzo? Non so cosa metterò insieme, ma di fame non moriremo.»

«Se vuoi io ho...»

«No, lascia stare. Si mangia verso l'una e un quarto. E grazie per aver tenuto Livietta.»

Non c'è tempo per pensare, la minutaglia quotidiana ha il sopravvento, dà solo un'occhiata veloce ai titoli di "Stampa" e "Repubblica" e ha la conferma che del sequestro non c'è traccia.

Alle tre e mezzo lei si intampa nello studio – il bassotto prudente le striscia fra le gambe e la segue – dichiara la stanza off limits e chiude la porta. Nel resto della casa le bambine urlacchiano rincorrendosi su una gamba sola – versione inedita di acchiapparella per storpi – e Renzo restaura una cornice sul tavolo di cucina smadonnando a bassa voce quando il lavoro gli viene male o le urla si fanno troppo moleste. Prima di metter mano al terzo compito lei posa la biro rossa si accende una sigaretta e si concede il lusso di pensare ai fatti suoi che però – oltre che suoi – sono anche altrui.

Ricapitolando:

Primo: Gigi detto Jim è un bastardo. Detto e confermato.

Secondo: La delazione può essere un atto eticamente corretto. Confermato anche questo.

Terzo: Chiamare Gaetano oggi mi mette in imbarazzo e il perché è ovvio: c'è di mezzo Bettina.

Poco più di dodici ore fa, nella notte buia e tempestosa, lei si offre di accompagnarlo e lo imbarca in macchina. Forse gli propone una sosta in un pub per il bicchiere della staffa – un giro lungo il Po o al monte dei Cappuccini è improbabile perché la notte è nebbiosa più che tempestosa e non si vede niente – oppure filano diretti verso casa di lui. Arrivati lì che fanno? Lui dice grazie tante o la invita a salire? Dire grazie tante è in qualche modo offensivo – equivale a non mi interessi ho sonno e non cerco altro – e invitarla a salire è offensivo lo stesso: lo so che ci stai, me lo hai fatto capire tutta la sera sicché sbrighiamoci a fare quel che abbiamo voglia di fare. Deprimente in tutti e due i casi, forse più nel secondo che nel primo: fare l'amore senza quei preliminari di corteggiamento in cui si attardano anche i bisonti e le oche non è più fare l'amore, ma solo e semplicemente scopare, fottere. Comunque adesso sono le quattro, se amplesso c'è stato è anche finito, lui da una parte e lei dall'altra, sebbene la giornata sia di quelle che invitano a poltrire a restarsene a letto ad allungare le mani a ricominciare con tutta la paziente sapienza che il tempo ha insegnato... e io qui invece a correggere compiti merdosi. Si alza e va in cucina a prendere un bicchiere d'acqua; Renzo sta scurendo gli angoli della cornice col mordente e non solleva neppure la testa; le bambine non si rincorrono più, hanno saccheggiato la sua scarpiera e adesso tacchettano rumorosamente in giro, in attesa della prevedibile storta. Mettersi nelle scarpe di un altro: finalmente capisco da dove ha origine la frase proverbiale – pensa lei distrattamente –: dai giochi infantili precedenti l'era elettronica.

Torna in studio solleva il ricevitore e chiama Gaetano al telefono di casa, uno tre dieci dodici squilli, non risponde nessuno, neanche la segreteria. Per evitare altra fiction mentale fa subito il numero del cellulare e questa volta la risposta è immediata.

«Ciao» esordisce lei piuttosto incerta, «volevo dirti una cosa, se hai qualche minuto di tempo...»

«No mi dispiace adesso no. Scusami ti chiamo io più tardi», e riattacca.

Lei rimane lì con il ricevitore tra le mani e un'aria da stupida. Ben mi sta – si rimprovera –, così imparo a starmene quieta e a non invadere la vita degli altri. Zittita a dovere: no mi dispiace adesso no, adesso sono impegnato in qualcosa che mi appaga di più che quattro chiacchiere con te. Impegnato con Bettina, tra le braccia di quella squinzia di Bettina.

Lei ha appena posato il ricevitore, il telefono suona: risponde subito, e chi c'è dall'altra parte? Proprio quella squinzia di Bettina. Che vuole informazioni su Gaetano.

«Ho visto che siete amici» dice con tono disinvolto e voce non da letto, «parlami un po' di lui.»

«Cosa vuoi sapere?»

«Tutto.»

«Trentasei anni di Urbino divorziato senza figli laurea in Legge. Intelligente ironico un bell'uomo, ma questo l'hai visto da sola.»

«Ha una storia con te?»

Alla faccia della discrezione, pensa lei.

«Nessuna storia, siamo amici e basta.»

«Con chi vive?»

«Da solo. Ma non so niente dei suoi affari sentimentali, non me ne ha mai parlato.»

«Bene, allora ci provo.»

Non era tra le braccia di Bettina ma lo sarà tra breve, pensa lei tra il sollievo e il dispetto, poi riprende a correggere compiti e la biro rossa sottolinea con un sovrappiù di ferocia.

Alle cinque, dopo aver preparato una sbrigativa merenda alle bimbe assatanate e aver ricordato alla figlia e ad Alice che devono ricopiare la ricerca sugli Etruschi – Caterina può tenersi occupata dettandogliela – è l'ora della passeggiata canina. La nebbia, che si era diradata nelle ore centrali del giorno, sta di nuovo infittendosi, attutisce i rumori e imprigiona gli odori. Camminare è piacevole perché non c'è troppa gente in giro e il bassotto è di umore docile: non strattona sta al passo e ogni tanto alza gli occhi in cerca di approvazione. Lei allunga di proposito il percorso e sente che gli umori si stanno svelenendo.

«Ha telefonato Gaetano» riferisce Renzo al suo ritorno, «dice che si scusa per prima e di chiamarlo quando vuoi. Si scusa per cosa?»

«Per non avermi lasciata parlare e aver riattaccato subito.»

«Cosa gli devi dire?»

Lei glielo dice, lui alza gli occhi al cielo (al soffitto) e scuote la testa.

«Sempre a impicciarti negli affari altrui...», ma il tono è rassegnato, come dire: ognuno si svaga come crede e come può.

Lei torna in studio, chiama Gaetano.

«Mi hai preso in un brutto momento, prima. Un omicidio, un'esecuzione si direbbe: una scena orrenda. Ci darà un bel po' da fare. Dimmi.»

«Posso rimandare, non è così importante.»

«Dimmi lo stesso. Qualche minuto di pausa me lo posso permettere.»

Lei racconta e minimizza perché adesso l'informazione che gli sta passando le sembra risibile e forse aveva ragione Renzo a consigliarle di star quieta.

«Come si chiama questo fidanzato?»

«Gigi detto Jim, il cognome non lo so ma il tuo collega...»

Dall'altra parte c'è un silenzio teso, tre quattro secondi non di più. Poi:

«Mando una volante a prenderti, vieni subito in questura.»

«Questura? Ma io...»

«Per favore, è importante, ne parliamo qui. Tra dieci minuti al massimo la volante è sotto casa tua. Scendi e vieni.»

DOMENICA SERA

La baby-sitter non è romana né rumena, anzi non è neppure la baby-sitter.

Le otto le nove le dieci: nessuno è venuto a riprendersi la derelitta Alice, al telefono di casa risponde la segreteria, al cellulare di Vasila la Tim informa che l'utente non è raggiungibile e suggerisce di richiamare più tardi. Intanto però da Londra chiama Marisa – la mamma di Alice – e spiega con voce concitata che non riesce a...

«Non preoccuparti, la bambina è qui» l'interrompe lei, «sta bene, ha mangiato e se la baby-sitter non compare può dormire con Livietta, poi domani Renzo le accompagna a scuola tutt'e due.»

«Come faccio a non preoccuparmi?» ribatte Marisa che però ha tirato un respiro di sollievo, anche se la concitazione è rimasta tale e quale. «Vasila è clandestina lavora da me in nero anche volendo non posso regolarizzarla con sto casino di leggi che c'è e suo padre – di Alice voglio dire – quando serve non c'è mai questo fine settimana la bambina toccava a lui e invece no un impegno di lavoro come al solito che poi lavoro non è mai ci scommetto la testa che è la sua troietta di Roma che l'ha convocato e lui si è subito messo sull'attenti ha preso l'aereo e via... sai cosa gliene importa a lui della figlia crede che basti scucire gli alimenti fare regali al compleanno e a Natale comprare l'uovo a Pasqua telefonare ogni tanto e dirle che le vuol bene... al telefono le vuole bene ma quando ci deve essere del bene se ne dimentica e io devo fare i salti mortali non sai che fatica m'è costata organizzarmi per partecipare a sto convegno non posso sempre dire di no e giocarmi la carriera è materia mia e se non voglio fare l'associata a vita e arrivare finalmente alla prima fascia devo sgomitare e sgambettare oltre che studiare e scrivere e leggere e lavorare e...»

«Piglia fiato, mettici qualche virgola, beviti qualcosa» le suggerisce lei, «e dimmi, che tipo è questa Vasila?»

«Ma... cosa vuoi che ti dica? Sembrava a posto. Ha studiato da maestra, con l'italiano ha qualche difficoltà ma si arrangia, con la bambina va d'accordo. Viene da un posto vicino a Turda, là faceva la fame o quasi e ha deciso di scappare, a me l'ha consigliata un'amica, le aveva accudito il padre dopo che gli era venuto un ictus, poi il padre è morto e lei cercava lavoro ma preferiva guardare i bambini invece che i vecchi, c'è da capirla poveretta, però mollare Alice senza una telefonata senza spiegazioni senza niente...»

«Avrà avuto un contrattempo qualunque. Non è nel suo paese, non padroneggia bene la lingua, le occorrerà più tempo per venirne fuori...»

«Sì, forse hai ragione, adesso mi bevo qualcosa e cerco di calmarmi. Speriamo che non le sia successo niente di grave, che sia solo come dici tu. Oltre tutto ha le chiavi di casa e se... Cristosanto ma perché la vita è così difficile?»

Già, perché? E le defezioni di baby-sitter clandestine e di ex mariti inaffidabili non sono neppure i guai peggiori.

Alle undici meno dieci – nel frattempo Marisa ha richiamato cinque volte: novità? nessuna novità – una scampanellata impaziente la fa sobbalzare. Renzo per far passare il tempo sta guardando con le bambine la videocassetta di *Shrek* – ogni tanto arrivano scoppi di risa, probabilmente in concomitanza con le flatulenze dell'orco – e lei va al citofono a chiedere chi è.

«Vengo per Alice» risponde una voce sguaiata che le riesce subito antipatica, una voce alla cui intestataria lei non affiderebbe neppure un pesce rosso, figurarsi una bambina. E quando l'intestataria sbarca dall'ascensore le piace ancor meno. Non per i jeans sdruciti e imbalsamati dalla palta, non per il chiodo impermeabilizzato dall'untume e neppure per la selva di orecchini che le martirizzano lobi e padiglioni, ma per i denti marci e medioevali, denti di chi si fa pere dal giorno dopo la prima comunione.

«Vengo per Alice» ripete la tossica.

«Lei chi è?» le chiede nient'affatto conciliante. E per sottolineare la dichiarazione di guerra apre anche le braccia contro stipite e battente a sbarrare simbolicamente l'accesso. La tossica sposta il chewing-gum da una parte all'altra della bocca, offre la panoramica completa del dissesto dentario, si prende il suo tempo e finalmente dice:

«L'amica di Stelian.»

«Stelian?»

«Stelian è del paese di Vasila.»

«E allora?»

«Vasila gli ha detto di dirmi di venire a prendere la bambina. Poi quando la rilasciano passa da me.»

«La rilasciano? Chi la rilascia?»

La tossica, prima di spiegare la faccenda del rilascio, le rilascia un'occhiata di commiserazione globale. Commiserazione per il suo comprendonio atrofico per la sua vestaglietta prenotturna per i suoi sprecati quarant'anni borghesi. Beh, siamo pari – pensa lei –, avversione contro avversione, posizioni nette e nessun ponte per incontrarci a metà strada. Io ho le mie ragioni, lei le sue e a nessuna delle due frega niente delle ragioni dell'altra. Voci corpi gesti abiti che parlano lingue diverse intraducibili. La materia oscura tra mondi alieni.

«I carabinieri. Hanno fatto una retata in piazza Carlo Felice, hanno preso anche Stelian ma lui è già fuori.»

«Allora dica a Stelian e a Vasila che Alice resta qui. Domani l'accompagniamo noi a scuola e poi vedremo.»

«Per quel che me ne frega a me...» taglia corto la tossica e se ne va sbattendo la porta dell'ascensore.

Adesso mi tocca pure telefonare a Marisa. Sai che balzi di gioia, poveretta, a sapere che la baby-sitter è nei guai, che magari l'impacchettano in un centro d'accoglienza e la rispediscono al suo paese. Intanto quella ha le chiavi di casa e c'è da sperare che non le passi al suo compaesano o peggio ancora alla tossica nostrana, perché se no addio argenteria televisore stereo computer tappeti quadri vestiario, addio a tutto, imballato e spedito via insieme alla merce sgraffignata nei supermercati, camionate di refurtiva in partenza ogni domenica mattina davanti al cimitero di San Pietro in Vincoli, destinazione Bucarest Ploiesti Sibiu Turda e zone limitrofe. E Marisa, quando arriva, si ritrova nuda e cruda.

Marisa non la prende bene. Sarà la lontananza che amplifica le apprensioni, sarà che domani deve presentare la sua relazione, ma dà di fuori al telefono per più di mezz'ora e lei, oltre a calmarla per quel che le riesce – cioè poco o niente – si sente in testa il ticchiettio dei secondi macinati dalla teleselezione e vede scendere nel ventre rapace della Telecom i suoi soldini, cinque dieci venti euro, quanto costa mezz'ora di teleselezione con Londra, sia pure notturna? E Marisa non è neppure un'amica, è poco più che una conoscente, la madre di una compagna di scuola di Livietta, ci si vede ai consigli di classe e alle recite, ci si scambia qualche volta le figlie al sabato o alla domenica, le si accompagna al circo o al cine, ma una vera confidenza tra loro due non c'è, non hanno mai veramente parlato, anche se le pare che – in frangenti meno drammatici – potrebbero farlo con reciproco piacere.

Adesso bisogna trovare un pigiama e uno spazzolino per Alice, spingere le bambine in bagno e imbucarle nel letto: si dorme subito e non voglio sentire risatine e chiacchiericci perché è tardi e domani c'è scuola, capito? Capito, ma Alice frigna che lei non ha lo zaino né i quaderni né biro pennarelli eccetera e la maestra di sicuro la sgrida. No che non ti sgrida, è un'emergenza. Una cosa? Un'emergenza cioè un fatto imprevisto, Renzo glielo spiega prima che entriate in classe e adesso basta dormite e buonanotte.

Undici e mezzo, mioddio che giornata, una giornata da sfiancare un bue. E Christian e la Levrone e le bambine e Bettina e Gaetano e la volante e la questura e la rumena e la tossica e Marisa... Però volante e questura – omicidio a parte, ma di quello non sono responsabile – non mi sono dispiaciute per niente. Anzi.

Mi sono data una ravviata ai capelli, ho infilato scarpe e Barbour, ho detto a Renzo che dovevo uscire un momento e badasse lui alle bambine. Ma dove vai? Te lo dico dopo. Perché? Perché se no me la tiri per le lunghe. Quando torni? Spero presto, non preoccuparti. Io non mi preoccupo per niente, caso mai m'incazzo per tutti sti misteri.

Forse facevo meglio a spiegargli ma ci avrei messo di più.

La volante era già davanti al portone: un poliziotto al posto di guida e un altro sul marciapiede in attesa. Mi sono presentata, lui mi ha aperto la portiera posteriore – non mi ha messo una mano sopra la testa perché sono bassetta e non ero ammanettata – l'ha richiusa è salito e abbiamo sgommato via. Non hanno attaccato la sirena ma filavamo come fusetti, nonostante la nebbia, nello scarso traffico domenicale, e nelle curve mi dovevo tenere per non rovesciarmi a sinistra o sbattere a destra contro portiera e finestrino. All'arrivo in via Grattoni il non-autista è balzato giù agile mi ha riaperto la portiera e mi ha affidata a un collega che stava aspettando. Mi segua signora, ha detto, mi ha fatto strada fino al primo piano, ha infilato una serie di corridoi pavimentati in graniglia bianca e nera, siamo passati davanti a una serie di porte aperte o chiuse, poi lui ha bussato a una di quelle chiuse, l'ha aperta e io sono entrata.

Nella stanza c'era Gaetano c'erano tre suoi colleghi e c'era soprattutto fumo denso, odore di fumo stagionato e posacenere intasati. Arredo micragnoso e anonimo come quello scolastico, ma due bei manifesti alle pareti. Ho stretto delle mani, Gaetano mi ha baciata da lontano sulla guancia destra e sinistra come fossi sua zia, mi ha fatta sedere, si è messo dall'altra parte di una scrivania e ha detto dimmi. Mi è tornato in mente l'esame di maturità, il mio, ma non c'era la trepidazione di allora, il cuore batteva giusto, mani e nuca non erano sudate e le ghiandole salivari funzionavano normali. In corpo avevo però una curiosità eccitata.

«Che cosa devo dire? Non ho capito bene perché sono qui.»

«Signora, ci spiace di averla scomodata così all'improvviso» si scusa galante e reticente uno dei tre, quarant'anni o poco più, rotondetto, con la faccia paciosa da negoziante di campagna. Gli occhi però non sono paciosi per niente, ma duri e inquisitori, perché è difficilissimo comandare gli occhi, ho pensato.

«Hai ragione» interviene Gaetano, «adesso ti spiego e poi ci dici.»

Il tutto era partito da una telefonata anonima, fatta ovviamente da una cabina, una delle poche con i vecchi apparecchi a monete e a scheda. Chi telefonava aveva preso le sue precauzioni, usando la moneta e dicendo poche, pochissime parole. La telefonata era stata registrata, la cabina individuata, ma risalire al telefonista era una faccenda un po' più complicata. Il messaggio era: "Un cadavere. corso Mortara. Ex ferriere". Stop, riattaccato. Ci erano andati subito perché avevano imparato, con l'esperienza, a distinguere i messaggi attendibili da quelli fasulli. E in corso Mortara, non dentro alle ex ferriere ma di fianco, poco lontano, il cadavere c'era, come annunciato. Di un giovane, venti-venticinque anni, che addosso aveva solo un paio di boxer. Niente scarpe calze jeans camicia o maglione, niente. Niente portafogli e documenti, ma soprattutto niente faccia, spappolata da tre colpi di pistola di grosso calibro esplosi a distanza ravvicinata. Roba di rara ferocia. Non l'avevano ammazzato lì ma dentro la ex fabbrica, e poi l'avevano trasportato fuori dopo averlo spogliato. Oltre ai boxer gli avevano lasciato all'anulare della

mano destra un anello – una bassa fascia di oro bianco –
che gli andava stretto e non si riusciva a sfilare. A mozzar-
gli il dito non c'erano arrivati, probabilmente perché gli
mancava lo strumento adatto e farglielo saltare con un
colpo di pistola era un lavoro sporco, si sarebbero imbrat-
tati poi le mani nel raccattarlo. L'anello l'aveva tagliato il
medico legale, nella speranza che all'interno ci fosse inci-
so qualcosa di utile per il riconoscimento, e difatti qualcosa c'era, una breve scritta: "To J. from K.".

«Capito perché sei qui?»

Capito al volo: a Jim da Karin, ma potrebbe anche essere a Joe da Kate, a James da Kim, o anche a Joel da Kirk, a
John da Kevin, dipende dai gusti.

«Perché hai pensato subito a Karin e Jim?»

«Non ci ho affatto pensato subito. Prima di tutto perché
non mi occupo di sequestri, i sequestri sono roba di Marzullo [il rotondetto con gli occhi duri] e di Treves [uno degli altri due, quello un po' ingobbito]. Poi perché nessuno
sapeva che il ragazzo di Karin si faccia – o facesse – chiamare Jim. Me lo hai detto tu.»

«Avete provato a...»

«Cercarlo? Come no. L'ultima volta mentre tu eri per
strada. A casa non c'è, il cellulare è spento. Marzullo, continua tu.»

«L'ho cercato io. La prima volta stanotte verso l'una,
dovevo fargli qualche domanda su Karin, e poi poco fa.
Stanotte l'ho beccato mentre stava uscendo per andare in
discoteca o chissà dove. Karin – ha detto – non l'aveva più
vista né sentita da lunedì, non avevano proprio litigato
ma lei ogni tanto mette su il muso e non bisogna starle addosso, bisogna aspettare che le passi e si faccia viva. Lui
non si era preoccupato, neanche quando aveva saputo che
mancava da casa, e non aveva pensato a una disgrazia e
meno che mai a un sequestro. Comunque, tornando al
presente, questo Luigi o Gigi o Jim adesso in casa non c'è,
il padre dice che non sa né quando sia uscito né dove sia
andato, sa solo che ha preso la macchina perché in garage

non c'è. Non gli ho chiesto se porta un anello d'oro bianco, non ancora.»

«Io Jim non l'ho mai visto» ho detto, «di lui so solo quello che mi ha confidato Christian, il fratello di Karin. Quello che ho già raccontato al telefono.»

«Ripetilo per favore. Voglio che sentano anche Marzullo Treves e Lasagni.»

Lasagni era il terzo uomo, quello con la barba. Ho ripetuto tutto quanto con paziente precisione professionale, ma intanto la curiosità eccitata di prima era virata in qualcos'altro, perché le parole di Gaetano – niente faccia, spappolata da tre colpi di pistola – si erano concretate in un'immagine orrenda.

«Posso avere un bicchier d'acqua?» ho chiesto a un certo punto, un po' perché mi era venuta sete e un po' per restare dentro al telefilm. Mi hanno versato un bicchier d'acqua che sapeva di fumo o che aveva preso sapore e odore di fumo nel breve istante del passaggio dalla bottiglia al bicchiere. E siccome era pure tiepida, dopo il primo sorso ho lasciato perdere e mi sono tenuta la sete.

Poi Marzullo è passato a far domande su Karin. Sulle prime ho fatto un po' il pesce in barile – non le ho mai parlato direttamente, incontri casuali nell'androne o sulla porta dell'ascensore –, poi ci ho rinunciato, non tanto perché Marzullo giocava a spiazzarmi sotto lo sguardo divertito di Gaetano ma perché, se la ragazza era in pericolo, la cosa migliore era fornirne un ritratto attendibile, seppur soggettivo.

Quando la volante mi ha scodellata davanti a casa erano quasi le otto e Renzo sul balcone, nonostante la nebbia, scrutava l'orizzonte come la piccola vedetta lombarda.

La camomilla non era bastata e il mezzo Tavor assunto di rinforzo aveva fatto lo stesso effetto di una pastiglia di Saila Menta. Lei continuava a rigirarsi nel letto, le doghe ogni tanto scricchiolavano e Renzo modulava la sua protesta con mugolii lamentosi nel sonno. L'eccitazione che l'aveva invasa durante il viaggio sulla volante era ormai svanita, come pure lo sgomento che si era insinuato attraverso l'immagine di un viso – sia pure sconosciuto – devastato da colpi di pistola. Accantonata anche la scocciatura relativa ad Alice baby-sitter e futuro di entrambe: l'indomani il padre sarebbe rientrato col primo aereo e si sarebbe fatto carico di tutto quanto, custodia dell'ex domicilio coniugale compresa. Sempreché lo svaligiamento, nonostante l'allerta data al portinaio, non avvenisse con sollecita prontezza quella stessa notte.

Ma.

Ma lei non riusciva a dormire. C'era qualcosa – un tarlo questa volta indecifrabile, una sensazione sottile di disagio – che le impediva di dedicarsi con profitto ai suoi giochetti ipnoinducenti: anagrammi antipodi diretti o inversi scambi consonantici. Il tarlo scavava i suoi cunicoli, lasciava dietro di sé un'impalpabile segatura di senso di colpa. Colpa per cosa? Per non aver chiamato Christian e la Levrone madre, per non aver offerto una spalla su cui piangere o macerarsi dopo che qualcuno (Marzullo Treves o un altro della squadra) li avesse messi al corrente che il sequestro si complicava di brutto? Non esageriamo (*esageroma nen*: il motto accampato sullo stemma araldico di noi piemontesi), non sono la loro parente *più prossima*, non tocca a me. E poi chissà quando e come gliel'hanno comunicato. Prima – raggiunta la certezza che lo sfigurato era proprio Luigi o Gigi detto anche Jim – dovevano avvertire la sua famiglia e non invidio chi ha dovuto sobbarcarsi a quel compito. C'è una regola, una prassi collaudata per portare notizie di quel genere? Si suona il campanello, ci si fa aprire, si indossa una faccia di circostanza – perché il lutto esige comunque una certa ritualità –, si invitano le donne e i soggetti a rischio – ipertesi cardiopatici anziani – a sedere, ci si tormenta per un paio di secondi le mani e si esordisce con: "Purtroppo devo comunicarvi una brutta notizia"? A quel punto – e forse prima – le donne (madri mogli figlie sorelle fidanzate) hanno già capito, senza autoingannarsi con scenari di incidenti gravi ma non mortali, la brutta notizia non è ferite amputazione coma, la brutta notizia è morte. Perdita definitiva irrimediabile totale. Gli uomini invece si aggrappano al baluardo della razionalità, dell'attesa, rifiutano le scorciatoie dell'istinto e non si anticipano nulla sino allo schianto della parola fatale.

Forse non va così, forse io faccio generalizzazioni fantasiose – pensa lei, e si rigira un'altra volta scalciando lenzuola e coperte. «Sta' un po' ferma!» sospira nel dormiveglia Renzo mentre si sposta sul bordo del letto per allontanarsi un po' dalla provenienza delle onde d'urto. Lei vorrebbe star ferma ma non ci riesce, il cervello dimentica la vigilanza sul corpo, impegnato com'è a cercare di dare un nome al tarlo, a definirlo, a snidarlo. Passa in rassegna la giornata, emozioni avvenimenti contrattempi: niente, il tarlo continua a sfuggire alla caccia. Ricomincia con gli scambi consonantici partendo da facilissime parole di cinque lettere, roba da analfabeti, passa a quelle di sei sette otto, sempre niente. Cambia gioco e cerca di richiamare dalla memoria i nonsense che più le piacciono:

Una nave che salpa dal porto
saltellando con passo scozzese
è lo stesso che prendere un morto
per pagarlo alla fine del mese.

Oggi è Pasqua e vado a pesca
senza lenza senza lasca
senza lisca senza l'esca
senza l'acqua nella vasca.

Guarda guarda questi frati
mangian sempre solo fichi
bevon sempre solo mosto
maggio giugno luglio e agosto.

Un pollo su un pullman
in viaggio per Baden
avvolto in un loden
si sente nell'Eden.

E adesso cosa m'invento? Cerco di sentire il mio corpo, di rappresentarmi – per quel che mi ricordo di anatomia – ossa organi e muscoli e intanto controllo la respirazione: uno: inspirare, piede dita metatarso tarso astragalo; due espirare, gamba tibia perone... Tibia e perone! Eccolo lì il tarlo. Il piccolo Anthony. Io che auguro sconquassi a chi si comporta male. Io che mi ergo a giustiziera. Io che ho indirizzato a Jim un pensiero maligno: tibia e perone fracassati. Che cosa dice la dottrina cattolica? Che non bisogna peccare in pensieri parole opere e omissioni – splendido climax, ci sapevano fare i catechisti – e io ho peccato in pensieri. *Mea culpa mea culpa mea maxima culpa.* Ma piantala, da quando in qua solidarizzi *in toto* con la teoria cattolica del peccato, con la casistica di sant'Alfonso de' Liguori? E anche ammesso che a pensar male si faccia peccato, non si reca però gran danno, non agli altri perlomeno, ma solo a se stessi, qualche decennio in più tra le fiamme o gli altri tormenti del purgatorio. Che non è niente di fronte all'eternità, un battito di ciglia, lo dice anche Dante.

E se invece... no per favore, controllati, non puoi svaccare così neanche nei tuoi deliri notturni. Non hai doti sciamaniche non sei uscita dalle pagine di Stephen King la fantascienza è appunto "fanta" le streghe esistono solo nelle favole o nelle allucinazioni collettive dei tempi bui; tu sei nata nel Ventesimo secolo sei un prodotto della civiltà occidentale laica e raziocinante non leggi gli oroscopi non credi nei maghi che storcono i cucchiai col pensiero che fanno stramazzare e straparlare compiacenti vallette... Inoltre tibia e perone fracassati sono un guaio sì ma rimediabile – abbastanza – se si capita al pronto soccorso giusto e non si incappa in un ortopedico ciucco o strafatto o in uno sperimentatore disinvolto. E io quello ho augurato, non morte violenta e precoce, non colpi di pistola sparati in piena faccia, perciò non devo sentirmi in colpa, non ho armato io la mano dell'assassino e di eventuali complici, *io non ho il potere di far accadere le cose col pensiero*. Soltanto una volta... ma era una cosa da niente, addirittura bella, e Piera me la ricorda almeno un paio di volte all'anno. Chiacchieravamo frivole davanti a un aperitivo e lei mi ha chiesto com'è per me un pomeriggio ideale, come me lo immagino. Beh, le ho risposto, visto che navighiamo tutt'e due verso i quaranta, che siamo sposate, che abbiamo una figlia per una, escludiamo il sesso trasgressivo e manteniamoci caste. Un pomeriggio ideale può essere così: marito e figlia via per i fatti loro, noi da sole in casa, sdraiate a letto a leggere Dickens, ai miei piedi Potti acciambellato, ai tuoi Rita (una gattona obesa), fuori nevica e sul comodino abbiamo tre o quattro gianduiotti di Pejrano. Piera era corsa a comprarsi *La piccola Dorrit* e i cioccolatini e il giorno dopo (una domenica, marito e figlia dai nonni) aveva nevicato fitto. Ma era gennaio e l'evento non era straordinario, anche se non previsto dalle previsioni.

Il potere di far accadere le cose col pensiero. Più grande di quello di Alessandro, degli imperatori romani, di Carlo V di Luigi XIV di Pietro il Grande. Di Hitler di Stalin di Mao di Pol Pot degli intercambiabili e interminabili dittatori africani. Che ne farei di un potere così? Mi limiterei a qualche aggiustatina di scenari domestici o limitrofi – un aumento di stipendio a me e a Renzo un fidanzato affidabile all'amica sfortunata un sei all'enalotto per tutti, ma anche, agli stronzi, l'alloggio allagato da lavatrice inceppata, il computer fottuto da un virus, i carabinieri dietro la curva dopo il sorpasso vietato – oppure ne sarei travolta e giocherei a fare il dio che atterra e suscita che affanna e che consola a mio insindacabile giudizio? Difficile conoscere il proprio abisso finché non si è messi alla prova.

Ma io il potere non ce l'ho. Punto e basta. A Jim non ho nuociuto fisicamente, ho solo inzaccherato un po' la fama postuma. E adesso basta davvero. Uno: inspirare, piede dita metatarso e tarso...

Il mattino dopo, lunedì, dovette ricorrere al fondotinta per mascherare alla meno peggio il colore cinerino che la notte quasi insonne le aveva regalato. Per dissipare l'intontimento, però, il caffè non era bastato. Nell'atrio della scuola quasi inciampò in Campigli, che aveva un'aria assai più vispa nonostante l'ora quasi antelucana.

«Simpatica, sai, la tua amica.»

«La mia amica chi?»

«Come chi? Flavia, l'avvocata», e la guarda tra lo stupito e il divertito.

«Ah già, Flavia.» Da sabato le sembra che siano passati due mesi, non due giorni. «A che ora finisci stamattina?»

«Alle undici e trentacinque, poi ho un'ora di biblioteca.»

«Allora ti raggiungo là. Vorrei chiederti meglio di Karin.»

«Perché ti interessa tanto la stronzetta?»

«Non hai letto il giornale?»

«No, al mattino non ho tempo. Che c'è sul giornale?»

«C'è che l'hanno sequestrata, la stronzetta. E che hanno accoppato il suo fidanzato.»

«Cazzo! Scusa, non... Ce l'hai mica dietro il giornale?»

«No, ma se ti sbrighi e hai fortuna puoi imbertare quello della sala professori.»

«Eh... ti pare! Quello se lo imberta sempre la Gianoglio,

lo crede suo di diritto. No, mi filo un po' la puzzola [una delle segretarie] e mi faccio prestare quelli di madama Buonpeso. Tanto è difficile che arrivi presto. Rifilo un'esercitazione alla terza – poi mi tocca correggerla ma pazienza – e mi leggo tutta la storia in santa pace. Sequestrata, cazzo...»

Di rifilare un'esercitazione lei non se la sente, però la spiegazione degli *Inni sacri* – che già di per sé non sono eccitanti – le riesce di una noia mortale. Gli allievi della prima fila sbadigliano educatamente con la mano davanti alla bocca, quelli alle spalle la mano davanti alla bocca la tengono per mascherare fitti conversari. No, così non va, meglio cambiare argomento.

«Adesso vi racconto la scena di un film» dice e l'indice di gradimento ha un'impennata verso l'alto, «dopo voi dovete giudicare il protagonista. Con due aggettivi, massimo tre. E per favore non fate gli ipocriti.»

Non gli racconta un pezzo di film, ma gli rifila la dettagliata sceneggiatura di Jim che al volante della sua Nissan Patrol vede davanti a sé un cane che attraversa la strada, accelera per centrarlo in pieno e si rallegra di esserci riuscito. I nomi del protagonista e dei comprimari sono – ovviamente – di fantasia.

«Bastardo.»

«Criminale e schifoso.»

«Figlio di puttana.»

«Non vale, ha detto aggettivi.»

«Non vale ma rende l'idea.»

«Allora va bene anche stronzo, sostantivo aggettivato.»

«Deficiente e farabutto.»

«Ma il cane era cucciolo?»

«Che c'entra se era cucciolo?»

«Niente. Era solo per sapere.»

«Psicopatico.»

«Barbaro e imbecille.»

«Perverso odioso e stronzo.»

«Stronzo l'ha già detto Luciana.»

«Va bene, grazie, basta così. Adesso vorrei che mi scriveste quali possono essere, secondo voi, i motivi per cui un ragazzo di ventidue-ventitré anni si comporta così. Oppure potete inventare una specie di biografia del personaggio.»

Non è stato un processo regolare, il verdetto prima dell'istruttoria, non si fa. Ma loro non protestano, non accampano le solite scuse – non ho fogli non ho quaderni, ho finito l'inchiostro della biro – scrivono a testa bassa e di buona lena.

Meglio della *Pentecoste*? Non ne era del tutto sicura.

Un toast è un toast è un toast è un toast.

Verità incontrovertibile. Per completezza d'informazione, però, bisognerebbe aggiungere che c'è toast e toast e toast, la differenza è data dal grado di freschezza degli ingredienti dalla loro qualità e dal punto di tostatura. Quello che lei aveva davanti, di toast, apparteneva alla categoria infima, quella delle schifezze, che un qualunque sorcio occidentale anziché addentare avrebbe snobbato con un fremito di baffi. Del resto, tralasciando i sorci, nessuna persona normale – per quanto lato e vago sia il concetto di normalità – avrebbe ordinato un toast e un cappuccino al Chico's bar, per il semplice motivo che nessuna persona normale ci avrebbe mai messo piede, al Chico's bar: più che un bar era un covo di tagliaborse e tagliagole che non avevano neppure lo scrupolo di mimetizzarsi minimamente. La taverna della Malanotte non nel mezzo di una valle angusta, ma in una larga piazza di periferia.

Il loro ingresso (di lei e di Marco Campigli), che in ogni altra circostanza avrebbe congelato gesti sguardi e parole in un prolungato fermo immagine, era passato relativamente inosservato perché lo rendevano plausibile una pioggia della madonna l'ombrello gocciolante e le loro spalle infradiciate. I tagliagole non sapevano che – pioggia a parte – la scena era il frutto di un'attenta regia.

Marco, quando lei l'aveva raggiunto in biblioteca, si era

subito mostrato entusiasta e collaborativo: dopo aver convinto la puzzola – ammorbidita da un tartufesco complimento – a prestargli i giornali di madama, si era letto tutti gli articoli su sequestro e omicidio e non vedeva l'ora di commentare fare ipotesi suggerire piste d'indagine e risolvere i casi. Più o meno come lei, ma con un pizzico d'allegria e impazienza in più: certo che ti accompagno, un posto incredibile, gli avventori non hanno all'occhiello il cartellino di riconoscimento con su scritto sequestratore e/o assassino perché gli basta la faccia, vedrai che non esagero. Così, dopo essersi liberati dei propri obblighi extrascolastici con un paio di telefonate, avevano minuziosamente progettato un'incursione sotto copertura al Chico's bar che, a detta di Marco, era stato saltuariamente frequentato da Karin, almeno in passato. E adesso erano lì seduti a un tavolino sul cui piano bisunto il barista aveva inutilmente passato uno strofinaccio tuttofare – bancone lavello pavimento e si spera nient'altro – ed era stato depositato un vassoio con le ordinazioni: il toast di cui sopra e un cappuccino per lei, un panino al salame e un bianchino per lui. Dopo che lei aveva dato il primo morso al toast ed espresso il giusto commento, si erano accesi una sigaretta interlocutoria che permettesse di osservare catalogare e memorizzare il milieu senza dare troppo nell'occhio.

Extracomunitari, perlopiù. Non di quelli che sgobbano, in regola o in nero, nei lavori che noi schifiamo per eccesso di opulenza o supponenza, e neppure venditori di accendini spugnette e cianfrusaglie, né pulitori di vetri ai semafori o posteggiatori abusivi. Questi appartenevano, insieme ai meno numerosi indigeni, a una categoria diversa, e non era necessario un particolare intuito per notarlo. Orologi scarpe giubbotti jeans la dicevano lunga su aspirazioni e mete – condivise peraltro dalla maggior parte della popolazione: soldi soldi soldi tanti e subito –, facce e sguardi lasciavano intendere che qualunque mezzo era buono per raggiungerle. Auricolare all'orecchio, telefonino alla bocca, un'attenzione vigile da carnivori in cerca di preda.

«Visto che ambientino?» dice Marco sporgendosi verso di lei per superare il fracasso della techno sparata dalla radio.

«Visto. In posti così ci vorrebbero telecamere e microfoni giorno e notte. E pazienza per la privacy.»

Bevono un paio di sorsi di bianco e cappuccino, la musica finisce e prima che riattacchi volano nell'aria brandelli veloci di conversazione.

«Russi e ucraini» sentenzia Marco.

«Come fai a saperlo?»

«Ho imparato in discoteca, da Valeria. Dove credi che vadano questi qui la sera?»

«Mah... non so. A sorvegliare le loro battone a spacciare a rubare...»

«Eh no, si vede che non hai l'occhio. Questi sono un gradino più su, han già fatto carriera, hanno i loro luogotenenti e si occupano di roba più grossa.»

«Come un sequestro ad esempio?»

«Non saprei. Non è mai capitato finora. Non di estranei al giro, voglio dire, e non di lunga durata. Sarebbe un salto di qualità. Adesso però è meglio filare, finisci almeno il capuccino se non ce la fai con il toast.»

Pagano, escono. I predatori li osservano con finta indifferenza mentre si allontanano sotto la pioggia.

A parte qualche brividino, l'incursione al Chico's bar non aveva dato frutti. Lei ridacchiava per conto suo su quelle curiosità e tentazioni che un tempo si sarebbero definite zitellesche e che adesso non sapeva come catalogare: poteva andare bene stupide o era un giudizio troppo severo? L'avventura pericolosa e sconsigliabile alla ricerca del batticuore: la signorina Quested alle grotte Marabar, Jane Eyre sulla soglia della porta proibita.

«Perché ridi?» le chiede Marco.

«Perché mi sento stupida.»

«La cosa ti diverte?»

«Abbastanza.»

«Non ti capisco.»

«Davvero? Non mi diverte l'essere stupida, ma il sentirmi tale. Vuol dire che non sono ancora monolitica, che
conservo delle crepe, delle incongruenze.»

«E perché ti senti stupida?»

«Per questa spedizione.»

«Come dire che sono stupido anch'io, a meno che non
mi senta stupido nel qual caso lo sono un po' meno.»

«Proprio così. Prova a guardarci dal di fuori...»

«Professore di scienze e professoressa di lettere che si
improvvisano investigatori. Che vanno a visitare un covo
di banditi. Che lasciano la macchina a tre isolati di distanza, che si bagnano giacconi e piedi – i miei perlomeno,
non so i tuoi – che spendono cinque euro a testa per delle
consumazioni ributtanti e in cambio vedono facce che potevano vedere gratis a Porta Palazzo o a San Salvario. Ho
anch'io delle crepe o sono monolitico?»

«Sei pieno di crepe, complimenti. Ma, crepe o non crepe, giocare agli investigatori mi piace.»

«Anche a me. Bisognerebbe sapere qualcosa di più su
quel Jim: chi frequentava, dove bazzicava...»

«Non ne so niente.»

«Io neanche. Dalla foto sui giornali non l'ho riconosciuto, quando insegnavo dai grafici non mi pare che stazio-
nasse intorno all'istituto. Karin all'epoca aveva altri cor-
teggiatori.»

«Tanti? Di che genere?»

«Non le facevo da chaperon, non saprei dire. A quell'età
si prendono e si lasciano a ritmo continuo, sono rare le
passioni che durano di più di due o tre mesi.»

Intanto erano arrivati sotto casa di lei, dove Marco l'a-
veva gentilmente accompagnata non avendo avuto cuore
di abbandonarla sotto quella pioggia monsonica. Aveva
addirittura accennato il gesto galante di scendere per
aprirle la portiera ma lei l'aveva bloccato: aveva i piedi
bagnati, il povero ragazzo, e aveva affrontato strade tra-
sformate in torrenti, ingorghi, buche traditrici, non era il
caso di pretendere altro.

Dentro l'androne, primo stop: la portinaia. Ha visto signora, che cosa terribile, io me lo sentivo, l'avevo letto nei Ching, di questo passo chissà dove andiamo a finire.

Stop numero due: lei sta imboccando le scale ma la signora Vietti – madre del moccioso che smanaccia sempre i campanelli, preferibilmente durante l'ora del pisolino – uscendo dall'ascensore la placca come un terzino: ha visto ha letto ha sentito che cosa terribile non se ne può più chissà dove andremo a finire.

Al primo piano si ferma dalla madre:

«È un sequestro, capisci, un sequestro. In che tempi viviamo, non si è più sicuri da nessuna parte, chissà dove andremo a finire. Lei sequestrata e il fidanzato ammazzato, altro che scappatella come dicevi tu, leggi i giornali così ti convinci.»

«I giornali li ho letti e comunque lo sapevo già.»

«Come già? Quando l'hai saputo?»

«Del sequestro ieri mattina e dell'omicidio ieri pomeriggio.»

«Chi te l'ha detto? E perché non me lo hai detto? Abbiamo mangiato insieme e ti sei tenuta tutto per te. Eh già a me non mi dici mai niente, io sono l'ultima ruota del carro, le cose devo venirle a sapere dagli altri, dalla portinaia dai giornali dalla tele...»

La casa è un buon rifugio. Non ci sono messaggi in segreteria, il cane non parla e non ha voglia di intrattenimenti perché è di umor piovorno, ovvero con l'aria scocciata e risentita, come se il cattivo tempo l'avesse ordinato lei. È bello il silenzio, che poi non è proprio silenzio perché in sottofondo, attutito dai doppi vetri, c'è il ronzio del traffico e più vicino il picchiettare della pioggia. Si libera degli abiti umidicci si infila una tuta si prepara un vero toast, abbondando in prosciutto e fontina, lo mangia con calma concedendo un paio di bocconetti al cane che ai profumi alimentari si è subito riscosso.

Sequestro e omicidio. Correlati, ovviamente. Martedì scorso Karin esce di casa come per andare a scuola ma non ci va. La sua macchina viene parcheggiata a due isolati di distanza, ma non si sa quando è stata lasciata lì e se è stata proprio lei a lasciarcela. Il quando è davvero da scoprire, ma che l'abbia parcheggiata lei pare probabile perché i rapitori non si sarebbero presi il disturbo di chiuderla. E il rapimento non è avvenuto lì, perlomeno non di giorno, perché la strada è abbastanza movimentata e qualcuno avrebbe visto o sentito qualcosa. Il quando, il quando. Ragioniamoci sopra. La scuola è in periferia – negozi senza pretese casermoni popolari giardinetti spelacchiati – e se Karin lascia la macchina lì è perché ha intenzione di restare nei paraggi, non me la vedo prendere un tram o un autobus per spostarsi, le stronzette come lei non si servono dei mezzi pubblici. Ma siamo al punto di partenza: può aver parcheggiato in qualunque momento, al mattino presto perché aveva intenzione di andare a scuola e poi ha cambiato idea, più tardi o nel pomeriggio o addirittura di sera perché aveva appuntamento con qualcuno lì o magari proprio al Chico's bar. Dove, anche ammesso che ci sia andata, nessuno dirà di averla vista, né allora né prima né mai. Neanche sotto tortura. È stata rapita – non si sa dove – in modo estremamente professionale, lontano da testimoni o con un impiego così esiguo di violenza da passare inosservato. A meno che... a meno che lei si fidasse dei suoi rapitori, persone che non le erano del tutto estranee, che aveva già visto, con cui aveva parlato, di cui non aveva ragione di temere. In questo caso il rapimento non richiedeva alcuna azione violenta, bastava che avvenisse dove gli autori non erano facce note. I rapitori: gente che aveva le giuste informazioni sulle disponibilità economiche della famiglia e che conosceva le abitudini di Karin. Karin e non Christian: perché? I motivi possono essere tanti: una ragazza è ritenuta una preda più facile da catturare e tenere in prigionia; il suo sequestro sgomenta di più perché connesso alla possibilità di stupro; Karin e non Christian perché lei è più in vista del fratello e su di lei si sono appuntati sguardi e progetti. Karin

119

e non Christian perché forse lei frequenta dei balordi e lui no. Di nuovo l'antipatia che affiora e orienta il pensiero. Come fanno i giudici a essere imparziali, a non lasciarsi commuovere da occhi dolci e modi cortesi, a non irrigidirsi di fronte a gesti e parole urticanti? Hanno anime speciali, imparano con l'esercizio o la reattività emotiva ci mette comunque almeno la punta dello zampino? E io, nel mio piccolo, quando rifilo un cinque al posto di un sei o viceversa, che cosa boccio o promuovo? La sostanza o l'apparenza, l'apprendimento o il modo in cui è esibito? Me lo sono già chiesta mille volte e la risposta è che cerco – quasi sempre – di privilegiare la sostanza, ma cercare di essere buon giudice non equivale a esserlo e la risposta non mi appaga granché.

Campanello di casa e telefono squillano quasi contemporaneamente: alla porta c'è Christian, lei lo fa passare nello studio, gli dice in fretta siediti sono subito da te, chiude la porta e risponde all'apparecchio del soggiorno.

«Qui polizia. Che ci faceva, signora, al Chico's bar un'ora fa?» le chiede Gaetano, parodiando se stesso e i poliziotti da telefilm.

«Ci mangiavo un toast e bevevo un cappuccino, signor commissario.»

«Attenta a quel che dice, signora, il toast l'ha avanzato. E chi era il suo bell'accompagnatore?»

«Ma che fai, mi spii, mi pedini? Non hai qualche omicidio di cui occuparti?»

«Certo che ce l'ho, non mi mancano quasi mai. Neanche a te, a quanto pare. E comunque a spiarti non ero io, ma Treves, che stava dando un'occhiata a quel letamaio.»

«Non l'ho visto.»

«Non potevi vederlo. Adesso mi dici perché eri là?»

«È un interrogatorio?»

«Per favore... te lo devo chiedere in ginocchio?»

«Il mio accompagnatore, che è un mio collega – così rispondo anche all'altra domanda –, è stato insegnante di Karin e mi ha detto che ogni tanto la ragazza capitava al

Chico's bar. Così, finite le lezioni, ci siamo andati insieme. Contento?»

«E cosa avete scoperto?»

«Niente. È un covo di banditi, ma questa non è una scoperta. Non ti chiedo cos'hai saputo tu perché tanto non me lo dici e poi perché nello studio c'è Christian che è arrivato proprio adesso.»

«Cosa vuole?»

«Non lo so, l'ho appena salutato.»

«Chiamami se salta fuori qualcosa.»

«Gratis o mi paghi? Ai confidenti si allungano mazzette o no?»

«Dipende dal valore delle confidenze. Chi vuole una mazzetta deve meritarsela.»

Sta diventando un'abitudine, la mia casa come sfogatoio, come cassonetto emotivo, come ultima spiaggia per questo naufrago che non ha le risorse di Robinson.

«Christian, come stai? Come stanno i tuoi?»

Approccio infame, ma come si fa ad avviare uno straccio di conversazione con questo ragazzo più pallido di un albino, che ha l'odore di una preda braccata, che si fissa le mani come se non le avesse mai viste? In certe circostanze la banalità può trasformarsi nell'unico attrezzo maneggevole.

«Beh... mia mamma adesso dorme, il dottore le ha fatto un'iniezione un'ora fa. Mio padre non dice niente, si tiene tutto dentro. Non aveva il coraggio di parlare con Alfredo, il papà di Gigi, non se la sentiva proprio. Poi gli ha telefonato, si capisce, ma non gli venivano le parole. Abbiamo passato tutti una notte tremenda e adesso non è che vada meglio.»

«Quando avete saputo di Gigi?»

«Ieri sera, verso le dieci. È venuto un poliziotto a darci la notizia, Marzullo mi pare che si chiami. I genitori di Gigi li avevano già avvertiti e... Alfredo era andato a riconoscere il cadavere. Pare che... Ha letto i giornali? Pare che non abbia quasi più la faccia, che sia...»

«Ho letto.»

«Ad ammazzarlo devono essere stati gli stessi.»

«Gli stessi chi?»

«Quelli che hanno sequestrato mia sorella.»

«E questo significa che Gigi, in qualche modo, li conosceva.»

«E che si è messo in mezzo per liberare Karin. Lo avevo giudicato male, non era come pensavo.»

«Non correre troppo, non sappiamo come è andata.»

«Non sappiamo come è andata? È andata che la polizia ha detto a Gigi che si trattava di un sequestro e lui ha pensato a chi poteva averlo fatto. Gli deve essere venuto in mente qualcosa, qualche particolare, o qualcuno, è andato per tirare fuori mia sorella e quelli l'hanno ammazzato.»

«Ti va una spremuta d'arancia? Oppure vuoi mangiare qualcosa?»

«Niente, grazie. Ma perché ha cambiato discorso?»

«Perché quello di prima stava diventando pericoloso.»

«Pericoloso per chi? Mia sorella è nelle mani dei banditi, Gigi l'hanno già ammazzato.»

«Pericoloso per te.»

Lui non si guarda più le mani, guarda lei. Intanto ripassa tutta la storia pensa e prende decisioni.

«Potrei avere un caffè invece della spremuta?»

«Sì, certo. Ma mi sembri già così teso...»

«Non importa. Vorrei un caffè, se non è troppo disturbo. Un caffè e il discorso pericoloso.»

Ci sono infiniti modi per uscire dall'adolescenza, pensa lei mentre prepara i caffè, per passare al di là di quella linea invisibile che separa mondi contigui spesso irriducibilmente estranei, il mondo della ricerca di sé (lenta dura spinosa) e quello dell'accettazione di sé (non meno lenta dura e spinosa). Il rito di passaggio può essere relativamente indolore o insignificante – il servizio militare, la conquista della patente, una vacanza estiva – ma in questo caso c'è un sequestro di persona c'è un delitto e c'è un ragazzo che ha deciso di affrontare scenari che non promettono nulla di buono, un ragazzo che vuole misurarsi col dubbio e l'incertezza. Non sarà un passaggio indolore e la sciamana che infila gli uncini sotto pelle, che prepara decotti emetici, che sparge sale sulle ferite sarò proprio io. Un ruolo che avrei evitato volentieri, che avrei preferito demandare ad altri. Invece eccomi qui: i tristi tropici sotto il cielo plumbeo di Torino.

«Christian, può darsi che sia andata come dici tu. Ma può anche darsi di no, perché c'è un dettaglio che non quadra con la tua ipotesi.»

«Quale dettaglio?»

«Il fattore tempo.»

«Non capisco.»

«Karin manca da martedì. Gigi, interrogato sabato notte dalla polizia, dice che l'ha vista l'ultima volta il giorno prima, che non hanno proprio litigato ma quasi, che dopo di allora non si sono più cercati. Dice anche che non si è impensierito perché i loro rapporti erano fatti così e dice soprattutto che non ha proprio idea di dove lei possa essere. Poi, appena la polizia se ne va, corre a cercarla a colpo sicuro. Subito. Non rimugina non rivanga non passa in rassegna incontri conoscenze discorsi, sale sulla sua Nissan Patrol e via che va. Non ti sembra strano?»

«Non so, non mi pare tanto strano.»

«A me sì. Soltanto uno stupido, ma stupido globale e integrale, pensa di risolvere da solo un caso di sequestro cacciandosi nella tana dei banditi. Oppure un innamorato, anche questo globale e integrale, che di fronte all'idea che la sua amata è in pericolo non ragiona più, è sopraffatto dall'angoscia e si precipita ad affrontare i malvagi armato solo del suo coraggio e della sua passione. Ma per quel che ne so io, Gigi non corrispondeva né al primo né al secondo profilo.»

«E allora?»

Allora non vuole arrivarci da solo, vuole che sia io a prospettargli l'ipotesi che pure è così ovvia.

«Allora Gigi sapeva assai di più di quanto ha detto alla polizia, aveva un'idea precisa sui sequestratori di Karin ed era in grado di contattarli.»

«Vuol dire che sapeva dove tengono mia sorella?»

«Non ho detto questo. Ho detto che sapeva come mettersi in contatto coi sequestratori o con i complici.»

«In che modo?»

«Non lo so. Lo scoprirà la polizia.»

«Col telefono forse...»

«Forse. Se Gigi ha usato il telefono non sarà troppo difficile risolvere il caso, liberare tua sorella e arrestare i colpevoli. Se ha usato il telefono ha però compiuto una balordaggine. Ma è anche vero che se ha usato il telefono non era dentro al sequestro fino al collo.»

Christian inghiotte a vuoto, il suo pomo d'Adamo va su e giù nel collo magro da uccello spiumato, le spalle sono ingobbite dalla tensione, le mani tormentano il maglione spiluccando palline di lana.

«Lei pensa che... che poteva essere complice dei sequestratori?»

«È un'ipotesi, Christian, non una certezza. Ed è un'ipotesi estrema, io penso soltanto che quando la polizia lo ha interrogato sul sequestro lui ha mentito o è stato reticente e subito dopo è corso a farsi ammazzare.»

Abbiamo dato poco a questi ragazzi – pensa lei –, non gli abbiamo offerto nulla oltre alle cose. Trenta paia di scarpe per due soli piedi, dozzine di maglie felpe lupetti per un solo torace, armadiate di jeans giacche a vento giubbotti piumini, e poi occhiali cellulari motorini moto auto sci surf canoe sport estremi, uno sbattersi insensato tra discoteche rave party corse in macchina botte di sesso e di droga. Non gli abbiamo lasciato il tempo per pensare, per annoiarsi, per superare la noia cercandosi dentro. O forse si dice così da millenni, una lamentela sempre uguale cambiando solo i nomi delle cose: gli abbiamo costruito capanne e palafitte perché non crepassero di freddo e di malanni dentro le caverne, gli abbiamo dato zoccoli e mantelli col cappuccio, vomeri di metallo perché non si spaccassero la schiena ad arare, e poi abbiamo organizzato corse di cavalli giochi gladiatori recite di farse commedie e tragedie... Certe volte vorrei essere piena di certezze assolute.

Christian beve il caffè e lei si sente improvvisamente sfinita: ho bisogno di uno stacco, qualche giorno in montagna in una baita semisepolta dalla neve (al Centro-Sud, perché sulle Alpi non nevica più) da sola o meglio con Potti che non comunica ansia ma la placa, qualche buon disco e tre o quattro libri di quelli che non deludono neanche alla decima lettura, una sola telefonata al giorno per sapere che a casa sono vivi e per fargli sapere che lo sono anch'io. Tagliare fuori la scuola le beghe familiari l'assicurazione da pagare il bollo da rinnovare le amiche in caccia o in depressione il sequestro di Karin e l'angoscia di Christian. Dare un taglio e ricaricarmi un po': passeggiate sulla neve, l'aria pulita che sembra una cosa nuova da respirare, il cane che si rotola e scava buche, i pensieri tenuti lontani recitando a memoria i miei mantra, non "Om mani padme Hum", ma i canti preferiti della *Commedia*. Intanto, però, il mondo non si ferma, le guerre e i terremoti seguitano il loro corso, e ci sono bombardamenti stupri rapine e morti ammazzati per niente o quasi.

«Perché ha mentito?» si chiede e le chiede Christian. «Perché ha detto che non ne sapeva nulla e poi invece...?»

«Non lo so. Inutile fare supposizioni, inutile pensarci.»

«Pensare non è mai inutile» la sorprende lui.

Ha calzato gli stivali delle sette leghe e vuole bruciare le tappe, pensa lei.

«Hai ragione, ho detto una stupidaggine. Proviamo a pensare.»

«A cosa?»

«A quello che ha detto e fatto Karin nei giorni precedenti la sua scomparsa. A tutte le sue amicizie presenti e passate. Ai suoi rapporti con te e con i genitori. Ai soldi.»

«Ai soldi?»

«Sì.»

«In che senso?»

«In tutti i sensi. In un sequestro l'argomento soldi è fondamentale.»

Christian attacca a parlare di soldi, ma, teso e frastornato com'è, divaga si ripete affastella particolari insignificanti e informazioni contraddittorie. Lei, dal canto suo, si ricorda improvvisamente che non ha ancora pagato la terza rata del riscaldamento, pensa che farà di nuovo la figura della stordita o della morta di fame con l'amministratore, si distrae e fa fatica a organizzare con un minimo di coerenza le incoerenti notizie che ascolta. Poi, per fortuna, interviene il *deus ex machina*, che nella drammaturgia moderna è quasi sempre il telefono. Il cellulare di Christian si agita e squilla sulla scrivania, lui l'afferra con tanta precipitazione che quello gli sguscia di mano cade per terra e la smette di agitarsi e di squillare. Pronto pronto, si affanna lui scuotendolo all'altezza dell'orecchio, pronto, chi parla? Ma non c'è risposta perché l'apparecchio è muto inerte e probabilmente defunto. Non è una tragedia e neanche un gran guaio, ma il ragazzo ci vede, non del tutto a torto, un sovrappiù di accanimento da parte del fato, uno sberleffo gratuito della sorte maligna e il mento comincia a tremargli nello sforzo di trattenere le lacrime.

«Chi sarà stato?» si chiede del tutto inutilmente, ma intanto c'è lo squillo di un altro telefono, quello da tavolo, questa volta è lei a rispondere poi passa a lui il ricevitore, perché dall'altra parte c'è il signor Levrone, che prega il figlio di salire a casa per un qualche motivo.

«Posso tornare più tardi o la disturbo?» chiede Christian andandosene e lei risponde che può tornare quando vuole, che non la disturba affatto anche se non è per niente vero. Chi dice che la menzogna è sempre un peccato non ha davvero pratica di rapporti umani.

Che si fa adesso? Le incombenze domestiche non mancano – alcune sono addirittura urgenti – ma lei non ha nessuna voglia di occuparsene; deve stilare una relazione sulla *programmazione interdisciplinare modulare* ma siccome ne conosce benissimo l'utilità pensa che può far finta di dimenticarsene come fa quasi sempre coi verbali le schede e la miriade di carte da imbrattare con l'unico esito di incrementare il disboscamento. Preferisce leggere le "biografie" di Gigi (l'esercitazione estemporanea che ha assegnato in quinta invece di spiegare – come da programma – gli *Inni sacri*) e dal mazzo sceglie subito il compito di Gianni Marchese, che si è iscritto a Ragioneria chissà perché, che studia poco e se la sfanga male, che sarebbe stato bocciato in quarta se lei non lo avesse appassionatamente difeso barando sui voti delle interrogazioni e tessendone elogi sperticati. Ma Gianni è l'unico che legge (legge libri, libri veri), che sa scrivere con correttezza e competenza che ha spesso negli occhi lo scintillio divertito dell'ironia, che evita la banalità, che ogni tanto la spiazza con domande incongrue ma intelligenti. Il suo compito recita così:

TRE BIOGRAFIE VEROSIMILI DELL'AMMAZZACANI
  Biografia n° 1
L'ammazzacani era meglio se sua mamma lo abortiva alla sesta o anche settima o ottava settimana di gravidanza. Lei aveva diciannove anni e dopo una sveltina con un compagno di università (una cosetta di sesso senza importanza perché lui aveva già un'altra fidanzata) si era ritrovata incinta. Una svista di lui o di lei o di tutt'e due, non si sa. Se avesse saputo prevedere il futuro o se avesse consultato una chiromante diplomata, lei sarebbe subito corsa a un consultorio, avrebbe risposto mentendo a una giuria di psicologhe e assistenti sociali, si sarebbe fatta una mattinata di day-hospital e tutto sarebbe finito lì. Invece no.

Invece lei, la madre futura e poi presente, è una ragazza di sani e onesti princìpi (scopacchiare un po' in giro non è quel gran peccato), il suo pargolo se lo tiene e a tempo debito lo mette al mondo. Forse si sposa pure l'universitario che nel frattempo ha mollato l'altra fidanzata, oppure un altro universitario o laureato che non ha pregiudizi contro le ragazze-madri. Il pargolo cresce coccolato dall'affetto di due genitori giovani che se lo portano dietro nei trekking in montagna, in campeggio, al cine, nelle feste di piazza e ai concerti di Vasco, che gli concedono a suo tempo la giusta libertà e lo lasciano uscire con gli amici senza asfissiarlo di raccomandazioni.

Ma lui ammazza i cani. Perché? Perché è un bastardo nonostante la sua nascita forse legittima, perché il Male esiste, perché ci sono ammazzacani rapinatori stupratori e assassini che hanno avuto infanzie normali, dosi di affetto normali, esperienze normali, ma che provano gusto a fare quel che fanno. Sorry, ma il mondo non l'ho fatto io.

Già, il Male esiste – pensa lei –, l'ha deciso anche la Chiesa. L'ultima versione del *Padre nostro* non dice più "liberaci dal male", bensì "liberaci dal Male", con la emme maiuscola. Secoli secoli e secoli di dispute teologiche (e relativi ammazzamenti) azzerati da una maiuscola.

Biografia n° 2
1. Era nato in una famiglia poverissima.
2. Il padre era violento e alcolizzato.
3. La madre gli preferiva il fratello (o la sorella).
4. A scuola i compagni lo prendevano in giro perché aveva la testa grossa.
5. A causa di un'otite trascurata ci sentiva poco, rispondeva a sproposito e tutti si incazzavano con lui.
6. Lo zio materno aveva cercato di farselo quando aveva dieci anni, ma lui non aveva avuto il coraggio di dirlo a nessuno.
7. L'avevano bocciato in prima media e il padre l'aveva preso a calci in culo nel corridoio della scuola.
8. A dodici anni aveva vinto una bici da cross alla lotteria ma il giorno dopo gliel'avevano rubata.
9. Eccetera eccetera eccetera.
Non c'è da stupirsi se a ventitré anni ammazza i cani. Stupisce invece che ammazzi solo i cani e che abbia un fuoristrada.

Biografia n° 3
L'ammazzacani è uno che si fa le pere che si cala e che sniffa. Quella volta lì aveva sniffato coca extrastrong e avrebbe ammazzato anche sua nonna se gli capitava davanti al fuoristrada.
P.S.: Secondo me, le più probabili sono la prima e la terza, ma non bisogna dimenticare che la Sfiga esiste, come il Male.

Bravo Gianni. All'esame però – e bisognerà che glielo ficchi in testa – sarà meglio che stia dentro le righe, che faccia quello che ci si aspetta dal candidato standard: un bel tema o relazione o articolo senza errori di ortografia e coi congiuntivi giusti, che rispetti la political correctness le idee correnti e le melensaggini dei discorsi da tram.

Senza originalità, che è sempre potenzialmente sovversiva. Senza termini sconvenienti, che potrebbero urtare le orecchie semprevergini di un o una presidente di commissione in vena di letture, senza obbligare me a litigare con tutti per farlo promuovere.

Gli altri compiti erano tutti dentro le righe e lei si distrasse subito.

I soldi, torniamo ai soldi, si disse mentre sistemava virgole accenti e concordanze traballanti. Per quanto riguarda i soldi, se ho capito e se ricordo bene, le cose stanno così: la ditta di cui sono titolari papà Levrone e papà Ranucci, la LERA, dà lavoro a ottanta dipendenti circa, nel suo campo è una delle più grandi se non la più grande del Piemonte ed è pure piuttosto "visibile", perché i container che movimenta negli interporti della regione e nei porti di Genova Savona e Vado hanno stampata sulle fiancate la scritta "Lera Transport" con numeri di telefono e fax. Due soci che sono anche amici da lunga data, un giro d'affari notevole, una situazione economica più che promettente per una banda di sequestratori che non hanno neppure bisogno di una talpa. Karin può essere la vittima ideale, indipendentemente dalle sue frequentazioni forse avventate e dal suo carattere sicuramente spocchioso.

Ma nello scenario di sequestro e delitto c'è ancora qualcos'altro che non quadra, oltre al precipitoso correre di Gigi-Jim incontro alla morte: c'è il silenzio totale e reciproco dei due fidanzati (continuiamo a chiamarli così dando per buono l'allargamento semantico del termine in questione). Dato che Karin è stata sequestrata, il suo, di silenzio, è più che plausibile, ma quello di Jim non lo è per niente. Non ci credo proprio che abbia lasciato passare i giorni da martedì a sabato senza inviarle un messaggino sul cellulare: sti ragazzi se lo portano sempre appresso come uno scapolare, possono dimenticare le lenti a contatto, le stampelle se si sono rotti una gamba, il portafogli la patente le chiavi di casa, ma il cellulare no perché ci smanettano sopra in ogni momento della giornata e della nottata. Jim, col suo fuoristrada d'ordinanza, non me lo vedo proprio uscire dal branco e figuriamoci se può aver resistito alla tentazione di inviare alla sua bella una comunicazione verbale o grafica, tipo: sei una stronza, mi manchi, va' al diavolo oppure, :-(, CIC, APTA, (:-&, BTLY – cioè sono triste, ciucciami il calzino, a proposito ti amo, sono arrabbiato, born to love you – e via digitando. E i messaggi, con la moderna tecnologia, lasciano tracce e si possono sempre ricostruire. Se non li si scova, se non esistono, peggio per Jim (si fa per dire, perché per lui il peggio non esiste più): il suo silenzio diventa un ulteriore elemento di sospetto, un altro indizio di una qualche forma di contiguità coi banditi. I quali banditi (giusta la biografia n° 1 di Gianni) era meglio se le loro mamme li abortivano, non però alla sesta settima o ottava settimana di gravidanza ché era già dargli troppa corda, ma subito subito con uno spermicida potente, o al più tardi con la pillola del giorno dopo. Meglio prevenire e non lasciare che il tempo faccia il suo sporco lavoro. Gli hanno sparato in faccia, a Jim, gliel'hanno cancellata con le pallottole e nella semiotica della mafia (o camorra o 'ndrangheta o sacra corona unita o kanun) quel gesto ha un significato preciso, è un messaggio chiaro e inequivocabile per amici compari e nemici. Ma l'hanno anche spogliato, lasciandogli solo i boxer, perché? Per impedire o ritardare il riconoscimento del cadavere? Ma allora sti mafiosi sono dei primati idioti, non sanno niente di Dna e schede dentarie, non conoscono il Ris, ammazzano senza essersi fatti una cultura in merito, capaci di non aver mai letto un giallo. No, non è così. Anche il denudamento ha un significato preciso, che ovviamente mi sfugge perché non ho mai frequentato mafiosi e perché nessuno che io sappia ha mai pubblicato una semiotica generale della criminalità organizzata.

Un'altra volta il telefono. C'è un eccesso di comunicazione nel mondo di oggi.

«Ciao, sono Marco. Ti disturbo, hai da fare?»

«No, dimmi.»

La risposta è obbligatoria, l'unica alternativa è non rispondere e lasciar fare alla segreteria.

«Sono in macchina con Valeria nei paraggi di casa tua. Ti va se passiamo un momento da te? Facciamo due chiacchiere e magari ci offri un caffè.»

«D'accordo, vi aspetto. Intanto preparo il caffè.»

Forse il mio vero destino era fare la barista.

MERCOLEDÌ MATTINA.
LUNEDÌ POMERIGGIO, LUNEDÌ SERA

Armida, la bidella simpatica che non fa lavori all'uncinetto ma massaggi shiatsu, bussa educatamente alla porta, al suo avanti entra e si avvicina alla cattedra.

«Professoressa, la segreteria dice che manca la sua relazione programmatica modulare.»

«Ah» dice lei.

La relazione manca perché lei non l'ha fatta né tantomeno consegnata.

«Forse l'ha lasciata in sala professori» suggerisce la bidella.

«No. L'ho messa sullo scaffale nell'anticamera della segreteria insieme alle altre» mente spudoratamente lei.

«Allora vado a dire di controllare meglio.»

«Sì, grazie, probabilmente è solo finita fuori posto.»

La bidella se ne va, lei riprende a spiegare, il mestiere la soccorre ma la concentrazione è scesa. Nei confronti di piani di lavoro relazioni ipotesi e verifiche cartacee ha maturato con gli anni un atteggiamento di repulsione assoluta, e li osteggia in ogni modo possibile con tattiche da guerriglia urbana, imprevedibili e sfuggenti come incursioni di noglobal. La cosa però non è passata del tutto inosservata.

«Professoressa» riferisce Armida in veste di ambasciatrice un quarto d'ora dopo, «in segreteria la relazione non la trovano proprio. Dicono se può passare da loro nella terza ora.»

«Nella terza ora devo sostituire la Marianelli in quarta C.»

«No, la Marianelli è arrivata. Stamattina aveva telefonato che si sentiva poco bene, ma poi è venuta. Dev'essere incinta, due mesi al massimo.»

«Perché incinta? Magari aveva solo mal di testa o di pancia.»

«Professoressa! Ma la guardi bene!» insiste Armida.«Le guardi gli occhi, il bianco degli occhi: da lì si vede subito se una è incinta o no.»

Le bidelle hanno conoscenze empiriche impressionanti. L'esame del bianco degli occhi al posto di quello delle urine: costa meno ed è più rapido.

«Per la relazione dica pure che scendo alla fine dell'ora.»

«Così la smettono di affannarsi. La preside le vuole tutte prima dell'una e sa com'è... meglio non darle contro.»

Lei sa benissimo com'è, ma darle contro non la disturba affatto.

Armida fa per andarsene, ma a un passo dalla porta ci ripensa e torna indietro.

«Professoressa, posso farle una domanda?»

«Faccia.»

«Ha dormito bene stanotte?»

«Non tanto. Si vede?»

«Eh sì che si vede.»

«Dal bianco degli occhi?»

«No professoressa, non scherziamo. Dalle spalle.»

«Come le ho, le spalle?»

«Rigide, tutte tese. Secondo me, lei non ha dormito bene perché ha dei pensieri. Quando ha finito con le segretarie venga in infermeria, che le faccio un bel massaggio shiatsu. Le sciolgo i muscoli, lei ritorna come nuova e i pensieri passano. Sa, dopo i quarant'anni bisogna riguardarsi perché se no il fisico ne risente.»

Adesso la concentrazione è svanita del tutto, ma mancano solo cinque minuti alla fine della lezione e lei può menare il can per l'aia senza darlo troppo a vedere.

La segretaria puzzola ha le spalle rigide pure lei. Preoccupata perché non trova la relazione, o forse incazzata perché fiuta la trappola.

«È proprio sicura di averla messa con le altre sullo scaffale?» le chiede con una certa acredine alimentata dalla diffidenza.

«Sicurissima. Guardi, lunedì mattina pioveva e prima di uscire di casa l'ho messa in una cartellina di plastica perché non si bagnasse. Arrivata qui, l'ho posata sopra le altre, senza la cartellina – si capisce – che ho infilato invece nel mio cassetto.»

L'abbondanza dei particolari dovrebbe insospettire la puzzola (in un interrogatorio i ragguagli non richiesti sono indizio di colpevolezza) e invece ottiene l'effetto contrario. Si vede che non è pratica di gialli, magari preferisce i romanzi rosa a Simenon e così è più facile fregarla.

«Con le pile di incartamenti che avete» continua lei ipocrita, «cercare un paio di fogli finiti fuori posto è una bella impresa...»

«Altro che impresa!» interviene l'altra segretaria, la biondina. «Se non si trova qualcosa è sempre colpa nostra, anche se è stata una bidella a spostarla mentre spolverava.»

«Allora come si fa?» cerca di concludere la puzzola. «Lei non ce l'ha una copia?»

«A casa, nel computer. Ma ho lezione fino all'una e venti e qui non ho i dati per rifarla.»

Sta provando, una volta tanto, il piacere perverso di mentire non a fin di bene. Sta anche – lo sa benissimo – fabbricandosi un piccolo rimorso postumo, ma con quello se la vedrà dopo, la guerra alle scartoffie impone qualche crudeltà.

«La preside aveva già la luna storta per conto suo... figuriamoci quando conta le relazioni e si accorge che ne manca una!» si lamenta la biondina.

«Beh, vediamo cosa si può fare» dice lei con tono propositivo. «Le relazioni dell'anno scorso dove le tenete?»

«In archivio, nel seminterrato.»

«Allora basta riesumare la mia relazione dell'anno scorso e farla passare per quella di quest'anno.»

«Ma c'è la data sulla relazione, la data e il visto della preside.»

«Sulla data e sul visto si mette una striscia di carta bianca, poi si fa una fotocopia, si aggiunge la data nuova, si fotocopia ancora e il gioco è fatto» spiega lei sorridendo.

Le segretarie sono perplesse, da una parte c'è la correttezza professionale, dall'altra il desiderio di non avere grane di fregare madama e di vendicarsi almeno un poco delle tante lune storte. Vince il desiderio. Senza dire niente la biondina si allontana dalla scrivania con la sedia girevole prende un mazzo di chiavi dalla cassettiera si alza e scende in archivio, la puzzola accende la fotocopiatrice controlla che ci sia la carta e che tutte le lucette lampeggino come da manuale.

Cinque minuti dopo il falso è compiuto, basta inserirlo in mezzo alle relazioni non taroccate. La preside controllerà che il loro numero coincida con quello degli insegnanti, apporrà i suoi visti e tutto finirà lì. La burocrazia sarà salva, le segretarie non si beccheranno ingiusti rimbrotti e lei ha intanto segnato un altro punto nella sua lotta alle scartoffie.

Armida è in attesa davanti all'infermeria. Nei paraggi non c'è nessuno, entrano furtive, chiudono la porta a chiave.

«E se qualcuno si sente male?» chiede lei.

«Eh, professoressa, se si pensa sempre ai se non si combina niente» la tranquillizza la bidella, che è una seguace del pensiero positivo. «Su, si tolga le scarpe e il maglione e si sdrai sul lettino a pancia in giù.»

Lei ubbidisce. Armida è brava, le sue mani sanno dove e come muoversi, premono picchiettano impastano, vanno oltre e tornano indietro, insistono e sorvolano. La tensione di spalle e collo (c'era davvero, anche se lei non se ne era accorta) si allenta poi si scioglie quasi del tutto e lei non ritorna come nuova ma si sente un po' meno usurata. Infilandosi scarpe e maglione aspetta di sapere quale sia il prezzo del massaggio.

E infatti:

«Professoressa, mi è venuta in mente una cosa. Mio figlio c'è una lezione di latino che non ha capito. Non è che può passare un momento a casa sua uno di questi pomeriggi così lei gliela spiega?»

Certo che può passare, la mia casa è un porto di mare, un crocevia di arrivi e partenze, non un momento di tranquillità e si capisce che poi ho le spalle e il collo irrigiditi e dormo male. C'è solo da sperare che il figlio di Armida non abbia un contenzioso aperto con l'intera grammatica latina.

L'altro giorno, lunedì, Marco e Valeria sono arrivati zuppi d'acqua, perché sotto casa non c'era posto e avevano parcheggiato lontano. Continuava a diluviare ma avevano dimenticato l'ombrello, i loro giacconi ruscellavano e le scarpe lasciavano orme fangose sul pavimento che Luana aveva lucidato al mattino. Vorrai mica fare la casalinga microborghese e preoccuparti di questo – si era chiesta –, e no – si era risposta –, ma da ruscelli e orme non riusciva a distogliere lo sguardo. Loro però, Marco soprattutto, erano eccitati e ansiosi di raccontare e lei, tutto sommato, curiosa di sentire.

«Valeria è quasi sicura di aver visto Karin in discoteca» attacca lui.

«Lascia che spieghi io» l'interrompe subito Valeria. «Marco mi ha raccontato la storia di sequestro e omicidio e ho letto i giornali. Lui, Gigi, l'ho riconosciuto subito, ma sulla ragazza ho dei dubbi. Io ho una buona memoria visiva, le facce me le ricordo a distanza di anni, ma c'è il problema che la foto di Karin è sempre la stessa su tutti i quotidiani e il taglio degli occhi non mi convince. Non sarebbe possibile avere un'altra foto?»

«Scusate, non capisco bene. Non mi sembra così importante il fatto che Karin venisse o non venisse nella tua discoteca, non ci vedo nessun legame con sequestro e omicidio.»

«Invece il legame potrebbe esserci, solo che Valeria non l'ha spiegato bene.»

«Allora spiegalo tu, visto che spiegare è il tuo mestiere!»

«Certo che è il mio mestiere, io mica intervengo quando tu blocchi qualcuno che...»

I due battibeccano per un paio di minuti – ci mancherebbe che tu... guarda che io... allora perché... – poi concludono la disputa con un bacio slinguato, le mani che tastano e premono un po' dappertutto. Lei li osserva senza imbarazzo come fosse al cine.

«Parlo io o parli tu?» chiede Marco dopo l'intermezzo erotico.

«Parla tu» concede Valeria.

«L'elemento importante è questo: Valeria ha visto Gigi e una ragazza che potrebbe essere Karin in compagnia di un terzetto di balordi, tipi da prendere con le molle. Li ha visti arrivare insieme, chiacchierare insieme e andarsene insieme. La cosa è avvenuta almeno tre volte nel giro di un paio di settimane, poco prima della scomparsa di Karin. Che te ne pare?»

«Non so. Prima di tutto bisogna appurare se la ragazza era proprio Karin e poi bisognerebbe sapere quanto balordi siano quei balordi e in che ramo di balordaggine.»

«Beh, tu ti occupi del primo problema, Valeria e io del secondo.»

«No, guarda» dice Valeria rivolta a Marco, «tu per piacere restane fuori. Io posso fare domande discrete e raccogliere confidenze perché fa parte del mio mestiere, ma se intervieni tu la faccenda prende una piega diversa e dà troppo nell'occhio. Anzi, è proprio meglio se per qualche sera te ne stai a casa e non ti fai vedere.»

«Così i pericoli li corri tutti tu! Ma neanche per sogno!»

«Ragazzi, e se lasciassimo fare alla polizia?» propone lei.

«Per arrivare dove possiamo arrivare noi con una foto e qualche domanda, la polizia deve interrogare mezzo mondo e intanto il tempo passa e il sequestro si prolunga» osserva Valeria.

«Questo è vero» acconsente lei, combattuta tra il desiderio di tirarsene fuori e occuparsi dei fatti suoi e il gusto dell'intrigo. «Posso farmi dare una foto dal fratello, ma vorrei farlo in modo discreto, non troppo diretto.»

«Quando?» incalza Marco.

«Non lo so, appena vedrò Christian.»

La risposta non li soddisfa troppo, ma lei non si lascia smuovere. Non le va di convocare Christian, non ha voglia di dare troppe spiegazioni e soprattutto è ancora in bilico tra il tuffarsi o il ritrarsi dall'impresa. La visione della baita semisepolta dalla neve, di se stessa che fa una passeggiata solitaria nel bianco accecante del paesaggio sta tornando nei suoi pensieri sempre più frequentemente.

Marco e Valeria la tirano per le lunghe. Bevono il caffè, a domanda rispondono che ne berrebbero volentieri un altro, lei continua a far funzionare la macchina espresso, poi lui si guarda intorno e se ne esce con una richiesta inaspettata:

«Ci fai vedere la casa? Abbiamo intenzione di traslocare e magari ti rubiamo qualche idea.»

Visita guidata dell'appartamento e rilascio di orme non più fangose ma umide in tutte le stanze. Il lunedì Luana passa la lucidatrice con qualunque condizione del tempo, il martedì fa il bucato grosso, il mercoledì stira e così via. Non sono previste deroghe né eccezioni, a meno che la solita zia non debba farsi accompagnare alla mutua. Sempre che esista una zia. Oggi il passaggio della lucidatrice è stato vanificato dal passeggio dei due nelle varie stanze e le orme resteranno sino alla settimana prossima. Dal Giappone non abbiamo imparato proprio niente, tranne che mangiare dello schifoso pesce crudo come neanche l'Uomo di Neanderthal.

Sono quasi le sei, tra poco arriveranno Renzo e Livietta, lei con le paturnie perché reduce dalla bisettimanale lezione di inglese – assolutamente infruttuosa, ma chi trova il coraggio di dire basta così? –, lui non si sa. Se non ha avuto grane in ufficio non ci saranno grane per la preparazione della cena, in caso contrario l'alternativa è subire o attaccare per prima. Comunque vada, sarà lui a decidere che cosa si mangia e dovrà sbrigliare la fantasia visto che il frigo è quasi vuoto.

Sei e un quarto: arrivano marito e figlia ma non sono soli, con loro c'è Bettina. Bettina, che ci fa con Renzo Bettina? Perché è qui? Chi l'ha invitata? Fortuna che Livietta non ha l'aria torva del lunedì-giovedì, anzi è addirittura allegra. Renzo è neutro.

«Ci siamo incontrati davanti al portone» spiega subito Bettina a scanso di equivoci. «Scusa l'intrusione, ma passavo proprio qui davanti e ho pensato di fare un salto su. Ti disturbo?»

«Figurati» dice lei e rincara, «mi fa piacere vederti. Ti va un aperitivo o preferisci un caffè?»

«Niente grazie. Oppure sì va', fammi un caffè.»

Livietta si è già imbucata in camera sua, Renzo si defila prontamente: a un aperitivo non avrebbe resistito, ma di preparare il caffè non ne ha voglia. Oppure ha capito che è una faccenda di donne.

Bettina attacca subito a spiegare il perché dell'intrusione e lei non si meraviglia che il perché si chiami Gaetano. Per la verità l'ha pensato subito, sia pure solo di striscio, quando l'amica (è proprio un'amica?) è comparsa sulla soglia.

«Senti, non voglio malintesi e non voglio neppure fare gaffe. Tra te e lui non c'è proprio niente o faccio marcia indietro?» chiede Bettina a bassa voce tenendo d'occhio la porta della cucina.

Beh, è leale. Bisogna ripagarla con la stessa moneta.

«L'ho conosciuto a novembre. Era venuto a scuola a fare domande su una nostra collega assassinata.»

«La De Lenchantin?»

«Proprio lei. Io c'ero un po' in mezzo perché era caduto qualche sospetto su una sua vicina di casa, di villa cioè, che è una mia cara amica e che per cavarsi dai pasticci si era inventata una telefonata fasulla con me. Così, per chiarire la situazione, l'ho rivisto tre o quattro volte durante l'indagine e lui mi ha fatto un po' di corte. Poca roba, tre o quattro battute, niente di più. Se fossi stata single non mi sarei tirata indietro, invece ho fatto capire che era meglio di no e siamo diventati amici. Campo libero, liberissimo per quel che mi riguarda.»

«Come faccio ad agganciarlo?»

«A me lo chiedi? L'esperta sei tu.»

«Ma dai... È che ho paura che con lui le mie tecniche non funzionino. E poi mi hai detto che ti ha fatto un po' di corte, no?»

«Sì, qualche battuta tra il galante e l'ironico durante i vari chiarimenti relativi all'indagine.»

In realtà c'era anche stato un piccolo elemento in più, ma non le andava di parlarne. Né con Bettina né con nessun altro.

«E tu?»

«Io cosa?»

«Come reagivi alle sue battute ironiche e galanti?»

«Rispondendo sullo stesso tono, credo.»

«Dovrò pigliarla alla larga, allora. Solo che non so da dove cominciare. Andrebbe bene un incontro casuale. Non sai dove mangia, in che bar va, chi frequenta?»

«No, te l'ho detto ieri al telefono. Non so neppure dove abiti.»

«Quello lo so io. Ma un incontro sotto casa sua non ha tanto l'aria di casuale, non ti pare?»

«Mi pare. Non credo che sarebbe una buona mossa.»

«Allora combinamelo tu, l'incontro. Una cena, un film, una cosa come quella di sabato. Che ne dici?»

«Può andare. Però non questa settimana.»

«Perché?»

«Per due motivi. Primo: lui ha per le mani un brutto omicidio e magari dice di no perché non può. Secondo: è meglio che non sembri una caccia all'uomo.»

«Tu dici? Però io ho una voglia matta di rivederlo subito.»

«Bettina! Hai mica sedici anni! Fatti durare la voglia, una volta tanto.»

«Che fai? La moralista?»

«Niente moralismi, figurati. Però qualche volta l'attesa non è male.»

«Il sabato del villaggio. Dimenticavo che fai la profia.»

«Piantala! Non ti ho mai vista incaponirti così.»

«Infatti. È la prima volta. Almeno credo: sul passato ho idee confuse.»

Intanto squilla il telefono. Lei lo lascia squillare: che risponda Renzo. E Renzo appare poco dopo in cucina, le porge il cordless e annuncia:

«È Gaetano. Vuole te.»

L'occhiata che le lancia Bettina dice una cosa sola: bugiarda.

LUNEDÌ SERA

Il lunedì rischia di non finire più.

Bettina si alza di scatto, nonostante lei cerchi di trattenerla con gesti e scuotimenti di testa, afferra la borsa in soggiorno, lancia un acido ciao cumulativo e se ne va non proprio sbattendo la porta ma quasi. Renzo, che ha assistito perplesso alla scena, assiste anche alla telefonata poi chiede:

«Mi spieghi cosa succede?»

«Succede che Bettina se l'è presa con me.»

«Perché?»

«È una storia lunga.»

«Di tempo ne abbiamo. O forse no, dato che per cena come al solito non c'è niente di pronto.»

«Non mi va di litigare per la cena, sta diventando un'abitudine noiosa.»

«Io non ho nessuna voglia di litigare, sono solo curioso di capire. Mi racconti sì o no?»

«Bettina si è messa in testa di conquistare Gaetano. È venuta a chiedere consiglio aiuto e via libera.»

«Via libera perché?»

«Perché pensava che potessi avere una storia con lui.»

«Ah. E ce l'hai o l'hai avuta, una storia?»

«Non ce l'ho, non l'ho avuta e non ho mai pensato di averla.»

«Mai pensato di averla mi sembra troppo. Non sono cieco e neanche totalmente stupido.»

«Renzo, per favore! Lui mi ha fatto un accenno di corte, qualche battuta scherzosa e tutto è finito lì.»

«E allora perché telefona tutti i santi giorni? Per continuare con le battute scherzose?»

«Per amicizia. Perché ha una sorella che combina guai e ogni tanto ha bisogno di sfogarsi. Perché magari a Torino si sente solo. Per lavoro.»

«Andiamo per ordine. Primo: per amicizia. Gli piacciono solo le donne come amiche? Secondo: perché ha una sorella eccetera. La mia spalla non va bene per piangerci sopra? Terzo: perché si sente solo. Ma ti pare credibile? con tutta la gente che un poliziotto finisce per conoscere? Quarto: per lavoro. Che lavoro? Il tuo o il suo? È lui che vuole lezioni di didattica o sei tu che impari il mestiere di spiona?»

«Ma che è, l'Inquisizione? E tu che ruolo giochi, quello dell'inquisitore o fai il Moro di Venezia? Guarda che se volevo imbastire una tresca o, per essere più esplicita, se avevo voglia di scopate clandestine, l'avrei fatto con maggior tatto e discrezione.»

«I tuoi periodi ipotetici fanno schifo.»

«D'accordo. Se vuoi riformulo il concetto in modo appropriato. Però il concetto è valido. E non solo per ragioni di prudenza, ma anche di decenza.»

«Decenza? Decenza dentro l'indecenza?»

«Decenza estetica nell'eventuale indecenza morale. Arrivi a capirlo da solo o ti faccio la spiega?»

«Non ho bisogno di spieghe. Torniamo al dunque. Lui fa battute scherzose e intanto ti infila una mano sotto la gonna?»

«Non metto mai la gonna e coi pantaloni non viene bene. Ma dai, sii serio, te lo vedi a fare una mossa del genere?»

«A dire il vero no. E questo lo rende più pericoloso. Se uno ti infila la mano sotto la gonna tu gli rifili subito un calcio negli stinchi e gli dici come minimo brutto stronzo, ma con le battute scherzose sei più arrendevole.»

«Vero. Ma in questo caso non sono stata per niente arrendevole. Lui ha capito benissimo la situazione e ha
smesso di fare battute. Tutto chiaro?»

«Diciamo che...»

Suonano alla porta. Ci va Renzo e torna in cucina con
un cesto di rose bianche tra cui spicca l'azzurro sfinito e
polveroso di qualche cleome. Un cesto, non un mazzo.
Composizione di bellezza perfetta. Fioraio laureato a Har-
vard. Dev'essere costato un patrimonio. Il biglietto di ac-
compagnamento è indirizzato a lei.

«E questo chi te lo manda, Gaetano? O ci sono altri ammiratori segreti?» chiede Renzo posando il cesto sul tavolo.

«Non ne ho idea. Non Gaetano comunque. Apri la busta e leggi, invece di fare domande.»

«Mille e mille grazie. Marisa Alice e Sergio Garabelli.
Perché i fiori solo a te? Sono io che l'ho accompagnata a
scuola stamattina, che ho parlato con la maestra, che ho
controllato chi veniva a prenderla all'uscita.»

«Chi è venuto?»

«Il padre, Sergio Garabelli. La baby-sitter è stata rila-
sciata ma ha ricevuto un decreto di espulsione e siccome è
una poveretta onesta piange si dispera e ha paura.»

«Ma lui non fa l'avvocato?»

«Sì, ma le leggi al riguardo sembra siano un rebus. Comunque in attesa che Marisa torni da Londra lui si è tra-
sferito nell'ex domicilio coniugale e la ragazza – come si
chiama?, ah sì Vasila – resta confinata in casa perché ha
paura di uscire.»

«Te l'ha raccontato lui?»

«Sì. Io mi ero appostato al portone per agguantare Alice
in caso di guai, ma lei come l'ha visto ha gridato papà e io
ho mollato la presa.»

«Magari tornano insieme.»

«Chi?»

«Marisa e il marito. Lei non sembra tanto contenta della
singletudine, lui non so, cioè no, mi sbaglio, lui ha una
troietta a Roma.»

«Perché la chiami troietta? Magari è una trentenne illibata.»

«È Marisa che la chiama così. E in giro non ci sono più trentenni illibate.»

«Mioddio, dove siamo andati a finire! Non c'è fede, non c'è religione, non c'è moralità. A proposito di moralità, finiamo il discorso di prima.»

«Il discorso di prima è già finito. A meno che, in un sussulto di moralismo maschilista, tu dichiari vietata la presenza e le telefonate di Gaetano.»

«Non sarebbe una buona mossa.»

«Sarebbe pessima. E mi conosci abbastanza per sapere che...»

«Appunto. Però mi dici cosa voleva Gaetano.»

«Voleva sapere se Christian mi ha detto qualcosa di importante su sua sorella e il fidanzato, ex fidanzato ormai. Un accenno un dettaglio una cosa che gli sia venuta in mente... tutto può essere utile.»

«Allora hai proprio deciso di cominciare una nuova carriera.»

«No guarda, stavolta vorrei solo farmi gli affari miei, ma c'è il fatto che il ragazzo mi fa una gran pena.»

«La ragazza no? È lei la sequestrata, è a lei che hanno ucciso il fidanzato.»

«Beh, lei mi stava sull'anima. Mi fa pena per dovere, lui invece mi fa pena per davvero, e anche sua madre.»

«E il padre?»

«Il padre l'ho visto solo alle riunioni di condominio. Il mio bonus di compassione è limitato e l'umanità sterminata, sette miliardi di individui. Sono costretta a fare economia.»

«Tutto sommato però...»

«Tutto sommato cosa?»

«Non è che ha gusti tanto malvagi, il tuo amico poliziotto. Non sei una star di Hollywood ma metti allegria.»

«Mezzo complimento e mezza sberla. Ti devo ringraziare o mi devo incazzare?»

«Ti devi mettere una gonna, così posso armeggiare a piacimento.»

In mancanza di gonna, le aveva infilato una mano dentro i pantaloni della tuta, ma il palpeggiamento fu sospeso all'arrivo di Livietta.

«Anch'io anch'io anche a me!»

Renzo esegue: con la destra palpeggia il culo della moglie, con la sinistra il culetto della figlia. Se qualche sentinella della moralità ci vedesse – pensa lei – finiremmo sbattuti sui giornali: la foto di lui con l'occhio sbarrato e l'aria bieca da pedofilo, la mia col ghigno abbietto della complice, quella di Livietta con la mascherina di Gambadilegno sugli occhi. Tutta l'Italia a esclamare che vergogna, sciami di psicologi a deprecare e qualche prete a pontificare.

«Posso decidere io cosa si mangia per cena?» chiede Livietta alla fine dei palpeggiamenti.

«Ahi!» geme preventivo il padre.

«Voglio qualcosa che fa venire l'alito cattivo.»

«Che faccia, non che fa. A cosa ti serve l'alito cattivo?»

«A fare Godzilla. È arrivata una bambina nuova, voglio fare Godzilla con lei.»

«Bell'accoglienza! Non mi sembra un gesto carino.»

«È lei che non è carina. Si porta nello zaino un boccettino con la spugnetta e ci pulisce il banco e la sedia prima di sedersi, non tocca né un libro né un quaderno né una penna di noialtre perché dice che non è igiene. È una fanatica.»

«E tu hai deciso di stecchirla con l'alito? Le soffi in faccia e lei stramazza come una mosca col Baygon?»

«Sì, Ginevra invece stasera si fa comprare la farinata e Caterina ha detto a sua mamma di farle la minestra di fagioli. Loro la stecchiscono a scoregge.»

«Bel programmino, sono contenta di non esserci.»

«Così impara a fare la smorfiosa. Allora, cosa mi date da mangiare?»

«Una bruschetta con tanto aglio» propone la madre.

«L'aglio crudo lascia poche tracce» interviene il padre.

«Sarebbe meglio una bagna caudà non ingentilita. C'è per caso un vasetto di acciughe?»

«C'è, ma non ci sono verdure. Con cosa la mangiamo la bagna cauda?»

«Col pane e con qualche patata lessa.»

«E dopo?» chiede Livietta.

«Una pasta all'aglio olio e peperoncino. Anzi, prima la pasta e poi la bagna cauda. Non sarà un pasto ortodosso, ma per insegnare a vivere a una smorfiosa si può fare» dice il padre.

«E noi, tu e io, a chi insegniamo a vivere domani?» chiede lei.

«Tu ai tuoi allievi e io al mio assessore. La famiglia Addams contro il mondo.»

Non sarà una notte facile – pensa lei –, avrò il bruciore di stomaco mi rigirerò nel letto per ore. E i miei allievi non hanno colpe particolari, oltre a quella di essere miei allievi.

Alle otto e un quarto la cena è pronta. Il conte Dracula, se mai si aggirava nei dintorni, è tornato nel suo avello in Transilvania; il cane – per non fottersi l'olfatto – si è rintanato precipitosamente in camera, sotto il letto, in posizione imprendibile, e nemmeno la lusinga della pappa riesce a farlo sloggiare. Livietta mangia di buon appetito cibi che normalmente si rifiuterebbe di assaggiare e alla fine pretende per sé il padellino da rabastare col pane. Potenza della volontà, fascino dei disegni criminosi.

Finalmente un po' di tregua, sospira lei dopo aver sparecchiato arieggiato la cucina sistemato piatti posate bicchieri e pentole nella lavastoviglie, un po' di tregua prima dei previsti disturbi digestivi. Meglio aspettare che compaiano o prendere un paio di alka-selzer subito? Prima che riesca a decidersi suonano alla porta. Ancora, alle nove e mezzo? E chi può essere? Mia mamma no, è andata a cena da zia Pina e si ferma a dormire lì, un altro fioraio neppure perché è troppo tardi, forse Bettina che ci ha ripensato oppure Marco e Valeria che per caso ripassano sotto casa. No. Christian, sarà Christian.

Non si scusa neppure più, non chiede se disturba, entra stralunato e infelice come un profugo. Nessuna novità, i sequestratori non si sono fatti vivi. Hanno i nervi saldi e sono bene organizzati – pensa lei –, sanno che l'attesa sfianca e annulla ogni volontà di resistenza. Martedì il sequestro e sabato la prima telefonata, chissà quando arriverà la seconda con la richiesta del riscatto. Oppure si faranno vivi in altro modo, per lettera o tramite un intermediario, perché sanno che il telefono è un mezzo pericoloso.

«Nel pomeriggio» dice Christian «sono tornati i poliziotti a frugare in ogni angolo della stanza di Karin e a fare domande. Nella stanza non hanno trovato niente di utile, il computer l'avevano già portato via ma gli manca ancora la password, le domande sono sempre le stesse con poche varianti e a loro non è venuto in mente niente di nuovo da dire.»

«Parlami ancora di Karin» lo invita lei. «Lo so lo so, ne hai già parlato tanto, ma io vorrei conoscerla di più, capire meglio il suo carattere le sue reazioni i suoi atteggiamenti... Com'era da bambina come ti trattava cosa ti diceva...?»

«Lei ha un anno e mezzo più di me ed è sempre stata più sveglia e pronta a fare le cose. A tre anni andava in bicicletta senza le ruotine e io ho imparato a cinque, all'asilo era la più brava nelle recite e le davano le parti più lunghe. È sempre stata... ecco, più capace di me.»

«I tuoi te l'hanno fatto pesare?»

«No, per niente, soprattutto mia mamma. Lei mi ha sempre incoraggiato. Karin invece sì.»

«In che modo?»

Christian indugia a rispondere. Forse è la prima volta che analizza a fondo i diciassette anni di un rapporto difficile e parlarne gli deve costare una discreta fatica.

«In tanti modi. Mi chiamava lumaca tartaruga e... accacì.»

«Accacì?»

«Handicappato. E mi prendeva sempre le cose.»

«Quali cose?»

«I giochi: figurine Lego peluche.»

«E adesso?»

«Adesso?»

«Come ti tratta adesso, come quando eravate bambini?»

«Più o meno. Però per un certo periodo aveva quasi smesso.»

«E poi?»

«Poi ha ricominciato.»

«Quando?»

«Subito dopo l'estate. Da allora è diventata intrattabile, con i miei e con me. Adesso non mi chiama più accacì, anzi non mi chiama proprio per niente, fa come se non ci fossi, però ogni tanto mi frega le cose.»

«Cosa ti frega adesso?»

«Cd cassette di film libri, cose così. E il bello è che non abbiamo gli stessi gusti.»

«Cioè?»

«A lei piace il rock duro il reggae il rap, le piacciono i film d'azione tipo *Top gun* o *Mission impossible*.»

«E i libri?»

«Non so. Non è che legga molto, però ultimamente me ne ha fregati due.»

«Quali?»

«Un libro di fumetti di Calvin e Hobbes, li leggo da quando ero bambino, mi piacciono tanto. L'altro era di Euripide, l'*Ifigenia in Aulide*, mi serviva per la scuola.»

«Te li ha resi?»

«No. L'*Ifigenia* ho dovuto ricomprarla, guai a toccarle le cose in camera sua e io non avevo voglia di urla e litigi.»

«Che cosa le è successo l'estate scorsa?»

«Non lo so. È stata in Grecia con Gigi e poi a Londra e in Irlanda. Sono anche andati una settimana in Sardegna, dai suoi di lui che hanno una casa lì. Quando sono tornato dal mare – ho fatto campeggio con due miei amici – lei era già a casa ed era intrattabile.»

«Aveva litigato con Gigi?»

«No, continuavano a vedersi, tutto come prima. Ma noi non ci sopportava.»

«Non hai proprio idea del perché?»

«No davvero, non lo so.»

Erano andati avanti per un bel pezzo. Renzo e Livietta, in studio, giocavano a Subbuteo, loro due in cucina parlavano di Karin. In sottofondo c'era il gorgoglio sciacquio ronzio della lavastoviglie e il picchiettare leggero e gradevole della pioggia sulla piccola serra di vetro del balcone. Sono belle le ore della sera – pensa lei –, senza telefonate senza scocciature senza arrivi imprevisti, ore di lettura e di quiete. E invece.

Invece continuò a inanellare domande su domande, a frugare e rovistare su cosa aveva fatto cosa aveva detto come aveva reagito Karin, quella stronza di Karin che a ogni risposta le sembrava più stronza, che a ogni dettaglio che si aggiungeva al ritratto avrebbe sempre più voluto avere davanti per svirgolarle la testa con due sberle. Invece – molto peggio delle sberle – Karin stava nella tana dei banditi e lei, alla fine della serata, davanti aveva soltanto una sua foto che Christian le aveva passato e che avrebbe a sua volta passato a Marco e Valeria.

Doppio giallo a Torino
DICIOTTENNE SEQUESTRATA, IL FIDANZATO TRUCIDATO
In arrivo in città gli esperti antisequestro del ministero

Karin e Luigi, diciotto e ventidue anni, avevano bisticciato, bufera di routine tra fidanzatini. L'ultima, per i due giovani torinesi: la ragazza è stata rapita, lui ucciso con tre colpi di pistola.

Karin Levrone è uscita di casa martedì scorso e non ha mai fatto ritorno. I genitori all'inizio avevano pensato a un colpo di testa, una bravata da neomaggiorenni. Sabato mattina, tutti gli ospedali della città passati al setaccio, la denuncia formale alla polizia: "Nostra figlia è scomparsa". In serata la rivendicazione: è un sequestro.

Luigi Ranucci, sentito dagli inquirenti dopo la chiamata dei Levrone, non sa dire di più: ha avuto un piccolo diverbio con la fidanzata e non la sente da qualche giorno. Non potrà aggiungere altro: nel pomeriggio di domenica una telefonata anonima segnala alla questura un cadavere nelle ex ferriere di corso Mortara. Gli agenti trovano il corpo poco lontano dallo stabilimento, nudo, il viso sfigurato da tre colpi di pistola, e solo un particolare sfuggito agli assassini consente di risalire all'identità di Luigi Ranucci...

KARIN E LUIGI: LACRIME E DOMANDE PER I GENITORI

Si erano conosciuti in classe Stefano Levrone e Alfredo Ranucci, vicini di banco e lontani ancora dall'idea di metter su famiglia. Insieme avevano fondato la LERA Transport, una ditta che opera nel campo del movimento merci, avevano affrontato complicati bilanci da far quadrare a tutti i costi, trascorso vacanze estive e domeniche insieme. Un'amicizia di vecchia data, nata molti anni prima che Karin e Luigi, i loro figli, si incontrassero e si innamorassero. Secoli prima, sembra ora, che i due ragazzi sparissero, rapita una, ucciso l'altro, a distanza di pochi giorni.

Le famiglie sono strette nell'angoscia, definitiva quella dei Ranucci, appesa a un sottile filo di speranza quella dei Levrone. Luigi è morto, Karin è prigioniera di banditi senza volto. Una storia piena di dubbi: l'unica certezza è purtroppo il volto crivellato di colpi del ragazzo. Stefano e Alfredo, vicini come ai tempi della scuola, di fronte all'esame più duro, sono chiusi in un silenzio che i cronisti non riescono a violare, cercano risposte. Dov'è Karin? Com'è legato il suo sequestro alla morte di Luigi? Se il giovane era sulle tracce della fidanzata, perché non aveva parlato con nessuno dei suoi sospetti? La città, insieme a loro, aspetta col fiato sospeso le indagini della polizia.

E poi ancora:

DUE FAMIGLIE NEL BARATRO DELL'ANGOSCIA

Oppure:

MOLTE IPOTESI PER DUE MISTERI

eccetera eccetera: dai giornali c'era poco o niente di nuovo da imparare. Lei aveva riesumato quelli del lunedì e li metteva a confronto con quelli del giorno dopo: oltre alle notizie più o meno nude c'erano chiacchiere e pezzi di colore, ma nulla che risultasse utile. Tutti gli articoli insistevano sulla convinzione che sequestro e omicidio fossero collegati, un paio ipotizzavano cautamente qualcosa di più che un'intuizione funesta di Luigi-Gigi detto Jim, ma nessuno avanzava apertamente l'ipotesi che il ragazzo potesse avere un'idea precisa dell'identità dei rapitori e meno che mai che nel sequestro c'entrasse in qualche modo, sia pure defilato. Sacrosanta prudenza.

In compenso la portinaia gongolava. Finalmente, dopo

decenni di attesa senza troppe speranze, era arrivato il suo momento di gloria, il suo *Asso nella manica*, quell'occasione sospirata e sognata nelle solitarie sere vedovili: comparire alla tivù, parlare alla tivù, la sua faccia in primo piano per sessanta secondi al tigìuno tigìtre tigìcinque, più altre comparsate minori a Telecupole Primantenna Videogruppo e Rete canavese. Tutta l'Italia o quasi che la guarda come una partita dei mondiali e ascolta parole memorabili:

«La signorina Karin è sempre stata una ragazza gentile, mai che passasse davanti alla guardiola senza salutare e sorridere, tanto simpatica e allegra, speriamo che chi l'ha presa si metta una mano sulla coscienza.»

Per metterci una mano sopra bisogna sapere dove sta, la coscienza. Probabilmente nel petto, in un'area in condominio col cuore; o forse più a destra, dove stanno le cose buone giuste e utili, la dirittura morale l'onestà e ovviamente la destrezza, dall'altra parte insomma di tutto quello che è avverso minaccioso bieco cioè sinistro, vale a dire la sinistra e i sinistri di ogni genere, portiere ammaccate auto capottate e aerei precipitati. Nel petto e non nella ghiandola pineale a tener compagnia all'anima? Nel plesso solare no, la coscienza – per essere presentabile – deve stare alla larga dai budelli dove si formano le feci; magari è localizzata in uno di quei punti misteriosi dove si incrociano il chakra l'atman l'alok e tutte le altre indianate d'importazione, samosa chapati puri naan laddu e chutney al mango compresi.

Da ieri mattina un continuo viavai di pullmini o più modeste utilitarie, appena uno sguscia dal parcheggio un altro o altra si infila famelica, scendono cameramen e tecnici delle reti nazionali con l'aria scazzata (sequestro più sequestro meno, ne han visti tanti), giornalisti che si raschiano la gola e aggiustano i capelli, giornaliste lo stesso, e poi via a riprendere la pulsantiera dei citofoni – è d'ottone, il condominio ci fa bella figura – e a bloccare qualcuno che straparli sul fattaccio. Le reti locali hanno ragazzi e ragazze più giovani, che fingono ancora un'accorata partecipazione quando fanno le stesse domande degli altri e inquadrano la stessa pulsantiera con un surplus di movimenti.

Lei è passata indenne in mezzo alle imboscate, ostentando aria truce e camminata decisa, se osavano importunarla aveva deciso di rispondere non abito qui. Come quando crocettava i questionari delle ricerche di mercato contrabbandati in riviste fustini di detersivo e guide del telefono: stato civile? nubile; età? 25; numero di figli? 3; quali dei seguenti apparecchi ha acquistato nell'ultimo anno: televisore con schermo al plasma, macchina fotografica digitale, automobile, moto con cilindrata superiore a 500 cc? tutti; titolo di studio? licenza elementare; professione? altro; specificare: massaggiatrice. Li imbucava anche, i questionari, sempre che l'affrancatura fosse a carico del destinatario; come generalità dava quelle della preside e acconsentiva anche graziosamente al trattamento dati secondo la legge 675/96.

Speriamo che la tregua regga, sospira intanto stiracchiandosi torpida sulla sedia. La mattinata è filata liscia, Renzo è andato a Milano per lavoro e non rientra che all'ora di cena, Livietta andrà la nonna a prenderla all'uscita da scuola, Luana ha fatto i suoi lavori e la casa non sembra un campo profughi, Potti è allegro perché non piove più e ha pranzato con me, un boccone ciascuno di cibi dannosi per entrambi. Pisolino o una bella lunga lettura distensiva e serena, senza nessuno che dica senti un momento, hai mica visto dove ho messo l'orologio (le chiavi il giornale l'orsetto), sai cosa ha detto oggi Alice (il mio collega zia Pina), ti sei ricordata di... Lettura, vada per la lettura. Poesie, e di donne una volta tanto. La Dickinson o la Szymborska? La Dickinson, testo originale con traduzione a fronte. Cerca il libro, si sistema comoda in poltrona coi piedi sul tavolino davanti a sé e il cane in grembo a sbavicchiarle i pantaloni.

A word is dead / when it is said, / some say. / I say it just / begins to live / that day.[1]

Non tutte le parole però. Molte sarebbe bene che non fossero mai dette, precipitate nel silenzio vuoto che sta prima del pensiero.

Erase the root – no tree – / Thee – then – no me.[2]

La passione che esplode dietro una porta chiusa. La scialba Emily, sempre vestita di bianco, per cinque lustri in volontaria reclusione nella sua stanza, che immagina e sente e dice la violenza dei sentimenti. E altre signorine dell'Ottocento intrappolate in oscure canoniche minate dalla tisi sotto cieli lividi di pioggia che inventavano storie e destini e riuscivano a viverli veramente tra il rammendo la torta di mele l'insegnamento in micidiali scuole di campagna. *To make a prairie it takes a clover and one bee...*[3]

Lo sapevo che non durava, troppo bello per durare. Alla quotidiana ineliminabile routine di pura sopravvivenza si è aggiunto il coinvolgimento nel giallo Karin-Gigi e i relativi strascichi. Bastava starne fuori, non lasciarsi tirare per la manica, al massimo scambiare qualche ovvietà con chi proprio vuole parlarne. Ma tutto è cominciato con le ripetizioni a Christian e, prima ancora, col suo odore di infelicità. Se ero raffreddata ne restavo fuori, ma non si riesce a essere raffreddati a vita.

È Valeria al telefono: Marco le ha fatto vedere la foto e sì, la ragazza in compagnia di Gigi e dei tre balordi era proprio Karin. Può essere una notizia utile per le indagini? Certo che lo è, la foto serviva proprio per questo, le risponde lei. Però Valeria non ha troppa voglia di precipitarsi in questura a raccontare la faccenda. Perché mai, dopo tutta l'insistenza di ieri? Perché ci ha ripensato, ecco perché; è sì disposta a parlare a descrivere i balordi a vi-

---

[1] Una parola è morta / quando è pronunciata, / così dice qualcuno. / Io dico invece / che incomincia a vivere / proprio quel giorno.
[2] Estirpate le radici / non ci sarà albero. / Senza te / non ci sarà me.
[3] Per fare un prato occorrono un trifoglio ed un'ape...

sionare foto ed eventualmente a riconoscerli ma non vuole andare in corso Vinzaglio o via Grattoni, non vuole essere vista lì perché qualcuno può far girare la voce che è una confidente della pula e nel suo mestiere bisogna prendere qualche precauzione. Sì capisco, dice lei, ma la Valeria di oggi le sembra stonata rispetto a quella di ieri e delle poche altre volte in cui l'ha vista, quasi un'altra persona. Poi c'è un breve diverbio a due voci che lei non capisce bene – sì no piantala guarda che hai rotto abbastanza non ricominciamo smettila da' qua – e dopo il diverbio Valeria riprende a parlare ed è di nuovo lei, allegra e spavalda. È Marco che si è spaventato, Marco che le ha fatto una capa tanta, Marco che ha pensato al cadavere con la faccia spappolata, Marco che ha fatto marcia indietro quando lei ha riconosciuto la foto, è dall'una che ci litiga, con Marco... Lascia perdere, dice lei, magari un po' di ragione ce l'ha e siccome ti vuole bene non gli va di restare vedovo prima delle nozze. Come facciamo allora?, chiede Valeria. Facciamo che non lo so, risponde lei, adesso ci penso e poi ve lo dico.

Mette via il libro della Dickinson, l'incantesimo è rotto, la poesia non è una caramella che si può succhiare a piacimento in ogni circostanza, non è una canzonetta da sottofondo. Telefonare a Gaetano, ecco la soluzione. Prima però ci sono dubbi da tacitare e superare: un'altra telefonata, ci siamo visti (e sentiti) sabato e domenica, ieri due chiamate, anch'io al posto di Renzo mi scazzerei per questo eccessivo ricorso alla Telecom. Però adesso Renzo non c'è, basta non parlargliene e comunque sono telefonate che non hanno proprio niente di riprovevole, niente su cui ancorare a buon diritto un brandello di gelosia. Sta' a vedere che adesso per rassicurarlo mi devo mettere il chador rinchiudermi nel purda riservare ogni pensiero al mio signore e padrone tenere gli occhi bassi e dire sempre sì. Sai quanto gli converrebbe, con uno stipendio solo non dico che saremmo alla fame, ma i suoi cataloghi d'arte il ristorante il pockerino mensile se li sognerebbe. E poi chi mi dice che lui non abbia mai lanciato occhiate in giro, non abbia avuto fantasie su una collega sulla cassiera del bar sulla libraia? In dodici anni di convivenza matrimoniale non può non aver mai desiderato la donna d'altri o di nessuno, sarebbe addirittura preoccupante se non l'avesse fatto. Sempre che solo di fantasie e desideri si tratti. Prendiamo oggi: dice vado a Milano per lavoro e torno per l'ora di cena, che ne so io se è vero o se si è intampato in un motel o nell'appartamento di lei a eseguire variazioni sul tema del coito? Mica lo controllo, io, mica faccio telefonate di spionaggio in ufficio, mica cerco indizi sospetti nelle tasche delle giacche o sui colletti delle camicie. E comunque mi auguro se le fa, le variazioni, di non venirne mai a conoscenza. Sicché telefono e che nessuno si azzardi a dire bah.

La telefonata ne figliò subito altre e provocò parecchi aggiustamenti e modifiche alle previste attività della giornata. Tanto per cominciare, Gaetano aveva una voce da pessimo umore: indagine difficile pochi indizi e soprattutto gli esperti antisequestro del ministero a rompere le balle e a intralciare il lavoro. Chiaro che, essendo un poliziotto, le ragioni del malumore non le aveva espresse al telefono ma le avrebbe chiarite più tardi a viva voce. Come si poteva fare? Beh, lui era stanchissimo e un po' di riposo se lo doveva pur prendere, poteva fare una scappata dopo cena e scambiare due chiacchiere con la sua amica Valeria. D'accordo, adesso sento se a lei va bene, però se preferisci puoi mangiare un boccone da noi. Volentieri, ma verso le nove non prima o è troppo tardi? Non è troppo tardi, comunque ti richiamo per conferma.

Telefonata a Valeria – invitata anche lei a cena insieme con Marco – e controtelefonata a Gaetano. Poi veloce a fare la spesa a Porta Palazzo – durante il tragitto di andata lista mentale degli acquisti – quindi inizio dei preparativi per la cena stessa. Alle cinque e mezzo arrivano la bimba e la nonna. Lei, per sdebitarsi: mamma, vuoi mangiare con noi stasera? Alle nove però; no grazie è troppo tardi; Livietta, com'è andata con la bambina fanatica? È andata che la smette di sicuro di fare la smorfiosa. (Nessuna concessione ai particolari, subito la conclusione: esempio massimo di stringatezza.) Come si chiama la ex smorfiosa? Si chiama Topazia.

Figlia di un duca – pensa lei – o di genitori telenovela-dipendenti, in un caso e nell'altro era giusto riportarla coi piedi per terra.

Di nuovo il telefono e questa volta è Flavia, anche lei di pessimo umore. Lei tiene il cordless tra l'orecchio e la spalla e intanto raschia le carote: sei di nuovo giù? No, sono incazzata. Per cosa? Per il lavoro. Ancora te la prendi per il lavoro, mica sono soldi tuoi quelli che sganci. Me la prendo solo ogni tanto, quando c'è qualcuno che tira a farmi fessa. In che modo? Nel solito: le due parti si mettono d'accordo prima, combinano il guaio e poi si spartiscono il malloppo. Capita spesso? Più di quanto si creda, ma riesco quasi sempre a metterli con le spalle al muro. Ci riuscirai anche stavolta. Forse sì, ma intanto per ora sono nera. Vuoi venire a cena da noi così ti migliora l'umore? (Un'amica di umor nero è meno pericolosa di un'amica in panne.) Volentieri, va bene se porto una cassata siciliana? Va benissimo, però guarda che siamo in sette.

A modo mio sono buona d'animo, si complimenta tra sé. Sbroglio i pasticci tra le coppie, soccorro le amiche... non tutte però, Bettina non l'ho soccorsa. Posso invitare anche lei, così le offro la sua chance e neutralizzo eventuali malumori maritali.

Sgranocchiano bocconcini di parmigiano, scolano una bottiglia di un bianco siciliano all'altezza del miglior chablis (omaggio-ringraziamento di Bettina) e aspettano Gaetano che non ha ancora imparato la puntualità sabauda. Quando arriva – alle nove e venti, un'ora indecente per le cene torinesi – ha un aspetto visibilmente stanco e sciupato che però gli dona in modo incredibile. Ingiusta anche in questo, la natura o sorte o quel che è – considera lei mentalmente –: se è una donna a sfinirsi nel lavoro, a

tenersi su con caffè e sigarette, ad arrovellarsi su congetture e misteri, la faccia le si incide subito con rotaie di
rughe, la pelle le diventa grigiastra, le occhiaie le mangia-
no le guance. Se invece è un uomo, se è Gaetano, le rughe
gli aggiungono fascino e invitano le dita a spianarle con
carezze, gli occhi un po' pesti suggeriscono tenerezza,
quella che subito dopo si trasforma in desiderio di abbracciare e conoscere il corpo dell'altro. Pensa questo in
modo distaccato, come un osservatore neutrale, e intanto
si chiede se è solo martedì, se sono passati solo due giorni
da domenica pomeriggio e da quel suo rigurgito astioso
di gelosia nei confronti di Bettina. Sono solo due giorni,
ma il tempo – ormai lo ha imparato –, il tempo che conta,
quello vero, non si misura con orologi e calendari.

MERCOLEDÌ MATTINA. MARTEDÌ SERA

Tornando a casa lei non desidera altro che il letto. Dormire quieta e rilassata, recuperare almeno in parte il sonno di tre notti quasi perdute. Perché – come ha detto Armida – a una certa età il fisico ne risente. Si ferma al semaforo, una macchina grigia accelera rabbiosa e passa col rosso. Antenna alta macchina bassa garga che passa, recita un vecchio detto torinese. Garga uguale gargagnano, cioè pappone sfruttatore ruffiano lenone magnaccia e altri sinonimi che al momento non ricorda. Dopo neppure dieci metri la macchina inchioda di colpo. Non sanno neppure cosa vogliono sti garga – riflette lei –, oltre a sfruttare le loro battone, si capisce. La macchina è una Porsche 911 metallizzata, un classico ferro del mestiere: e non hanno nemmeno fantasia nello scegliere le automobili, conclude. Ma quando arriva all'altezza della Porsche un finestrino si abbassa e una voce la chiama:

«Professoressa!»

Si ferma, guarda dentro: è Russo Nicola, il finto zio di Deborah Lentini, con Deborah accanto.

«Buongiorno» saluta lei, compita, e spera di tagliar corto.

Ma Russo Nicola è intanto sceso dalla macchina, le tende la mano e chiede:

«Allora, come va la mia Debbie?»

«La sua Debbie viene.»

Lui la guarda perplesso, i giochi di parole non devono essere il forte dei malavitosi.

«Voglio dire che adesso viene a scuola» spiega paziente lei, «e questo è bene, se studiasse anche un pochino sarebbe ancora meglio.»

«Mai contente ste professoresse!» Sta tentando il tono familiar-scherzoso, ma non gli viene spontaneo e lo cambia subito. «Posso offrirle un aperitivo?»

«Grazie» si schermisce lei, «ma veramente è tardi...»

«Allora mi vuole offendere: io il suo caffè l'ho accettato.»

Scherza o fa sul serio? Meglio non correre rischi, e poi un aperitivo non ci sta male, a quest'ora.

«Va bene. Qui al bar d'angolo?»

«No, quello è un cesso, scusi la parola. Al Norman o al Torino, dove preferisce.»

«Al Norman, ma sarà dura parcheggiare.»

«Non si preoccupi, un posto si trova sempre.»

In seconda o terza fila, pensa lei, oppure sulle strisce. Intanto lui con un cenno della testa ha fatto scendere Debbie che contorcendosi passa sul sedile posteriore, schiavetta muta quieta e felice. Sale anche lei – veramente il verbo salire è improprio perché la macchina è bassissima – partono sgommando e dopo due minuti arrivano in piazza Solferino. Lui ha bruciato tre semafori, fatto due svolte proibite e adesso molla la macchina in un posto per handicappati. Entrano e si siedono a un tavolino appartato, l'ora di punta è passata non c'è troppa gente e l'atmosfera è gradevole se non si tiene troppo conto della compagnia.

«Che ne dice dell'aperitivo della casa?» propone mister Russo.

Lei non sa quale sia l'aperitivo della casa, ma di sicuro – dato l'ambiente – non sarà un bianchino al metanolo né un inguacchio fusion e dice che l'aperitivo della casa va benissimo. Va proprio bene infatti, un flûte di champagne freddissimo e secchissimo in cui sono annegati alcuni grani di ribes e due o tre gocce di un liquido misterioso. Come contorno una serie di squisitezze assortite che sono anche bellissime a vedersi. Dovevo sposarmi un malavitoso, recrimina tra sé, non ci avrei fatto tanta conversazione ma di sicuro avrei bevuto meglio. Commentano favorevolmente aperitivo e stuzzichini, fanno qualche osservazione sul tempo (che non è più quello di una volta) poi lui le chiede:

«Ha l'aria preoccupata, professoressa. C'è qualcosa che non va?»

E dagliela, Armida mi chiede se ho dormito bene, questo qui dice che ho l'aria preoccupata: devo proprio essere un cesso, scusate la parola. Va bene, battiamo il tasto della preoccupazione, capace che salti fuori qualcosa.

«In effetti sì, sono preoccupata o meglio ancora sconvolta. La ragazza che hanno sequestrato – ne ha di sicuro letto o sentito parlare – abita nella mia stessa casa ed è stata una mia allieva.»

Non è tutto vero, ma lui non può saperlo.

«Ah» dice lui, e il sottinteso è: non me ne potrebbe fregare di meno.

«Diciotto anni appena compiuti, poco più grande di Debbie, carina come lei e in mano a bastardi senza scrupoli. Basta pensare a come è stato ammazzato il suo ragazzo...»

Lui si accende una sigaretta e la guarda con insistenza, lei sostiene lo sguardo e mena l'affondo:

«Non è più una mia allieva ma le sono affezionata, l'affetto resta. Così vorrei tanto fare qualcosa, sapere qualcosa, qualunque cosa che serva a tirarla fuori da dove si trova...»

Russo Nicola non è stupido. Se lo fosse sarebbe morto o avrebbe cambiato mestiere già da un pezzo. Continua a guardarla, schiaccia nel posacenere la sigaretta appena accesa e dice:

«È un lavoro da polizia, non da professoresse.»

«Vero. In certi casi, però, si fa anche un po' del lavoro degli altri, non per rubarglielo ma solo per dare una mano. Quando ne vale la pena, si capisce.»

«Di fare l'infame non vale mai la pena.»

«Direbbe lo stesso se avessero sequestrato Debbie e ci fosse pure l'eventualità di uno stupro?»

Ho tirato troppo la corda. Però che mi può fare, qui al Norman, in uno dei più bei bar di Torino, tra professionisti manager belle donne che trangugiano un tramezzino prima di riprendere il lavoro o lo shopping, tra camerieri ossequiosi e solleciti che anticipano ogni richiesta? Davanti alla sua Debbie, poi, che non è un'aquila e non deve neppure avere un'etica troppo schifiltosa ma che inorridirebbe nel vedere la sua profia sparata a bruciapelo, il sangue che schizza gli occhi che si velano il corpo che si affloscia...

Lui la sta soppesando e studiando, un esame più attento e approfondito di quello fatto tempo addietro a scuola. Poi sbotta:

«Secondo lei, professoressa, che mestiere faccio io?»

«Non lo so e a dire il vero non mi riguarda per niente. Però, a occhio e croce, direi che non sequestra ragazzine e non gli ammazza i fidanzati.»

«Io mi occupo di sigarette.»

«Ah. Me ne offrirebbe una, a proposito? Se anche è di contrabbando va benissimo. Non ci riesco, a considerare il contrabbando di sigarette un vero reato.»

«Lo Stato sì, invece.»

«Lo so. Lo Stato rinuncia alla sua fetta di utile se compro il pacchetto su un aereo, ma non se lo compro dal tabaccaio.»

Lui le offre una sigaretta e gliel'accende, poi ne prende una per sé. Ovvio che sul pacchetto non c'è la fascetta del monopolio.

«Lei dove le compra le sigarette?» le chiede subito dopo continuando il suo esame.

«Dal tabaccaio. Però quando prendo l'aereo affido stecche su stecche ad amici o a vicini di posto compiacenti. Peccato che non viaggi troppo spesso.»

Non allargarti troppo, si raccomanda mentalmente, non

strafare. Questo qui è capace di diventare il tuo pusher e di chiederti in cambio la promozione a scatola chiusa per Deborah. Invece lui cambia argomento e passa improvvisamente a parlare di viaggi: quali posti le piacciono, dov'è già stata, dove le piacerebbe andare, aereo treno o nave, alberghi agriturismo villaggi... Un sondaggio minuzioso a beneficio dell'Alpitour o – molto più probabilmente – un'abile mossa per svicolare.

Finiscono gli aperitivi, lui paga ed escono. La Porsche non è stata rimossa e non si è beccata una multa, nei paraggi non c'è neppure un handicappato inviperito che vomiti improperi o agiti stampelle. Due isolati prima di casa sua lei lo fa fermare con la scusa di dover passare un momento da un'amica che abita lì. Scende ringrazia saluta, Debbie si mette sul sedile davanti, lei perfeziona la sua recita suonando decisa un campanello. Chi è?, chiede una voce di donna, mi manda il parroco, risponde, devo mettere un avviso. Le aprono, siamo in un paese cattolico. Entra senza voltarsi, studia per un paio di minuti le targhette sulle buche delle lettere poi se ne va. La Porsche dev'essere ormai lontana con i suoi occupanti, lei gli ha evitato e si è evitata il disturbo di essere notati dai poliziotti che stazionano nei pressi di casa sua.

La voglia di dormire le è passata, la stanchezza no, spalle e collo sono di nuovo rigidi perché lo champagne non è bastato ad allentare la tensione provocata dallo scambio di battute. Beh, si dice, io ho gettato i miei ami, di più e di meglio non potevo fare, mi sono già esposta anche troppo e la polizia, se non una mazzetta, mi deve almeno riconoscenza. E invece Gaetano, dopo tutto il mio darmi da fare, ieri sera mi ha preso allegramente per i fondelli.

Quand'era arrivato, lui e la sua fascinosa faccia stanca, dopo che era stato presentato e aveva stretto mani, c'era stato in soggiorno un percettibile cambio di atmosfera: quattro persone (cinque con Livietta) che improvvisamente non avevano più fretta di mettersi a tavola, che per ragioni diverse avevano drizzato le antenne. Bettina si era messa – com'era prevedibile – in sapiente edizione lusso, con un vestito che faceva risaltare forme e figura, un bel vestito di quelli di una volta anche se fatto adesso, che non negava e non concedeva troppo, che lasciava spazio all'immaginazione. Trucco e pettinatura erano all'altezza del vestito, discreti e abilmente migliorativi. Ce l'ha proprio messa tutta – aveva pensato lei –, speriamo che adesso non strafaccia con mossette da letterina, non ne ha neppure più l'età. Ma intanto l'occhio le era corso su Flavia, che non si era particolarmente agghindata per l'occasione (non sapeva chi ci sarebbe stato a cena) e che si stava invece agghindando – mentalmente psicologicamente idealmente – proprio allora e già che c'era correggeva la posizione delle gambe e si angolava sulla sedia in modo da offrire il profilo più glamorous. Battaglia di dame in vista. Marco e Valeria non avevano ambizioni seduttive, ma una comprensibile curiosità per il poliziotto che avrebbe raccolto la loro spiata. Livietta scalpicciava intorno a Gaetano sperando che lui cavasse dalle tasche un regalo all'altezza di quello che le aveva portato la seconda volta che era venuto a cena, una Beretta calibro nove, sia pure di plastica. Renzo invece non aveva ambizioni né speranze se non quella di mettersi a tavola il più presto possibile.

A ripensarci era stata una strana serata, percorsa da tensioni e scaramucce sotterranee che la generale urbanità di modi non riusciva a occultare del tutto, una serata in cui la conversazione i gesti le occhiate si focalizzavano per ragioni diverse su un'unica persona, miravano a snidarne l'attenzione e l'interesse, a dare uno scossone al suo understatement. Apparente understatement. Lui aveva ascoltato le informazioni di Valeria con educato distacco e l'aveva comunque ripetutamente ringraziata, anche se lei non aveva riconosciuto i balordi nelle foto che lui aveva portato e fatto passare al computer. Nel caso che i tre, in gruppo o singolarmente, si fossero ripresentati in discoteca, Valeria doveva chiamare subito un certo numero di telefono e dire semplicemente il proprio nome: avrebbero provveduto loro ad arrivare entro pochi minuti e a procedere con le dovute cautele. Di ragguagli sul corso delle indagini Gaetano ne aveva dati pochini: stavano facendo un gran lavoro sui tabulati dei cellulari di Gigi e di Karin, avevano interrogato tutti i loro amici, trovato la password del computer di lei, ma nei file non c'era niente di interessante, non quello che avevano sperato potesse esserci, cioè una specie di diario, né in casa ne era stato reperito uno cartaceo. Informazioni neutre, che avevano già riferito o avrebbero riferito giornali e telegiornali. Era stato il primo ad andarsene, adducendo a giustificazione la stanchezza e il fatto che l'indomani avrebbe dovuto essere al lavoro di buonora, aveva ringraziato per la cena, si era ancora scusato del ritardo e aveva salutato tutti con spenta compitezza. Ma poi sul pianerottolo, davanti alla porta dell'ascensore che si stava aprendo, le aveva lanciato un'occhiata divertita, un'occhiata che smentiva la stanchezza e il distacco di prima, e le aveva detto:

«Non sapevo che mi volessi accasare.»

Accidenti a lui. Ha spinto tutta la sera sul pedale del sottotono e del grigiore e invece osservava e registrava reazioni e comportamenti, districava le dinamiche che li avevano originati e probabilmente ci sghignazzava un poco sopra, sbirro a tempo pieno. E lei, dopo aver richiuso la porta di casa, aveva detto alla compagnia scusate un momento ed era andata in bagno a sfogare una ridarella irrefrenabile.

Partito Gaetano, gli altri ospiti non si erano trattenuti a lungo e alla mezza o poco più era tutto finito. Bene, si era detta, mi aspettano sei ore di sonno ampiamente meritato. Invece no, perché prima di mettersi a letto era passata in camera di Livietta e l'aveva trovata sveglia e immalinconita.

«Com'è che non dormi, c'è qualcosa che non va?» le aveva chiesto chinandosi a darle un bacio.

«Non ho sonno» era stata la risposta. Poi, imprevedibilmente: «Raccontami una favola, resta qui».

Sono due anni che non vuole più le favole a letto perché sono roba da bambini piccoli e se dorme abbracciata a Flipper è solo perché lui non vuole stare con gli altri orsetti che sono prepotenti e gli tirano la pelliccia.

«Che favola vuoi?»

«*Cappuccetto nero.*»

È un loro vecchio gioco. Livietta aveva poco più di un anno e mezzo, lei le aveva raccontato per la prima volta la storia della bimba che attraversa tutta sola il bosco, insistendo con ripetitività profiesca su calzette rosse vestitino rosso giacchetta rossa.

«Ti è piaciuta la favola?» le aveva chiesto alla fine.

«Cì cì» aveva cinguettato Livietta.

«E com'era vestita la bambina?»

«Tuta nela» era stata la risposta, e lei aveva capito che quel fagottino morbido sarebbe diventato un osso duro.

Livietta le si raggomitola addosso, lei racconta *Cappuccetto nero*, respira il suo odore di bambina e la sente fragile dipendente indifesa. Ha un groppo di tenerezza improvviso, deve inghiottire a vuoto per frenare le lacrime. Quando arriva il cacciatore Livietta si è addormentata, ma lei non ha il coraggio di districarsi dall'abbraccio e resta lì, immobile per non svegliarla, mentre spalle e collo cominciano lentamente a irrigidirsi.

Ifigenia, l'apriti sesamo dei file di Karin è Ifigenia. La vergine di Micene sacrificata dal padre. Il libro rubato a Christian.

Non ci sono arrivata e forse avrei potuto. La strafottente Karin entra nella stanza del fratello quando lui non c'è, prende quel che le pare, trasporta nel suo regno, dove nessuno fruga perché è inviolabile, quel che le capita a tiro. È un puro esercizio di potere, l'esplicarsi di una volontà di sopraffazione nei confronti del fratello-rivale. Rivale in cosa e per quale motivo è un mistero. Arraffa un libro di fumetti e il gesto è comprensibile, anche se Calvin e Hobbes non sono personaggi a lei affini. Ma arraffa anche una tragedia di Euripide, roba pizzosa, di azione ce n'è poca, neanche con la fantasia più allenata ci puoi immaginare fughe spericolate e inseguimenti mozzafiato, sono sempre lì a lamentarsi in pose ieratiche con il coro che deprecal alza gli occhi al cielo piega le ginocchia e si sa già come va a finire. Karin ruba – o si appropria o prende, sfumiamo con le parole la tracotanza del gesto –, prende dunque la tragedia di Euripide e non la molla più, tanto che Christian deve ricomprarla. Che ne fa, dopo, di quel libro? Lo butta dove capita, piccolo miserabile bottino della sua privata guerra civile oppure lo legge e ne è talmente colpita da identificarsi nell'eroina e usarne il nome per mascherarsi e insieme proteggersi? Karin uguale Ifigenia, Karin che in Ifigenia, nella sua sorte, ritrova qualcosa di sé?

Andiamo per ordine. Le variabili sono tante, bisognerebbe riuscire a escluderne qualcuna. Bisogna anche mettere in conto il rovescio della medaglia, vedere la fine dove si credeva stesse il principio.

Per una circostanza qualunque Karin entra in contatto con la parola Ifigenia, le piace il suono o forse la sua asciutta arcaicità, ci sono parole che ti innamorano così, senza che abbiano alcun legame con la tua vita e il tuo destino. Cassero adombrare frumento magredo gheriglio i nomi di stelle e costellazioni – Orione Mizar Boote – che evocano abissi di freddo di vuoto di lontananza che il pensiero non riesce a concepire. Le piace il nome Ifigenia, lo usa come password cambiando quella che aveva scelto prima, e quando vede il libro nella stanza del fratello lo prende, perché quel nome la riguarda e le appartiene. Fine della storia non c'è altro da sapere e la porta si chiude.

Oppure.

Entra nella stanza di Christian, tasta sposta sbircia fruga – nessuno rimprovererà l'indiscrezione – prende in mano il libro di fumetti: in un pomeriggio di noia, con la cuffia in testa a isolarla dal mondo, il martellare del reggae nelle orecchie, potrà sfogliarlo distrattamente e poi buttarlo in terra squadernato. Sul comodino c'è un volumino smilzo, l'*Ifigenia*, che se Christian tiene lì, accanto al letto, è perché gli serve e allora prende anche quello, un dispetto aggiuntivo più motivato e più centrato. Se lo porta in camera lo apre sta per buttarlo ma il pomeriggio è lungo il telefono non suona e lei non ha voglia di chiamare... Così, lentamente, quasi senza accorgersene, lascia che una punta di curiosità si insinui in lei, la curiosità di sapere cosa legge quello stupido di suo fratello prima di addormentarsi. Riapre il libro, all'inizio c'è il riassunto della storia. E lì scatta la molla dell'identificazione: lei è Ifigenia, la vittima di un sacrificio brutale.

Quale sacrificio, chi l'ha voluto? Se decidiamo di seguire la traccia euripidea sino in fondo, eliminando Artemide e la sua gelida collera disumana, il "colpevole" risulta Agamennone. Che è tale per noi moderni e in parte pure per gli antichi, i quali però vedevano nel suo gesto anche l'obbedienza a una volontà superiore e il desiderio di riparare a un errore. Abramo e Agamennone: tutti e due si piegano alla richiesta della divinità, ma i motivi della loro obbedienza non coincidono del tutto. L'Atride insegue un sogno di potere e di gloria: se le navi partiranno e gli Achei arriveranno ad accamparsi sotto le mura di Troia, lui – il capo supremo – ordinerà gli attacchi stabilirà la divisione del bottino prenderà possesso della rocca. Di lui parleranno i poeti e le genti, di lui si narreranno le imprese nei secoli a venire. Il sacrificio della figlia e l'inganno grazie al quale sarà possibile metterlo in atto sono mali dolorosi e sfiancanti, ma sono mali necessari, ineludibili. È l'inizio di una vicenda di lutti sanguinosi.

Se Ifigenia è Karin, suo padre è per forza Agamennone. L'ho visto poco, questo padre ipoteticamente mitologico, e se devo basarmi sulle mie impressioni posso dire che, lombrosianamente parlando, non ha l'aria di un assassino e neanche di un assatanato del potere. Ma la storia e la cronaca ci hanno insegnato a diffidare, ci sono mafiosi stragisti e boia che hanno ammazzato e fatto ammazzare all'ingrosso hanno piazzato bombe dissolto avversari nell'acido eppure hanno l'aspetto di sensali di buoi o gestori di bar. Stefano Levrone ha l'aspetto di un funzionario di banca. Sotto l'abilità imprenditoriale bisogna ammettere che nasconda qualche durezza: non si fonda e non si fa prosperare un'attività come la LERA se si ha una sensibilità evangelica. Non per odio al capitalismo, né per nostalgia delle teorie marxiste che la storia ha relegato nei sotterranei di Africa e Asia, ma per puro e semplice amor di verità: un capitano d'industria qualche pelo sullo stomaco se lo deve esser fatto crescere e deve averlo pure concimato, pur restando ampiamente al di qua della linea che separa il lecito dall'illecito. Deve scegliere (o far scegliere) un'impiegata o un'operaia: no alla separata con due figli piccoli, no alla vedova con madre a carico che avrebbe bisogno del part-time, no a quella con un passato da sindacalista anche se brava ed efficiente. È tutto lecito, rientra nel suo diritto di scegliere, del resto lui deve badare più all'aumento del fatturato che alle esigenze delle sue dipendenti.

Ma da questo a essere Agamennone ce ne corre, e non riesco a immaginare quale tipo di sacrificio imposto alla figlia avrebbe potuto giovargli. Il fidanzamento con Gigi? Siamo seri, i due ragazzi si sono scelti liberamente, oggi nessuna costrizione di quel genere è ipotizzabile nel mondo occidentale, non con un tipo come Karin, poi.

Però – Ifigenia o no – Karin alla fine della scorsa estate ha dichiarato una nuova guerra alla famiglia. Christian dice che non ne conosce il motivo e può darsi che sia vero, che la sorella gliel'abbia tenuto nascosto perché con lui non vale la pena di parlarne – per lei è sempre un accacì – e che i genitori abbiano preferito tenerlo all'oscuro delle ragioni del contrasto. Contrasto in cui potrebbe nascondersi la chiave per interpretare Ifigenia.

Sua madre le arriva alle spalle e la fa trasalire. Non ha scampanellato, ha aperto la porta col suo mazzo di chiavi, si è materializzata in studio senza fare rumore e la coglie di sorpresa. Lei reprime un principio di spavento e di irritazione perché l'entrée così fuori schema deve avere una ragione precisa e corrispondere a un evento fuori schema. Infatti:

«Hai saputo?» le chiede.

«Saputo cosa?»

«Devono avere chiesto il riscatto.»

Si gode per il tempo giusto lo stupore della figlia che questa volta è in arretrato con le notizie, si mette comoda e poi racconta. Fonte delle notizie la portinaia, entrata a pieno titolo nel dramma, sia pure con una partecipazione minima, un cammeo. Verso le tre un ragazzo – casco in testa, visiera appena appena sollevata, pettorina da pony-express – le consegna una busta spessa indirizzata all'agenzia di assicurazioni Universal della scala B, lei firma una ricevuta e poi va a recapitarla. Dopo una ventina di minuti si scatena il finimondo, così ricostruibile: un'impiegata dell'assicurazione apre la busta che ne contiene un'altra indirizzata ai Levrone, sorpresa ed eccitazione, buste n° 1 e n° 2 portate al capufficio che si sorprende e si eccita pure lui, mette al corrente del fatto tutti i presenti abituali e occasionali poi scende di corsa il suo piano di scale, passa nella scala A, sale coll'ascensore al quarto, suona e consegna le buste nelle mani del signor Levrone. Il poliziotto che staziona lì fisso si attacca al telefono e in pochi minuti arrivano colleghi della questura ed esperti del ministero, un bailamme di macchine e persone, per prelevare ed esaminare un paio di buste e il prevedibile contenuto di una di esse.

«Hai detto che era spessa, la busta?» chiede alla madre.

«Così ha detto la portinaia. Di quelle gialle, con la pellicola a palline nell'interno.»

«Come fa a saperlo, l'ha aperta?»

«Ma figurati, l'ha solo tastata.»

Anche soppesata annusata fotografata nella memoria, sebbene l'aspetto esterno fosse del tutto innocente e usuale. Non male la trovata del pony-express che sicuramente non è un pony-express e che ancora più sicuramente viaggiava su un motorino rubato. E i poveri pulotti che da giorni bivaccano dentro a un furgone parcheggiato nel controviale avranno in mano un bel filmato che non serve a niente. Banda organizzata bene, capintesta con la mente lucida, con i nervi che sanno reggere l'attesa, in grado di alternare la prudenza del lungo silenzio con la sfrontatezza della mossa del pony-express. Ma come si conciliano con questa professionalità nel crimine l'ammazzamento trucido di Gigi e soprattutto la spoliazione del cadavere, che sembrano entrambi l'opera di uno o più bestioni primitivi? Forse con la furia per un'irruzione improvvisa del ragazzo, col panico di fronte a un avvenimento imprevisto, con la momentanea mancanza di collegamento tra il capo e i manovali, oppure si può addirittura ipotizzare la presenza di due bande complici e insieme rivali nella progettazione e gestione dell'impresa criminale? A tempo debito le risposte arriveranno, basta non avere fretta e saper aspettare.

Non c'era stato molto da aspettare, qualche risposta era arrivata quasi subito, dal telegiornale delle otto. Innanzi tutto il pony-express era veramente tale, il motorino apparteneva legittimamente al ragazzo che lo cavalcava e il filmato dei pulotti era risultato utile. Relativamente utile, perché all'agenzia dove la busta era stata consegnata non avevano saputo fornire alcun ragguaglio circa identità o perlomeno fisionomia di chi l'aveva portata. C'erano state molte consegne, l'impiegatina addetta al ritiro non poteva badare alle facce, era già tanto se per lo stipendio da fame che le davano compilava giusti i moduli e non pasticciava nello smistamento di lettere e pacchi. Le generalità del mittente erano ovviamente fasulle, e lì si arenava la pista.

Il contenuto della seconda busta era quello che si supponeva, la richiesta del riscatto. Cassettina registrata con la voce di Karin che leggeva i titoli di prima pagina della "Stampa" di giornata, altra voce abilmente distorta che intimava: «Preparate i soldi. Quattro milioni. Banconote usate di piccolo taglio». Stop, concisione estrema, rischi ridotti al minimo.

Bene – aveva pensato lei –, le mie congetture erano tutte sbagliate, però adesso gli esperti antisequestro hanno qualcosa su cui lavorare, anche se non è molto. Ricostruire una voce distorta dev'essere possibile avendo gli strumenti adatti, quelli che abbiamo visto in mille film e telefilm americani, la difficoltà consiste nel risalire al proprietario della voce, perché non credo che le voci siano schedate, perlomeno non quelle di questi banditi ordinari che il grande orecchio di Echelon si permette ancora di trascurare. Quattro milioni di euro non sono noccioline, ma forse la cifra scenderà, contratteranno come per l'acquisto di un tappeto a Istanbul, il blocco dei beni si sa che viene spesso aggirato e la smentita dei vertici di polizia o carabinieri non viene creduta da nessuno.

Qualche volta però il riscatto non è stato pagato, l'ostaggio invece è stato liberato e i banditi catturati, qualche volta anche nella realtà, non solo nei film, i buoni riescono a vincere. Speriamo che anche stavolta finisca così.

VENERDÌ

Ci sono giornate che partono bene e poi, contrariamente a ogni realistica previsione, non si inceppano non sbandano non deragliano non vedono piovere sassi dai cavalcavia.

Venerdì era partito benissimo. La scuola: un bijou, un dolcetto di marzapane. Nessun ritardatario, nessuna scusa per evitare il giro di interrogazioni programmate. Lei si aspettava la solita moria di nonni e di zii, l'improvviso *s-ciopón* ovvero colpo apoplettico della vicina di casa vedova sola e perciò soccorrenda, la casa allagata la fuga di gas l'intrappolamento nell'ascensore guasto, e invece niente, avevano avuto tutti un normale giovedì senza incidenti senza spaventi senza tormenti. L'avevano sfruttato per prepararsi, quelli della terza sul Boccaccio, quelli della quarta sul Machiavelli. Di stupore in stupore: avevano capito le spieghe, avevano letto le novelle e i capitoli assegnati, rispondevano quasi a tono, non masticavano per interi minuti gli ehm cioè dunque che solitamente precedono affermazioni da brivido blu. Neanche un'insufficienza, e lei già si riprometteva di guardare sul calendario quale fosse il santo del giorno quando fu braccata sulla porta dell'aula da Romina Bavuso che le confessò di avere pianto per mezz'ora sulla sorte di Lisabetta da Messina. E siccome era già stata interrogata e si era presa un sette più, l'affermazione non olezzava di lecchinaggio. (Del resto bastava uno sguardo per capire che Romina non ne era il tipo: cresta di capelli verde ramarro trucco da aliena borchie dappertutto, anche sul naso. E poi, imprevedibilmente, un côté larmoyant.) Ci sono giornate che sbocciano sotto il segno del miracolo.

Confermato e rinvigorito dalle ore successive, grazie a due congiunture favorevoli, riguardanti madre cane e marito. La prima e il secondo erano stati prelevati dalla cugina Teresa per un weekend lungo a Chieri nella villona malriscaldata di una comune amica. Scopo: un torneo femminile di pinnacolo con finalità benefiche. Il bassotto, non impegnato con le smazzate, doveva invece montare e possibilmente ingravidare la bassottina della padrona di casa. Divertimento assicurato per tutti. Per lei il sollievo di tre giorni senza passeggiate escrementizie con rimozione di stronzetti.

Il marito, impegnato in una riunione che prevedeva sicuramente lunga e probabilmente inutile, non sarebbe rientrato per il pranzo, sicché lei era libera come uno stornello da impegni familiari. Cosa si può volere di più a mezzogiorno di un venerdì di fine gennaio?

Oggi dieta, si disse, dieta o meglio ancora digiuno e passeggiata bella lunga. Il freddo fa bene, lo smog non tanto, ma siamo animali adattabili, abbiamo superato miliardi di trabocchetti escogitati dalla natura matrigna, adesso stiamo imparando a respirare ossido di carbonio invece di ossigeno e azoto e riusciamo anche a campare più a lungo di prima.

Però, per arrivare alla biblioteca civica, preferì passare nella zona a traffico limitato. Andare in biblioteca era sempre una gioia, che cominciava già sul marciapiede e sulla scala d'accesso, ingombri di persone di età varia ma perlopiù ragazzi con libri sotto il braccio negli zaini in borse di carta e di plastica. Speriamo che continuino a leggere, si augurava ogni volta, anche dopo le tesine e tesi per lauree e dottorati di ricerca, speriamo che non si fossilizzino su quel poco o tanto che hanno imparato, come ha fatto e continua a fare gran parte della generazione dei padri, speriamo che i libri, il conforto dei libri, gli diventi indispensabile come il dentifricio il rasoio il pettine la saponetta. Nelle sale i tavoli erano tutti occupati, il rumore di sottofondo era quello di libri spostati o sfogliati, di qualche sommesso bisbiglio, un'oasi di pace nella frenesia della competizione brutale e rumorosa, di clacson premuti rabbiosamente, di spintoni invettive e schiamazzi. La fortuna continuava a essere dalla sua parte: al computer per le ricerche bibliografiche c'era il più gentile dei bibliotecari, un trentenne timido occhialuto e con l'aria insicura che però si muoveva con sicurezza e abilità nei meandri di classificazioni e rimandi incrociati. Con lui, oltre alla solita intesa che si stabilisce immediatamente tra tutti quelli che dei libri non sanno fare a meno ne era nata una più profonda e personale basata sulla scoperta di predilezioni e idiosincrasie comuni: tra le prime Melville Conrad e i racconti di mare, tra le seconde gran parte degli ultimi scrittori irlandesi. Gli spiegò quel che cercava – testi di analisi sul mito di Ifigenia –, lui picchiettò sui tasti del computer per qualche minuto poi le stampò due videate fitte fitte con l'indicazione delle opere e di dove erano reperibili: per portarsi a casa solo quelle presenti alla civica avrebbe dovuto ricorrere a Gondrand. Si sistemò di sbieco a un tavolo, si studiò un poco la lista e scelse due volumi che le parevano più promettenti di altri, anche in relazione al numero non massacrante di pagine, li prese in prestito e uscì. Altra bella e lunga passeggiata, ma il proposito virtuoso di dieta o digiuno vacillò e poi crollò miseramente davanti alle vetrine della pasticceria Tamborini. In una giornata così benigna perché non volersi un po' di bene, perché non abbandonare il rigore calvinista, perché non gratificarsi con l'ingrediente più antico, più naturale, più regressivo? Sostò a lungo davanti alla vetrina perché la scelta si presentava ardua, poi entrò ordinò pagò e uscì con una Sacher da sei etti che le pendeva dal dito medio della mano sinistra dentro la sua bella scatola. E in bocca aveva già la dolcezza della marmellata di albicocche fusa nella consistenza morbida e burrosa dell'impasto e nell'aroma di vaniglia del cioccolato amaro.

Sotto l'androne la portinaia aveva bloccato la signora Levrone che cercava di svincolarsi senza risultato, perché resistere alla tenacia portieresca richiedeva forze che in quel momento non aveva. Il suo arrivo dovette sembrarle un manna insperata:

«Professoressa!» invocò con un filo di voce. «È da tanto che volevo...»

«Venga signora, ne parliamo con calma a casa mia.»

E la pilotò discretamente verso l'ascensore. Non avendo uno specchio retrovisore non poté osservare la faccia della portinaia, ma riuscì a immaginarla benissimo. Però – pensò –, sto facendo la portinaia anch'io, perché anch'io ho velleità indagatorie e non è affatto detto che le mie siano più nobili e motivate, ho semplicemente dato una spintarella alla Levrone per farla scivolare dalla padella nella brace e la poveretta ha pure uno sguardo riconoscente.

«Venga, entri» l'invitò quando furono al piano. E poi subito: «Le piace la Sacher?».

«Come ha detto?»

«Una fetta di Sacher e un bicchiere di porto, o marsala se preferisce.»

«Io veramente...»

Però era entrata, l'aveva seguita in cucina e si era seduta.

«Professoressa, è da tanto che volevo ringraziarla. Christian era più sereno quando veniva da lei, ma poi... con quel che è successo...»

Lei intanto spacchettava la torta ne tagliava due fette generose le metteva ciascuna su un piatto prendeva i bicchieri le bottiglie di porto e marsala le posate da dolce e sistemava a fianco sul tavolo come casualmente i due libri presi in biblioteca. Alla terza forchettata di dolce la Levrone non poté non notarne i titoli.

«Ifigenia» disse, «la password di Karin...»

«Appunto. Mi sono chiesta perché abbia scelto proprio questo nome, perché abbia preso il libro a Christian.»

«Che libro?»

«*Ifigenia in Aulide*, una tragedia di Euripide. Probabilmente era stata colpita dalla vicenda, dal mito.»

«Il mito di Ifigenia?»

«Sì. Lo conosce?»

«No, io ho fatto scuole tecniche. Cosa racconta il mito?»

Lei racconta. Raccontare le piace tantissimo, come a tante tantissime donne sin dai tempi più remoti, quando erano escluse dalle attività di movimento e di avventura, quando restavano nelle grotte fumose a pestare semi in mezzo a torme di bambini sudici, aspettando il ritorno degli uomini e la narrazione delle gesta appena compiute. Quelle gesta che poi loro ripetevano e ingigantivano e trasfiguravano nell'attesa successiva, e i giorni trascorsi tra animali domestici vecchi infermi infanti lamentosi o urlanti, tra pelli da raschiare e lana da filare diventavano meno tetri, acquistavano spiragli di luce. Penelope che tesse la sua tela infinita in mezzo alle ancelle e mentre i Proci gozzovigliano si racconta e racconta le storie di Achille di Ercole del suo Ulisse; le dame borghesi e le castellane del tardo medioevo che ricamano sotto la luce spiovente di una finestra, un alano o un molosso sdraiato ai piedi, e una di loro che favoleggia di Lancillotto di Tristano di guerre e di amori; le contadine che fanno filotto nelle lunghe sere invernali, al caldo umido del fiato di vacche e buoi, e si ripetono la storia della bella Alda le vicende tristi di malmaritate che si buttarono giù dalle rupi o dentro a un pozzo. Non sapevamo leggere e scrivere ma ci restava l'oralità. Abbiamo tramandato canzoni e leggende che la scrittura trascurava, ninnenanne e filastrocche di cui abbiamo perso il significato ma che ci appagavano con il suono. Abbiamo preservato un piccolo tesoro di monete di rame, mentre quelle d'oro sberluccicavano nei libri che per tanto tempo non abbiamo potuto leggere.

Lei racconta, e racconta bene. Forse ha scelto di fare la profia, la profia di lettere, proprio per poter raccontare, per trascinare altri nella rete delle sue parole, per vederli e sentirli attenti mentre aspettano di conoscere quale sia la fine. La signora Levrone si beve ogni parola, la storia tocca un nervo scoperto, due lacrime si formano e poi le scendono lentamente lungo le guance senza che faccia nulla per nasconderle o asciugarle.

«Signora mi dispiace, non volevo...»

Sì che volevo. Volevo sapere se la scelta della password aveva un perché preciso e adesso so che ce l'ha. Per saperlo ho fatto piangere questa poveretta che di lacrime ne ha già versate tante. Sono una carogna, sono come sua figlia. Sono peggio della portinaia perché ho coscienza di quello che faccio e lo faccio lo stesso.

«Signora mi scusi, sono stata inopportuna. Mi dispiace veramente. Io... io ho preso questi libri in biblioteca per cercare di capire, perché qualunque elemento in più può aiutare a raggiungere Karin, a tirarla fuori da dove si trova.»

E questo è vero. Ma è vera anche – purtroppo – la curiosità indiscreta e indecente.

La signora Levrone continua a piangere. Immobile, lascia che le lacrime facciano il loro percorso – occhi occhiaie zigomi guance e giù sulla lana del maglione – la mano sinistra abbandonata in grembo, la destra, che regge ancora la forchettina da dolce, poggiata sul tavolo accanto al piatto. Poi posa la forchetta si asciuga gli occhi e parla.

Karin quando torna dalle vacanze è una furia rabbiosa. Perché, si chiedono loro, cosa le è successo? Non ha litigato con Gigi, questo lo sanno, non le hanno rubato valigia soldi o documenti, è stata in posti belli senza la preoccupazione dei quattrini, cosa allora è andato storto? E dire che dall'inizio dell'anno all'incirca era diventata meno musona, perfino gentile qualche volta e aveva cominciato a parlare, non più soltanto sì o no, e le cene non erano più un tormento come prima con lei che guardava fuori dalla finestra e scappava dopo cinque minuti senza salutare. Insomma, stava crescendo – si erano detti –, il brutto era passato, e invece dopo le vacanze era inviperita come non mai e così si erano decisi a chiederle perché. Lei aveva tenuto duro per un paio di giorni, alzava le spalle sbatteva le porte rientrava a ore impossibili sparava la musica a un livello tale che i vicini avevano telefonato all'amministratore, poi finalmente si era decisa e forse sarebbe stato meglio se non le avessero chiesto niente. Alfredo, aveva detto, è tutta colpa di quel bastardo di Alfredo, il papà di Gigi. A sentir lei Alfredo, un giorno che erano soli in casa, in Sardegna, e tutti gli altri fuori in spiaggia, l'aveva inchiodata a un muro e aveva allungato le mani e se lei non gli avesse gettato in faccia il bicchiere di Sprite che stava bevendo e non fosse scappata via chissà fin dove si sarebbe spinto, quel porco. Erano rimasti allibiti, senza parole. Non ci potevano credere. E infatti non ci avevano creduto, soprattutto suo marito, e avevano cercato di farle capire che forse si trattava di un malinteso, di una mossa scherzosa, magari maldestra ma senza cattive intenzioni. Suo marito e Alfredo si conoscevano sin da bambini, erano come fratelli e forse più che fratelli, avevano fatto insieme le scuole e il servizio militare, avevano fondato la ditta insieme, insieme passavano la maggior parte delle giornate in ufficio: non c'era niente che l'uno non sapesse dell'altro, interessi gusti abitudini, una cosa così non era possibile, non da parte di Alfredo. Sì d'accordo era estate, il caldo può giocare brutti scherzi, magari Karin ballonzolava per casa mezza nuda o nuda del tutto, ma neanche così suo marito ci poteva credere, dopo quarant'anni e più che conosci una persona sai che cosa può fare o non fare, come reagisce, come schiva gli imprevisti. No, le aveva detto, non può essere, e Karin era diventata una belva, li aveva accusati – il padre soprattutto – di fregarsene di lei, di avere più a cuore la ditta che lei, di badare solo alla sua posizione, di essere un vigliacco, di non avere il coraggio di sputare in faccia al socio e rompere la società. E infatti suo marito non aveva parlato della cosa con Alfredo, non perché fosse un vigliacco ma perché non voleva rovinare un'amicizia vera con un'accusa che riteneva falsa, frutto di un equivoco nato chissà come e chissà perché. E adesso, con quello che era capitato a Gigi, meno che mai gliene avrebbe potuto parlare.

«E lei, signora, anche lei è sicura che sia stato un equivoco o ha avuto qualche dubbio?»

La Levrone scuote la testa, si asciuga l'ultima lacrima e spiega che ci ha pensato tanto, per intere nottate, che si è figurata mille volte la scena, ma che no, non è possibile, non riesce proprio a immaginare Alfredo che fa quello che Karin dice che abbia fatto. E ha cercato di spiegarlo a Karin, ha cercato di farle ripensare la cosa guardandola sotto un'angolatura diversa, ma ha dovuto smettere subito, perché era pure peggio.

Ecco spiegata la password senza bisogno dei libri, pensa lei più tardi. Karin che si sente la vittima sacrificale, Karin che si proietta nel mito senza alcun senso delle proporzioni, che si vede "giovenca pezzata dalla cui gola mortale si farà sgorgare il sangue" e trasforma suo padre nel truce Agamennone che all'amore per la figlia preferisce il potere e la gloria che ne deriva. Ma i personaggi e la vicenda stessa non possiedono la suggestione archetipica del mito: Karin, per esempio, non è di sicuro una mite e inconsapevole vergine, con tutto il bagaglio di purezza ingenuità sacralità che la cosa comporta (almeno nell'immaginario), suo padre non ha ordito nessun subdolo inganno contro di lei, Carla Levrone non è Clitennestra, si schiera col marito e ne approva l'operato, in palio non c'è la partenza per la superba Ilion e la supremazia nel comando, ma la tenuta o meno di una società di movimento merci. Però Karin, la povera Karin, si sente lo stesso Ifigenia. È perché le manca il classico (inteso come liceo), direbbe la mia amica Elisa se le riferissi la storia, o forse perché l'adolescenza adora il mito anche se non lo sa leggere, se usa la parola a sproposito, se chiama mitico lo sbarbatello stonato che si dimena su un palco massacrando i giri armonici sulla chitarra. Si è sentita vittima e ne ha sofferto, nel suo modo rabbioso e scostante d'accordo, ma ne ha comunque sofferto, sino a rimangiarsi la docilità appena imparata, sino a tornare la scorbutica e arrogante di prima. E non ha parlato della sua disavventura – vera o presunta – col fratello, non ha cercato la sua solidarietà, ha preferito tenerlo all'oscuro, non tanto per proteggerlo, per impedirgli di conoscere la brutalità dell'evento, ma piuttosto, credo, perché non ha nessuna fiducia in lui, perché lo considera sempre un accacì. E con Gigi? Gli ha riferito l'accaduto o si è tenuta tutto dentro? Se gliene ha parlato quale tempesta di risentimento si è scatenata? Tu, che sei mio padre e che dovresti insegnarmi le regole della vita, tu hai osato insidiare la mia ragazza, hai pensato di potermela sottrarre o di avere con lei una sordida faccenda di sesso alla svelta, mani che abbrancano sudore ansiti saliva sperma e poi allontanarti e credere che tutto possa tornare come prima? Niente sarà come prima io ti odio lei ti odia e te la faremo pagare. Se invece ha taciuto, perché lo ama e non vuole ferirlo, è lei sola a odiare, ma l'odio mette radici profonde e si abbarbica dentro di lei ancora di più quando i suoi la inducono a parlare e poi non le credono, quando non prendono le sue parti e riducono l'aggressione – vera o presunta – a un banale equivoco, a uno scherzo non capito. E nella pozza dell'odio non c'è soltanto Alfredo, ma anche i suoi, suo padre soprattutto e in qualche modo gliela farà pagare.

Ma lo scenario potrebbe essere diverso, meno imparentato con la tragedia, più in linea con una banale e mediocre commedia di costume. Karin non è una verginella ritrosa, smanacciamenti palpate strofinii non le devono essere sconosciuti, in discoteca al Chico's bar e altrove si deve essere beccata volente o nolente allusioni e zampate, ogni ragazza della sua età, a meno che viva in clausura e anche se è desolatamente brutta, ha fatto esperienza della trivialità e ha imparato a darle il giusto peso, infuriandosi e imprecando ma senza farne un dramma duraturo. Alfredo ha fatto il porco con lei, i suoi non le hanno creduto, ma Ifigenia non c'entra per niente, è solo un nome strano che le è piaciuto e se le sono tornate paturnie e arroganza è per qualcos'altro, perché la storia con Gigi comincia ad annoiarla, perché la scuola è una boiata merdosa, perché la vita è una schifezza senza senso.

O forse la vita ne ha troppi di sensi – pensa lei –, e nel groviglio raramente riusciamo a vedere quello giusto, o meno sbagliato.

Le parole gli sguardi i gesti le facce si muovono pigri nello stagno della memoria, affondano lentamente e talvolta riemergono senza che nessuno abbia gettato reti o appigli per farli riaffiorare. Improvvisamente sono lì – ce l'ha insegnato Proust – a dirci quello che non sapevamo di sapere o ad affidarci sequenze di ricordi che credevamo perdute. A me è tornata adesso in mente una frase che ha detto Flavia, parlando del suo lavoro.

Il commissario di zona è gentile come quando ho fatto la denuncia dello scippo, se possibile ancora più gentile, ma con un sottofondo lievissimo di irriverenza ilare. Che cosa diavolo vorrà mai: signora, ha detto al telefono, anzi professoressa – hanno tutti sta mania dei titoli professionali o onorifici: dottore avvocato cavaliere grand'ufficiale, e li usano anche quando valgono meno del due di picche, come il mio, anche quando nella considerazione sociale stai solo un gradino più su dei posteggiatori abusivi, anzi più giù, perché quelli se non altro possono sfregiare fiancate squarciare gomme spaccare specchietti –, professoressa, ha detto, quando ha tempo dovrebbe passare un momento qui, senza fretta per carità, faccia pure con comodo, poi ha salutato compito e ha messo giù. Faccia pure con comodo un cavolo, ti pare che ho voglia di rimuginarci su, di giocare a domande e risposte fino a lunedì? Ho posato i giornali che mi leggevo una volta tanto con comodo, senza nessuno a sbirciare i titoli alle spalle – cioè a istigare all'omicidio –, senza nessuno che dicesse dammi retta un momento, ho finito di bere la mia pinta di caffè, sono uscita e adesso eccomi qui. Dico nome e cognome a una poliziotta alta e carina, quella di rimando mi dice per di qua professoressa: tutta Torino sa che sono una profia e me lo ricorda di continuo, caso mai avessi crisi di identità. Subito nell'ufficio del commissario e anche qui le professoresse si sprecano: come sta professoressa, si accomodi professoressa, e poi ancora professoressa e professoressa. Tra una professoressa e l'altra tira fuori dal cassetto un modulo già compilato, me lo mette davanti girato dal verso giusto e mentre io cerco di capirci qualcosa tra gli addì i suddetti i reperimenti il corpo di reato da un altro cassetto della scrivania tira fuori che cosa? Tira fuori il mio taccuinetto nero scippato dai due malnati in moto. Lo guardo con gli occhi sbarrati dalla sorpresa, perché a tutto avevo pensato nel tragitto da casa a qui, ma a questo no. Lui, il commissario, si gode la mia sorpresa – nel suo lavoro gli episodi divertenti non devono essere una profusione – poi mi offre una sigaretta spiega in poliziottese l'accaduto e io mi faccio la traduzione simultanea.

È andata così: ieri sera il terzetto di balordi che era stato avvistato in compagnia di Gigi e Karin è comparso in discoteca, Valeria ha fatto la sua brava telefonata e i pulotti sono arrivati poco dopo. Hanno identificato e perquisito un po' qua e un po' là, per non dare l'idea di essersi mossi a colpo sicuro, poi si sono buttati sul terzetto che cercava di battersela in modo defilato ma che era stato puntato da subito. E i tre, addosso e in macchina, avevano un po' di roba, non tantissima, ma sufficiente per poterli prelevare portare in questura e dare pure un'occhiata a casa loro. Lì, tra bilancini di precisione rotoli di stagnola e la solita paccottiglia dei cavalli di mezza tacca che ti avevano pure trovato? Cellulari occhiali mazzi di chiavi documenti che quei coglioncelli non avevano avuto il buon senso di vendere subito o di buttare via, e anche il taccuinetto nero. I tre erano ancora in stato di fermo e li stavano torchiando un po', ma per il momento non pareva che c'entrassero con sequestro e omicidio, anche se conoscevano Gigi e Karin per avergli passato saltuariamente, più a lui che a lei, un po' di roba. Scippatori e spacciatori da strapazzo, ma probabilmente niente di più, troppo stupidi per essere dentro a un giro più grosso, anche se il controllo delle telefonate poteva riservare qualche sorpresa. E sa, professoressa? Il mio collega Gaetano, il commissario Berardi, mi ha mandato il suo taccuino e mi ha pregato di farglielo avere subito, perché pensa che lei ci tenga parecchio. (Intanto gli ridono gli occhi e volta la testa per controllare la bocca.) Certo che ci tengo commissario, il gazpacho alla madrilena mi piace anche d'inverno. Anche a me professoressa, ma io ci metto meno aglio – e finalmente ride anche con la bocca. Deve averlo letto l'intero corpo di polizia, il mio taccuinetto nero, e avrà pure sghignazzato sull'eterogeneità degli appunti: ricette di cucina, nomi di ristoranti da visitare o rivisitare nelle località più impensate (il restaurant Provençal in rue de la République a Orange, per esempio), palindromi, accostamenti imprevedibili (la pasticceria Falco in via Aquila, la fabbrica di elevatori Bassetti), scritte bizzarre o porno-bizzarre (Eliminazione totale a soli 30 euro. Affrettarsi. – Martedì e mercoledì lavata di testa gratis – Qui chiavi in 5 minuti) e poi giochi di parole di mia invenzione corredati da maldestri disegnini (il parmiGiano bifronte, il riNoceRompe, il parà-litico eccetera). A una profia così, avranno pensato tutti o quasi, è meglio se i nostri figli non capitano sotto. E i coglioncelli della moto, gli scippatori, che l'hanno conservato a fare il mio taccuinetto nero? Mica potevano sperare di trovargli un acquirente, non è un oggetto commerciabile, forse l'hanno tenuto proprio perché sono coglioncelli, tanto sprovveduti e pigri da non vedere al di là del loro naso. Però però: l'agenda verdolina manca all'appello, quella l'hanno buttata via insieme al fazzoletto caccoloso e ai pochi altri tesoretti presenti nella borsa, ma il taccuinetto se lo sono tenuto... sta' a vedere che, a modo loro, i coglioncelli hanno il senso dell'umorismo. Firmo il foglio che ho davanti, ringrazio, saluto e quando sono sulla soglia chiedo al commissario come fa il baccalà in guazzetto.

«Mai fatto. Ma mi sono copiato la sua ricetta, professoressa» mi risponde.

E mentre me ne vado a casa le parole di Flavia che avevo momentaneamente accantonate tornano in primo piano. Lei parlava di truffe alle assicurazioni: le due parti che si mettono d'accordo prima e poi si spartiscono il malloppo. E in un sequestro? No, è un'ipotesi troppo azzardata, addirittura assurda, non vale la pena di farci sopra delle congetture.

A casa c'è soltanto Livietta, Renzo ha portato la macchina a fare il bollino blu e la bimba non ha voluto accompagnarlo. Per la verità la bimba ha un'aria depressa e malinconica che non le è abituale, anzi adesso che ci penso è da qualche giorno che è sottotono, da quando ha voluto che le raccontassi una fiaba e dormissi con lei. Sono una madre distratta e inaffidabile, mi preoccupo degli altri e non vedo che mia figlia sta magonando per chissà che cosa. Ma interrogare Livietta non è un'impresa da poco e soprattutto non so da dove cominciare.

«Non mi hai più detto niente della bambina nuova. Come si comporta?»

«Quale bambina nuova?»

«Topazia. Ce ne sono altre?»

«No. Quand'è che mi vengono le poppette?»

«Tra quattro anni o giù di lì.»

«Così tanto?»

«Credo di sì. Vorresti averle prima?»

«Topazia le ha già.»

«Possibile? Mi sembra strano a otto anni, forse è solo grassa.»

«Non è grassa e di anni ne ha dieci.»

«E come mai fa solo la terza?»

«Non lo so, dice per motivi personali.»

«Forse è stata malata e non ha voglia di dirlo.»

«Perché? Mica è una vergogna ammalarsi.»

«Lo so che non è una vergogna, ma qualcuno pensa di sì. E se fosse stata malata si spiegherebbe anche l'ossessione per la pulizia.»

«Quella le è passata, faceva la fanatica solo per farsi notare. E poi non ha proprio l'aria di chi è stato malato. Corre forte, si arrampica sulle pertiche, fa bene la cavallina.»

«E ha le tette.»

«Sì, abbastanza grosse. Non come le tue, ma grossette, e i maschi le corrono tutti dietro.»

Eccolo qui il motivo della depressione, in classe c'è una pin-up decenne con le poppe che sbaraglia la concorrenza.

«E a parte la ginnastica, a scuola come va?»

«È una frana, non sa niente. E quando raccontiamo una storia da ridere lei non ride perché non la capisce.»

«Poveretta!»

«Ma che poveretta, lei ha le tette e io no.»

«A te le tette verranno, lei non è detto che impari a ridere.»

«Però i maschi è lei che guardano.»

«Perché è nuova della classe e li incuriosisce. Lascia passare un paio di settimane e vedi che smettono.»

«Tu dici?»

«Dico.»

Però non ne sono per niente sicura, le tette sono un argomento formidabile subito e sempre.

«E poi se gli piace tanto Topazia che è stupida come una mucca, vuol dire che sono stupidi pure loro.»

«Brava Livietta, hai proprio ragione.»

Anche di questo non sono per niente convinta, ma è troppo presto per spiegarle il perché.

«Mi porti alle giostre oggi?»

Le odio le giostre, mai capito perché uno si diverte a girare in tondo, a prendere calci in culo, a farsi venire nausea e vomito sulle montagne russe o la prova generale dell'infarto sull'otto volante. Tra i tanti divertimenti stupidi mi sembra uno dei più stupidi, e per di più in luoghi di raro squallore. Le giostre stanno alla Pellerina, che sarebbe un parco, che era un vero parco una volta, e che adesso è, tutto in una volta, un bordello a cielo aperto, un gran bazar della droga, un cacatoio di cani e di umani. Bel modo di passare il sabato pomeriggio, ma non posso dire di no perché Livietta è in crisi.

«Volentieri, ti va bene verso le tre?»

«Sì, così ti fai prima il pisolino. Mi verranno belle come a Topazia le poppette?»

«Perché, gliele hai viste?»

«Ce le ha fatte vedere al gabinetto, a me a Caterina a Ingrid e ad Alice. Ah no, non possiamo andare alle giostre, il papà di Alice viene a prendermi alle due e poi ci porta a scegliere un cane, gliel'ha promesso. Dice un ire, un aire...»

«Un airedale.»

«Sì, che cane è?»

«Un cane bellissimo, sembra di pezza.»

«Più bello di Potti allora.»

«No, bello in modo diverso.»

«Sarà. Speriamo che abbia le zampe un po' più lunghe.»

Vorrei difendere la bellezza dei bassotti, ma non ho voglia di questionare sull'avvenenza dei cani, mi è già andata troppo bene con le giostre, non è il caso di cercare rogne.

A metà pomeriggio le parole di Flavia tornano a ronzarmi in testa. Prima hanno telefonato Marco e Valeria, mi hanno fornito una duplice versione circa gli avvenimenti di ieri sera con qualche discrepanza, mi hanno chiesto se c'erano novità e io gli ho riferito quel che avevo saputo. Commenti ripetizioni bla bla congratulazioni e ci sentiamo presto. Poco dopo, una telefonata brevissima di Gaetano: era sceso al bar per un caffè e non aveva resistito alla tentazione di sfotticchiarmi un po'.

«Visto come siamo bravi? Neanche i taccuinetti ci sfuggono.»

«E gli assassini?»

«Con quelli è più dura, ma contiamo di farcela, prima o

191

poi. Però il numero del bancomat cerca di camuffarlo meglio, oppure imparalo a memoria.»

«Adesso capisco perché le indagini vanno a rilento, passate le ore a curiosare nei taccuini delle profie.»

«Siamo pari, se non sbaglio. E la volta scorsa hai cominciato tu.»

Touché. Non avevo saputo – o meglio voluto – resistere alla tentazione di sfogliare e studiare un'agenda non mia, l'agenda di una collega assassinata brutalmente. Con il pretesto – ci sono sempre ottimi pretesti per le azioni pessime – che magari avrei scoperto qualcosa di utile. Un'indiscrezione vergognosa, e le indiscrezioni è giusto che si paghino. Chi di spada ferisce di spada perisce; il proverbio dice così o lo sto storpiando? sti proverbi mi vengono un po' troppo spesso in mente, sarà mica rimbambimento precoce? Però se il sequestro fosse finto, cioè concordato tra le parti, sto proverbio ci andrebbe giusto a taglio, almeno per Gigi, ammesso che ci fosse dentro pure lui.

Va bene, arrendiamoci, pensiamo l'impensabile, immaginiamo il non possibile il non credibile e non creduto.

Pomeriggio di fine agosto. Scirocco a raffiche, luce così intensa e violenta che bisogna difendersi, schermandola con gli scuri accostati, le tende tirate, in modo che in casa ne penetrino solo spiragli, lame colorate in cui danza il pulviscolo. Fuori il sole martella feroce, le cicale ti stordiscono con il frinire incessante, i cespugli del giardino – mirti ginepri ginestroni corbezzoli – aspettano stremati il refrigerio della sera. In casa l'aria condizionata mitiga l'eccesso di calura ma non ce la fa a vincerla del tutto, si entra e si esce dalla doccia ma il sollievo dura poco, dieci minuti un quarto d'ora al massimo. Gigi è andato con un amico a visitare un allevamento di cavalli vicino a Cagliari, sua madre e l'altra coppia di ospiti sono usciti per un giro in barca. Alfredo no, non ama il mare e la vita di mare, la villa in Sardegna il gommone il motoscafo sono status symbol acquistati quasi per dovere più che la realizzazione di desideri a lungo covati. Lui avrebbe preferito una casetta in val Pellice,

192

dove passava due settimane d'agosto quand'era bambino, in una pensioncina per quasi poveri che allora gli pareva bellissima, coi balconi di legno i gerani l'antipasto e il dolce di giovedì e di domenica. Anche Karin è rimasta in casa, questo caldo questa luce feroce questo vento malsano le danno nervosismo e spossatezza insieme. Esce dalla sua stanza, scalza, addosso soltanto lo slippino verde del costume da bagno, in spiaggia non mette mai il reggiseno e non ha senso metterlo qui col caldo che fa. Va in cucina a prendersi qualcosa da bere, apre il frigo e resta lì davanti alla porta spalancata a godersi la frescura che ne esce. Alfredo passa davanti alla cucina, è scalzo pure lui, i piedi nudi sul cotto danno un'illusione di fresco, addosso ha soltanto un paio di bermuda, «Karin» le dice, «per favore...» e non finisce la frase, passa oltre a prendere la posta del mattino che non ha ancora aperto. Quando torna indietro sono passati quasi dieci minuti, lei è ancora davanti alla porta spalancata del frigo e lui le arriva dietro silenzioso, le mette una mano sulla spalla e le ripete «Karin, per favore». Gli hanno insegnato, da bambino, che non bisogna stare nella corrente, che anche d'estate ci va la maglietta di salute, che non si fa il bagno dopo mangiato, che non si cammina scalzi, che gli sbalzi di temperatura sono pericolosi e qualcuno di questi precetti è riuscito a infrangerlo e dimenticarlo, ma altri no, gli sono rimasti dentro, stampati indelebili come la preghiera all'angelo custode e la cavallina storna. Karin si volta irritata e stupita, è a pochi centimetri da lui, odore di giovinezza carne levigata seni insolenti che quasi lo sfiorano, lui le ha tolto la mano dalla spalla ma gliela rimette subito, non più la destra ma la sinistra, e la scosta dal frigo o la tira verso di sé, con la destra chiude la porta e «Karin, per favore» dice ancora una volta con una voce diversa da prima, e che cos'è, una preghiera una supplica un invito? Lei ha in mano un bicchiere di Sprite, si china veloce, la sinistra di lui resta a mezz'aria, lei sguscia via e il contenuto del bicchiere si rovescia parte in terra parte addosso a lui.

La sera, quando Gigi torna da Cagliari, lei ha già preparato i suoi borsoni e vuole partire subito, lui le chiede perché, perché sì risponde lei, io parto subito con te o senza di te.

Partono insieme, c'è un po' di imbarazzo tra gli adulti ma non troppo, sanno che Karin è imprevedibile e anche Gigi è ingrugnito, forse hanno litigato oppure si sono stufati della parentesi casalinga. Partono e, mentre finalmente si fa notte lo scirocco cala e l'aria si rinfresca, lei gli racconta quello che è accaduto.

Il seme della vendetta è pigro, per germogliare ha bisogno del terreno adatto, di cure attente: quando Karin e Gigi lasciano la Sardegna non è ancora stato gettato. Trovare un imbarco è difficile; a fine agosto, al momento del rientro dalle ferie, i posti sono tutti prenotati, decine e decine di auto bivaccano coi loro occupanti nel piazzale del porto. Ma Gigi ha dalla sua l'arroganza del carattere e del denaro: sfila dal portafogli un paio di banconote e le offre alla persona giusta (i corruttori individuano subito le prede che a loro volta non vedono l'ora di essere individuate) e il posto per il fuoristrada nel garage superstipato del traghetto viene presto trovato. Una cabina no, per quella niente da fare.

Passano la notte sul ponte ed è un'esperienza nuova per loro. Ci sono ragazzi di ogni parte d'Europa ci sono chitarre circolano birre spini e canzoni, nell'aria c'è quell'allegria un po' forzata in cui si insinua la consapevolezza malinconica del ritorno. È una bella notte, spezzoni di frasi in tante lingue, coppie che fanno l'amore, lattine e mozziconi che passano di mano, motivi famosi accennati alla chitarra, abbandonati e poi ripresi. È una bella notte anche per Karin, la musica il fumo la brezza il braccio di Gigi intorno alle spalle le teste vicine. Il ricordo del pomeriggio si sta allontanando.

Ma a Torino il ricordo torna e la rende rabbiosa. Forse la rabbia passerebbe in fretta, tre quattro giorni di risposte a muso duro e di silenzi ostili e poi subentrerebbero altri pensieri e altri interessi, gli amici che raccontano le loro vacanze, i nuovi locali che aprono, i vecchi giri da riprendere, ma ci sono padre e madre a spiare ogni suo passo ogni sua occhiata ogni sua parola, ci sono le domande dei loro sguardi, il loro stupido ostinato voler sapere cosa c'è all'origine della sua rabbia. Perché non rispettano il suo malumore, perché pretendono di frugare negli angoli della sua vita, perché non si accontentano delle risposte evasive? Lasciatemi in pace, è meglio per tutti.

Invece no, insistono, non più con gli sguardi ma con domande dirette, cosa ti è capitato perché sei cambiata, lei sbotta e glielo dice. La reazione è uno stupore incredulo, non si indignano non prendono le sue parti dicono che forse ha frainteso che Alfredo non si sarebbe mai permesso che Alfredo non è così. Che ne sanno di come è Alfredo, loro quel pomeriggio non c'erano, non hanno visto il suo sguardo, non hanno sentito la sua voce. Karin, per favore... per favore cosa? Per favore lasciati abbracciare lasciati toccare. Doveva lasciare che le infilasse una mano dentro lo slip che glielo strappasse via che l'inchiodasse contro il frigo che le premesse il corpo addosso una mano a rovistare nel suo sesso e l'altra a strizzarle un capezzolo... Ci avrebbero creduto allora o anche così sarebbe stato un equivoco?

La rabbia cambia bersaglio, non più Alfredo ma i suoi, suo padre soprattutto che scuote la testa non la capisce e non le crede, che dubita delle sue parole e non ha un dubbio sul proprio socio. Gliela farà pagare, non sa come ma gli presenterà un conto salato. Gli spiccioli, per il momento, li incassa subito con l'inferno di malumore che semina in casa, ma per il malloppo grosso ci va più tempo, deve studiare il modo e il momento giusto per riscuotere, deve trovare chi le dia una mano. Gigi, di sicuro, ma non basta, loro due da soli non possono fare granché, al massimo devastare la casa fingendo un furto, ma sai che danno, l'assicurazione ripagherebbe tutto o quasi. Bisogna pensare a qualcos'altro, qualcosa di più grosso che li faccia stare in pensiero per lei, qualcosa che non possano minimizzare, che non riescano a liquidare come un equivoco...

Settembre ottobre novembre dicembre gennaio, quasi

cinque mesi a tenere in caldo il rancore, a individuare il punto debole in cui inserire il ferro rovente della vendetta, quasi cinque mesi per studiare un piano e trovare chi li aiuti ad attuarlo.

Un falso sequestro. Lasciar passare giorni e giorni in modo che l'angoscia diventi un macigno. Poi chiedere il riscatto. Mandare a puttane la ditta e la loro fottuta solidarietà, punire il padre e Alfredo, uno per quello che ha fatto, l'altro per quello che non ha creduto e non ha fatto. Non deve essere così difficile se si trovano gli amici giusti che diano una mano. Quelli si beccheranno una fetta del riscatto, lei e Gigi la parte più grossa. E dopo? Non arrivano a progettare il dopo, al dopo ci penseranno quando arriverà.

Se è andata davvero così, quanta ingenuità quanta stupida convinzione di onnipotenza quanta inesperienza. Se è andata così, si sono giocati ai dadi le loro vite. E gli altri avevano i dadi truccati.

LUNEDÌ MATTINA

«Gaetano, devo dirti una cosa.»

«Dimmi.»

«No, preferisco...»

«D'accordo. Dove sei?»

«Davanti a scuola. Ho appena finito e alle due e mezzo ricomincio con una riunione.»

«Mangi al bar?»

«Sì.»

«Allora facciamo un boccone insieme. Quello all'angolo?»

«No, troppi colleghi.»

«Dimmi dove.»

«Piazza Savoia angolo via della Consolata, si mangia benino ed è tranquillo.»

«Da che parte?»

«Subito sulla destra, vicino a un pornoshop.»

«Capito, arrivo tra poco.»

Non voglio che i colleghi mi vedano con Gaetano. Bisbigli occhiate ammiccamenti illazioni, le voci arriverebbero alle bidelle, Armida mi scruterebbe tutte le mattine nel bianco degli occhi per vedere se è in arrivo un tardivo frutto adulterino. A proposito di Armida, meglio evitare in modo assoluto i suoi massaggi che costano come in una beauty-farm di prima categoria. Ieri, dopo una scampanellata improvvisa e intimidatoria – sono il figlio di Armida, mi apre il portone? – è comparso il suo rampollo a pareggiare il conto. Di domenica pomeriggio, senza che ci fosse stato un accordo preciso, senza neppure una telefonata di preavviso. Già ero indispettita per il modo, figuriamoci quando l'ho visto, il rampollo. Abbigliamento militare, cranio rasato, mancavano le collane di bombe a mano il bazooka e la vegetazione tropicale o il deserto a far da sfondo. Le infatuazioni dell'adolescenza per fortuna passano, ma a quello la sua faccia per disgrazia gli resta se non va dal chirurgo plastico. Salve, entra – gli ho detto tendendogli la mano, e poi chiudendo la porta – come ti chiami? Trevisani Gionatàn ha risposto, probabilmente con una jei e un'acca che nella pronuncia non si vedevano, ma perché l'accento sull'ultima sillaba? Misteri della globalizzazione. E siccome non aveva risposto al saluto, aveva messo il nome dopo il cognome e in più si slogava le mascelle su un chewing-gum, mi è venuta la voglia improvvisa di sbatterlo fuori o in alternativa di dargli un calcio. Invece l'ho preceduto in studio, gli ho fatto cenno di sedersi da una parte della scrivania e mi sono seduta dall'altra, lui ha lanciato un'occhiata semicircolare alla stanza, non ce l'ha fatta a reprimere una smorfia di disgusto rivolta a libri e librerie e io a quel punto sarei passata volentieri al coltello. Invece è comparsa Livietta per vedere chi mai fosse arrivato.

Si è avvicinata alla scrivania:

«Ciao» gli ha detto. «Sei un allievo di mamma?»

Lui non ha risposto neppure con un grugnito, l'ha inquadrata nel mirino dei suoi occhi stolidi e si è limitato a fissarla come un nemico da abbattere. Ma non sottovalutare il nemico è una elementare regola di sopravvivenza: non la insegnano più nelle accademie militari? La mia bambina, la mia imprevedibile e rocciosa bambina, ha sostenuto per qualche secondo il suo sguardo poi, indicando il cranio rasato, ha vendicato se stessa e me:

«È per via dei pidocchi o hai avuto il cancro?» gli ha chiesto con l'aria più innocente del mondo.

Gionatàn è diventato prima rosso poi verde, ha degluti-
to due o tre volte – intanto Livietta scompariva piroettan-
do sulla punta dei piedi e io mantenevo una faticosa impassibilità –, infine ha recuperato la voce e ha detto:

«Devo portare quattro versioni per domani.»

Schifoso lazzarone. Non è vero che non hai capito l'a-
blativo assoluto o il gerundivo o quel che è, semplicemente non hai voglia di sgobbare a tradurre. E io non ho voglia di farti la predica e neppure di darti una dritta, perciò
tira fuori ste versioni che vedo di sbrigarmela il più in
fretta possibile. Me la sono sbrigata in fretta, ma c'è comunque voluto ben più di un'ora, perché Gionatàn ma-
neggiava la penna con una certa difficoltà, come se fosse
un attrezzo di recente acquisizione e scriveva con una len-
tezza esasperante. Però sul pianerottolo, in attesa dell'a-
scensore, gli è caduta di dosso l'aria da legionario e ha
avuto un guizzo di umanità: ha spostato due o tre volte lo
sguardo da me ai suoi anfibi e viceversa, si è raschiato la
gola e ha mugugnato: per favore non glielo dica a mia
mamma delle versioni, e con questo ha azzerato la mia
ostilità. Sta' tranquillo, gli ho risposto, e non solo ho man-
tenuto la promessa ma per liberarmi di Armida che stamattina mi compariva davanti dietro e di fianco ogni momento come Arlecchino in una commedia di Goldoni ho
mentito spudoratamente affermando che Gionatàn col latino se la cava abbastanza.

Ho mentito anche con Marco, inventando un improro-
gabile pagamento di bollette alla posta – neanche fossi
una pensionata settantenne, ma lui ci ha creduto – perché
non avevo voglia di risentire la storia dell'irruzione dei
pulotti in discoteca, ma soprattutto perché con Gaetano
voglio anzi devo parlare a tu per tu e non so neppure come riuscirò a cavarmela.

Il fatto è che nell'intervallo Debbie Lentini si è lentamente avvicinata alla cattedra, ha aspettato che mi alzassi
per sgranchirmi le gambe e mentre scendevo dalla predella mi ha abbordata. (La predella l'ho pretesa io con tutte le

mie forze, sbattendomene delle teorie psico-socio-peda-
gogiche alla moda o fuori moda della verticalità e oriz-
zontalità come metafore di gerarchia o di uguaglianza, la
predella l'ho voluta perché io non sono una stanga e gli
allievi invece quasi tutti stangoni con spalle come armadi
– anche le femmine – così quelli e quelle dal secondo banco in giù, protetti dalla barricata di quelli del primo, risultavano presenze invisibili, di cui comparivano, a intermit-
tenza, solo le braccia. Adesso le tre aule in cui faccio
lezione hanno la cattedra sopraelevata e io sono graziosamente chiamata la Predella. Di che umore è la Predella?
Dici che la Predella interroga o spiega? Guarda che la Predella s'incazza se telefoni durante la lezione.)

Debbie mi ha abbordata con aria neutra:

«Professoressa...»

«Dimmi.»

«Giù nell'atrio c'è... c'è mio zio. Dice se può scendere
un momento.»

«Grazie, scendo subito.»

Ma è una parola. Nell'intervallo c'è l'obbligo di sorveglianza degli allievi ed è un momento ad alto rischio, da allarme rosso: se qualcuno butta giù qualcosa dalla finestra e
malauguratamente ammacca o ammazza un passante, se
dà un pugno a una vetrata e si recide le arterie, se fa lo
sgambetto a un compagno e quello cadendo batte l'occipi-
te ed entra in coma, se accoltella la fidanzata, se – con maggior frequenza – si scazzotta con un avversario o verga
scritte deturpanti sui muri del corridoio (Luca è un porco.
Ale e Sabri si leccano. Juve merda), la colpa è dell'insegnante, anche se è presente ma purtroppo senza il dono
della divinazione e dell'ubiquità. Se non c'è... beh, se non
c'è è davvero colpa sua e merita la gogna, la prima pagina
sui quotidiani, la foto sui settimanali, il dibattito nei talk-
show, le disquisizioni di psicologi e sociologi, l'esternazio-
ne di qualche avvocato di grido, la fucilazione la sedia elettrica l'iniezione letale la garrota e l'incaprettamento.

Da chi mi faccio sostituire? Non da una bidella o bidello, la sorveglianza durante l'intervallo non gli compete, dalla Rinetti allora, che è gentile e mentre bada a quelli della quinta può dare un'occhiata anche a quelli della quarta... La Rinetti dice va' pure non preoccuparti, io scendo le scale di corsa cercando di non essere travolta dalla transumanza e nell'atrio c'è proprio "lo zio" che ha mentito al portiere dicendo che l'avevo convocato fuori orario. Tranquillizzo il portiere con un cenno affermativo e piloto Russo Nicola (che oggi è vestito in grigio-Torino e non risulta particolarmente memorabile) verso un angolo, dove il chiasso e la bolgia ci garantiscono una completa privacy.

«Lei mi ha convocato e io sono venuto. Parliamo di Debbie, d'accordo?»

«D'accordo.»

«C'è un tale, uno nuovo, e gira la voce che ha per le mani una cosa grossa. Non so come si chiama e non l'ho mai visto. Però ho sentito dire che faceva affari con l'Albania, ma non so che affari, e che frequenta una squillo di lusso, un'italiana, che si fa chiamare Veruska. Tutto qui.»

«Grazie, lei non mi ha detto niente.»

«E quello che ho detto può non entrarci per niente nella faccenda, ma si ricordi che mi fido di lei.»

«Stia tranquillo. E ancora grazie.»

Così adesso sto qui seduta al bar, confidente di un confidente, contatto di un contatto, in attesa di fare la mia spiatina proteggendo la fonte. Con Gaetano metto subito le mani avanti e chiarisco che o si accontenta di quello che posso dirgli o non gli dico niente. Uno che faceva affari con l'Albania: che affari? Droga armi prostituzione commercio di clandestini? Sigarette no, sarebbe un collega di Nicola, che di lui saprebbe tutto nome cognome soprannome aspetto indirizzo, ma non gli farebbe la spiata. O forse sì, per sbarazzarsi di un concorrente. No, credo di no. A modo suo Nicola mi pare un delinquente relativamente onesto. Con un residuo di moralità. Invece qui c'è un morto ammazzato e una ragazzina tenuta prigioniera, sottoposta a chissà quali violenze oltre a quella del sequestro. Non è che mi fido un po' troppo delle mie reazioni emotive? Karin egoista e arrogante, l'ammazzacani un teppistello senza scrupoli, mister Russo un fuorilegge dal cuore tenero. Le mie reazioni sono basate su un codice interpretativo legato all'educazione all'età all'esperienza personale: Karin mi sbatte il portone in faccia non saluta mi trapassa con lo sguardo come fossi una lastra di vetro? Karin uguale stronza; Russo Nicola mi mostra, dopo il battibecco iniziale, una sorta di deferente rispetto? Okay, è quasi una brava persona; Gigi – che è la vittima più vittima di tutti in questa orrenda storiaccia – ammazza di proposito un cane, cioè la bestia che io ho posto al vertice della perfezione ontologica animale? Bene, io quasi solidarizzo con il mio allievo Gianni che lo voleva non nato. E magari sbaglio tutto: Karin è un'adolescente che non sa esprimere a parole il suo malessere, Nicola è un ipocrita leccaculo, Gigi un ragazzo insicuro che cerca forza nella coca e a causa della coca perde il controllo di sé.

«Cosa le porto, signora?»

«Una grigliata di verdure e un bianchino.»

«Non ci vuole insieme una fetta di scamorza bella filante?»

«Vada per la scamorza e al diavolo la dieta.»

«Lei non ha bisogno di diete, signora.»

Bugiardo. Bugiardo ma simpatico, subito assolto. Che fatica inutile la neutralità emotiva.

Quando Gaetano entra nel bar, sto combattendo con un filo elastico della scamorza. Non poteva scegliere momento peggiore per sorprendermi e infatti eccolo lì a sfoderare il suo sorriso che è un'arma a doppio taglio.

«Mi piace vederti mangiare» dice sedendosi.

«Perché combatto col galateo e perdo?»

«Perché quando mangi hai l'aria felice. E perché usi spesso le mani invece della forchetta.»

«Sei uno dei pochi che lo apprezza. Io mangerei tutto con le mani, meno le minestre, ovvio. Usare le mani mi raddoppia il piacere del cibo.»

«Stai facendo un discorso erotico, lo sai?»

Me ne accorgo mentre lo sto facendo, ma non era intenzionale. Non sei soltanto un bell'uomo, Gaetano, sei anche intelligente e acuto, riesci quasi sempre a cogliermi in contropiede e a prevenirmi. La nostra è un'amicizia sul filo del pericolo, ma è questo a renderla affascinante.

«Prendo lo stesso della signora, ma con due fette di scamorza» dici in questo momento al cameriere. Poi subito dopo: «Indovina chi ho visto ieri sera».

«Troppo difficile. Torino ha più di novecentomila abitanti e potevi anche essere altrove.»

«Ero a Torino, fa' un piccolo sforzo di acume.»

«Flavia oppure Bettina.»

«Flavia.»

«Allora le mie spintarelle per accasarti non erano inutili.»

«Non è come pensi. È stato un caso, e legato alle indagini.»

«Ne puoi parlare o è un segreto di stato?»

«Nessun segreto. Lavoro di routine: stiamo, tra le altre cose, vagliando la situazione della LERA, nemici concorrenti eccetera. Salta fuori che c'è stato un contenzioso con un'assicurazione, e volevamo vederci più chiaro. L'assicurazione è quella in cui lavora la tua amica, l'ho scoperto dopo, quando ho avuto il numero di telefono del dirigente dell'ufficio legale: lei è stata gentile ad accettare di parlarmi anche se era domenica. Comunque il contenzioso riguardava una faccenda di nessun interesse e la LERA è pulita. E tu cosa mi dici?»

«Prima finisco di mangiare, una cosa per volta.»

«Allora è importante.»

«Mmm, forse, deciderai tu. Avete scoperto qualcosa?»

«Non molto. Un gran lavoro sui tabulati dei cellulari dei due ragazzi. Qualche frequentazione discutibile, come i tuoi scippatori...»

Il cameriere porta l'altra grigliata, Gaetano comincia a mangiare e io finisco. Lui non usa le mani e se la cava molto meglio di me coi fili della scamorza. Poi, siccome il silenzio si sta facendo imbarazzante e il tempo passa, per me ma soprattutto per lui, mi accendo una sigaretta per concentrarmi e attacco il mio discorso.

«Condizione preliminare: non mi chiedi da chi ho avuto l'informazione che sto per passarti. Prendere o lasciare.»

Lui taglia in due l'ultima fetta di melanzana, ne infilza una parte con la forchetta e dice:

«Sentiamo.»

«Non sentiamo niente. Prima dammi la tua parola. Ho fatto una promessa e intendo mantenerla. E quello che ho da dirti magari lo sapete già e non vale un centesimo.»

Lui ha finito di mangiare, posa sul piatto nel modo giusto forchetta e coltello, si appoggia meglio sullo schienale della sedia. Esita ancora qualche secondo poi dice:

«D'accordo.»

«Circola voce (cerco di ripetere fedelmente le parole di Nicola) che c'è un tale, uno nuovo, che ha per le mani una cosa grossa. Il mio confidente dice che non sa come si chiama, che non l'ha mai visto e non sa che aspetto abbia, ma sa due cose: che faceva affari con l'Albania e che frequenta una squillo di lusso, un'italiana che si chiama o si fa chiamare Veruska. Tutto qui.»

Forse il tutto qui non è poco e ha qualche valore, perché Gaetano ha cambiato espressione ed è teso come un violinista prima dell'a solo.

«Che ci sia in giro uno nuovo quadra con quel che sappiamo. O meglio che non sappiamo, perché anche per noi questo nuovo è un mistero. Il resto è interessante, la sezione albanesi e la buoncostume si daranno da fare.»

«Guarda che il "nuovo" ha fatto affari con l'Albania, ma non è detto che sia albanese.»

«Al novanta per cento non lo è. Ma la sezione albanesi si occupa di chi, albanese o no, traffica con quel paese. In quanto a Veruska, ci va bene: se il nome d'arte era Samantha o Jessica erano dolori... Una Veruska italiana non è troppo difficile da rintracciare, il nome non è più di moda. Il tuo confidente non sa proprio nient'altro?»

«No.»

«E tu com'è che bazzichi con i confidenti?»

«Abbiamo fatto un accordo, se non sbaglio.»

«L'abbiamo fatto e lo rispetto. Solo che non riesco a capire come fai ad arrivare a certe informazioni. Sei una profia, una madre di famiglia, una rispettabile signora borghese e poi... poi salta fuori che hai frequentazioni insospettate.»

«Piantala. Cerco solo di dare una mano. Non mi piacciono i sequestratori e men che meno gli assassini. Mi dicevi dei tabulati dei cellulari di Gigi e Karin. A chi telefonavano?»

«Per essere una profia hai un imprevedibile animo mercantile. *Do ut des*, subito pronta a riscuotere. Passavano la vita a telefonare, quei due. Non tanto tra loro, al contrario di quello che pensavamo. Ed è perfino vero che a volte stavano quattro o cinque giorni senza sentirsi, come aveva dichiarato Gigi. Però passavano ore a chiacchierare con amici e amiche, ed è stata una fatica cercarli e vedere che tipi sono. Li abbiamo vagliati o torchiati tutti. Tutti meno uno.»

«Perché?»

«Perché non sappiamo chi sia.»

«Ma dal numero di telefono...»

«La scheda è intestata a Immacolata Venturini, ottant'anni, di Ancona, morta tre mesi fa di polmonite.»

«Un nipote?»

«Era nubile, sempre vissuta con la sorella Assunta, nubile pure lei e morta qualche anno fa. Nessun'altra sorella o fratello, nessun parente prossimo. Il cellulare non risulta rubato, o almeno non ne è stata fatta denuncia. Ma c'è una cosa che ci dà da pensare: quel cellulare è muto e spento da più di un mese. Spento e irrintracciabile.»

«Quindi non sapete il nome di chi lo usava.»

«No, il nome o meglio il nomignolo o il soprannome lo sappiamo, perché è memorizzato nella rubrica dell'altro cellulare di Karin, quello trovato a casa sua. Si chiama Skip. Ti dice niente?»

«Skip, da "to skip"? Uno che salta, uno che taglia la corda e infatti a quanto pare l'ha tagliata. Oppure Skip come cameriere, Skip come abbreviativo di skipper o anche di schipetaro.»

«Perlamiseria, schipetaro cioè albanese, non ci avevamo pensato. Dovremmo assumerti come consulente. Però... ti pare possibile che una come Karin, che di scuola non ne mastica tanta, conosca il significato di schipetaro?»

«Una come Karin usa Ifigenia come password. E poi chi ti dice che il nomignolo gliel'abbia affibbiato lei?»

«Ha la mania dei soprannomi. Nella sua rubrica gli amici e le amiche sono quasi tutti elencati sotto nomignoli che usa solo lei. Anche Gigi lo chiamava Jim, ricordi?»

«I tabulati del cellulare di Skip li avete studiati?»

«Sì, ma senza andare a fondo. Adesso li ripassiamo al microscopio.»

Il cameriere porta il conto e Gaetano lo afferra prima che tocchi il piano del tavolo.

«Sei mia ospite» dice.

«In qualità di confidente?» chiedo.

«In qualità di amica» risponde. «Di amica e consulente.»

LUNEDÌ POMERIGGIO, LUNEDÌ SERA

La maschera al cetriolo è astringente. La sua formula esclusiva totalmente a base di estratti vegetali leviga e rassoda la pelle salvaguardandone la struttura e attenuando visibilmente le piccole imperfezioni. Così è scritto sulla scatola e ripetuto sul tubetto. C'è anche scritto che ridona luminosità e freschezza a ogni tipo di pelle, anche a quelle mature: io non ci metterei la mano sul fuoco però oggi ho investito quindici euro nell'acquisto e adesso che tutti dormono me la sono spatolata su viso e collo perfettamente puliti evitando il contatto con gli occhi. Una piccola botta di credulità ottimistica, di consumismo edonista, una ventata minima di frivolezza.

Oggi noi profie nella frivolezza ci abbiamo sguazzato di proposito, mentre stavamo lì a bivaccare nel corridoio in attesa di madama Buonpeso che per dare il buon esempio – "L'esempio parte sempre dall'alto" è il mantra dei presidi di ogni sesso età e latitudine – è arrivata con trentacinque minuti esatti di ritardo. (Per verificare la puntualità della bassa manovalanza del sapere, cioè nostra, c'è invece un marchingegno elettronico – discendente dirazzato della vecchia macchinetta bollatrice – dal temperamento bizzoso e meteoropatico, le cui indicazioni sono attendibili quanto gli oracoli della Sibilla cumana. La ditta che l'ha installato, fedele al motto "passata la festa gabbato lo santo", se la prende comoda comoda quando deve mandare un tecnico a ripararlo, per cui tra bizze e inattività del marchingegno chi arrivava puntuale prima continua a farlo e chi no idem.) Eravamo un gruppetto di sette femmine, età dai trenta ai cinquantacinque, e nell'attesa parlavamo di un argomento professionale, non di figli o di ricette di panna cotta, quand'ecco che compare in avvicinamento Serena Graziosi che non è né serena né graziosa ma torva e racchia. Della lieve peluria sulla faccia – nelle belle donne incarnato di pesca, nelle altre *pluch ratin* cioè pelo topino – non è responsabile, e neanche della bocca a salvadanaio, ma del fanatismo dogmatico con cui affronta qualunque argomento sì. Una che avrebbe fustigato i talebani perché troppo inclini al relativismo culturale, una che non è mai stata sfiorata dall'ala gentile del dubbio e distilla sempre il veleno delle certezze assolute, una per cui un vetro rotto e Hiroshima vanno presi di petto analizzati discussi e stigmatizzati con la stessa foga. Una che disgraziato chi ce l'ha come profia e profia per di più a tempo pieno pieno, senza impegni familiari a distrarla. Sicché, non appena l'ha vista in avvicinamento, Emanuela ha troncato a metà la parola che aveva in bocca e ha attaccato a cinguettare di prodotti di bellezza in termini di pubblicità comparativa: il tonico della Hanorah (o forse della Shiseido) meglio di tutti, anche di quello della Rubinstein, la crema al retinolo della Lancôme superiore (o forse inferiore) a quelle della Revlon e della Perlier... Poi si sono inserite Gisella e Paola a discettare su pregi e difetti di creme depilatorie e cerette, Grazia si è cimentata in un elogio torrenziale delle maschere rivitalizzanti agli estratti di calendula e burro di karité, Monica e Annalisa hanno difeso con calore appassionato i prodotti della Four Seasons che non sono testati sugli animali (ma direttamente sugli umani) e persino io ho dato un modesto contributo sugli sciampo. Serena Graziosi tentava di infilarsi nel discorso per dirottarlo sui massimi sistemi ovvero sulla capitale differenza tra il sei e mezzo e il sei al sette, ma noi, implacabili e maleducate come gli onorevoli ospiti delle tribune politiche, le abbiamo dato sulla voce abbiamo ignorato i suoi interventi abbiamo continuato a blaterare affermazioni apodittiche in tutte le branche della cosmetica. Sembravamo le oche giulive di uno spot della tivù; Emanuela, l'unica ad avere i capelli lunghi, se li scuoteva e ci trafficava con le mani in un evidente eccesso di perfezionismo imitativo, noi approvavamo compunte ma ci ridevano gli occhi, la Graziosi non se n'è accorta perché, ultratalebana com'è, non capisce l'ironia detesta il riso e deplora la leggerezza, così dopo decine di sentite scusate voglio dire ha lasciato perdere e se ne è andata perché era in minoranza schiacciante – o meglio schiacciata. Noi siamo esplose in una risata liberatoria che l'ha fatta voltare di scatto, poi abbiamo ripreso il discorso di prima. Siamo solo profie, non aspiriamo alla santità.

Alle sei, quando è arrivato, Renzo sembrava stanco e abbacchiato: un bacio veloce sul collo a me, nessun saluto al cane. Che peraltro non si era mosso dalla cuccia dove smaltiva sonnacchioso gli eccessi erotici del fine settimana. Ho pensato a una grana sul lavoro, a uno dei ricorrenti battibecchi col suo assessore o a un qualche spossante braccio di ferro con funzionari di altre ripartizioni, invece era tutt'altro.

«Penne cacio e pepe o risotto al salame?» gli ho chiesto prima di mettere mano alla preparazione della cena.

«Mah... non so, quasi quasi non mangio.»

Non mangia? Allora è qualcosa di grave.

«Che cos'hai?»

«Nausea e la testa pesante.»

«Stravizi a pranzo?»

«Ma figurati. Mozzarella e insalata mista.»

«Febbre?»

«Non credo.»

Invece sì, aveva un bel febbrone, trentotto e sette. Abbiamo stabilito di comune accordo che era influenza e che era meglio che si mettesse subito a letto. La decisione di rinunciare a pillole o supposte è stata tutta sua, così come la pretesa che gli strofinassi petto e schiena col Vicks Vaporub e gli facessi un terapeutico vin brûlé. Ho ubbidito docilmente, l'ho massaggiato a lungo mentre lui mugolava come un cucciolo contento per le cure parentali e insieme afflitto per il malanno, poi ho sturato una bottiglia di barbera di Costigliole d'Asti (tredici gradi e mezzo) e gli ho preparato un vin brûlé classico, con chiodi di garofano cannella coriandolo grani di pepe e un'aggiunta di cognac. Domani cambierà idea, telefonerà al suo amico Alberto e si farà prescrivere tutti gli antinfluenzali della medicina occidentale più qualche preparato di quella ayurvedica, ma guai a fargli notare l'incoerenza. Adesso è lì che ronfa quieto e rumoroso.

Livietta invece aveva recuperato l'umore solito, indizio sicuro che Topazia la tettuta era stata ridimensionata, ma i miei cauti tentativi di sondaggio non hanno avuto sul momento soddisfacenti risposte. Meglio non immischiarsi e lasciare che se la sbrighino tra loro – ho pensato – perché la dinamica dei rapporti infantili segue piste che noi abbiamo dimenticato. Ma a tavola, forse grazie a una crema di asparagi della Knorr e a un budino Danone, Livietta si è sbottonata.

«Io Ingrid Caterina Alice e Ginevra oggi abbiamo fondato una società.»

«Davvero? Come l'avete chiamata?»

«Società dei Moschettieri dell'Anello.»

«I moschettieri erano uomini.»

«Che c'entra? Una volta, adesso possono essere anche donne, come i carabinieri. E possono essere quante si vuole, perché anche i tre moschettieri erano quattro, l'ho visto nel film.»

«E cosa fate in questa società?»

«Beh, prima di tutto facciamo la vestitura.»

«Investitura.»

«È lo stesso.»

«Non è affatto lo stesso. Si dice investitura.»

(Forse più che investitura sarà addobbamento, ma non stiamo a sofisticare.)

«Come quando uno ti prende sotto con la macchina? A me mi piace di più vestitura.»

«Non si dice...»

«... a me mi piace, lo so. *A me piace* di più vestitura perché è più giusto. La cerimonia la facciamo forse domani. Caterina porta un mantello di sua mamma, una si inginocchia col mantello addosso e io che sono il capo la nomino moschettiere, però ho bisogno di una spada. Ce l'abbiamo?»

«Non credo proprio.»

«Allora dobbiamo farla. Peccato che papà abbia l'influenza, lui sì che me l'avrebbe fatta bene, te non so.»

«Tu, non te.»

«Tu, te è lo...»

«... nossignore, non è lo stesso. Se tu non parli bene io non ti faccio la spada.»

«Dici davvero?»

«Dico davvero. Si chiama reciprocità: tu fai una cosa per me e io faccio una cosa per te.»

«Per me si chiama ricatto, non la parola che hai detto tu. Ho detto tu, non te.»

«Ho sentito. La spada posso fartela di cartone, di legno non credo di essere capace.»

«Di cartone va bene. Hai già due cerotti sulle dita, meglio che non resti... come si dice?»

«Monca.»

«Monca monca monca, che bella parola. Come i pirati, come capitan Uncino.»

«E dopo l'investitura cosa fate?»

«Facciamo dei progetti.»

«Progetti di cosa?»

«Non l'abbiamo ancora deciso. Ginevra è la cassiera.»

«Cassiera?»

«Per entrare nella società si paga l'iscrizione, cinque euro, e li tiene Ginevra.»

«Tesoriera, allora.»

«Tesoriera? Mi piace tesoriera, così possiamo avere anche un tesoro, figurine spille le sorprese dei Kinder...»

«Ti devo dare cinque euro o li metti dei tuoi?»

«Io non metto niente, perché sono il diamante cioè il capo dell'anello. Ingrid Caterina Alice e Ginevra sono le perle e mettono cinque euro a testa. Chi vuole entrare deve fare domanda scritta e noi decidiamo se prenderlo o no. Poi paga l'iscrizione e ci ubbidisce.»

Non è mal pensata. Topazia fingerà indifferenza e così i suoi ammiratori, ma in capo a una settimana striceranno sulle ginocchia per poter diventare Moschettieri dell'Anello. Leadership riconquistata, anche senza poppe. *Spiritus durissima coquit.*

Abbiamo fatto la spada che è venuta una bellezza: due strati di cartone spesso tenuti insieme col Vinavil, la lama rivestita di carta di alluminio, l'elsa ricoperta di stoffa gialla incollata con qualche perlina decorativa. All'investitura (addobbamento) con una spada così non avrei saputo resistere neanch'io, da bambina. Ho chiesto a Livietta se conosceva i gesti appropriati della cerimonia e mi ha risposto figurati, l'ho visto un sacco di volte nei film.

Skip come skipper, skip come cameriere come saltabecco o schipetaro mi ha ronzato in testa per tutto il pomeriggio, durante l'intermezzo cosmetico durante la riunione scolastica durante il tragitto di ritorno, mentre camminavo a zig-zag sul marciapiede per evitare la processione distratta e disordinata dei telefonanti (ma come facevano prima, quale ingorgo di parole li strozzava, a quali deserti di solitudine afasica erano condannati?). Arrivata a casa, per sloggiare Skip dal background mi sono attaccata anch'io al telefono e ho chiesto a Christian se poteva scendere un momento perché dovevo chiedergli una cosa. Lui si è precipitato giù come se non aspettasse altro e dopo un educato scambio di convenevoli mi sono accorta improvvisamente che era cambiato, in modo non vistoso ma nettamente percettibile. A cominciare dalla postura delle spalle, che teneva più dritte, e dalle pustole, che si erano fatte più rade e sfocate. È una strana macchina il corpo – ho pensato osservandolo con attenzione –, quando non troviamo le parole, quando non riusciamo ad articolare i pensieri che stanno prima delle parole il corpo manda i suoi segnali, dice nella sua lingua quello che non sappiamo dire, mette in mare messaggi nelle bottiglie sigillate sperando che qualcuno le trovi, arenate su spiagge sconosciute, le trovi e abbia la curiosità e la pazienza di aprirle.

Il tuo corpo, Christian, manda un messaggio di crescita. Ti avevo visto fragile e insicuro, e questa sciagura che si è abbattuta su di voi poteva fiaccarti del tutto, farti incassare la testa nelle spalle come una povera tartarughina spiaggiata sotto il sole di mezzogiorno. Invece no. Invece le spalle le hai raddrizzate e adesso mi dici senza dirmelo che mentre tuo padre e tua madre stanno cedendo, frastornati stanchi confusi, mentre annaspano tra propositi contraddittori e desiderio di non esserci, di dormire per giorni e settimane dentro un sonno smemorato, tu cerchi di dare un senso alle ore e dici a Regina cosa comprare e cucinare, costringi i tuoi a sedersi a tavola e a mangiare qualcosa, telefoni ai compagni per avere notizie della scuola, e quando vedi che tua madre proprio non ce la fa più, gli occhi sbarrati di chi sta per dire basta, le metti un braccio intorno alle spalle la tieni stretta e le dai la forza di continuare. Sono passati dieci anni in pochi giorni.

No, il nome Skip non ti dice niente e non sai se tra gli amici di tua sorella ci sia un albanese. Tutto quello che sai l'hai già detto e come hai avuto fretta di venire hai fretta di andartene, devi presidiare il fortino perché non crolli.

Ma adesso, alle dieci e mezzo di sera, mentre la maschera al cetriolo comincia a tirare la pelle e a dar fastidio ma non è ancora il momento di sciacquarla via, ecco che squilla il telefono e, mentre mi affretto per alzare il ricevitore in modo che Renzo e Livietta non si sveglino, so già che sei tu a chiamare e che deve essere importante. Dammi solo cinque minuti, ti dico, e corro a lavarmi la faccia.

PRIMA E DURANTE

ho tanta paura
forse è meglio morire ma io non voglio morire
questo buio quasi buio per un mucchio di ore
la lampadina di luce ne fa poca
non ho più tenuto il conto
non so che giorno è
prima avevo l'orologio
me l'hanno tolto quando ho morsicato la mano del boss
non gli ho mai visto la faccia ma è il boss
viene di rado
gli altri fanno quello che vuole lui
è un bastardo è ancora peggio di un bastardo
perché non crepa
non vola dalla finestra non si sfracella in autostrada
c'è tanta gente che muore in macchina muore in mille modi
anche brava gente
la voce però sì
la voce la conosco
ce l'ho in mente me la ripeto nella testa me la risento
perché se mai
forse non ci sarà un se mai
la voce non la dimentico
sono sicura che la riconosco anche fra dieci fra vent'anni
me la sono registrata me la sono incisa
non me la possono cancellare
ho tanta paura

«Mi è venuta in mente una cosa all'improvviso» dice Christian mangiandosi le parole nell'affanno, «non so perché proprio adesso, forse dovevo parlarne subito col poliziotto che sta lì da noi ma preferisco dirla prima a lei, magari è una stupidaggine, non so...»

«Dimmi, ma con calma per favore. Siediti e dimmi.»

«Si ricorda di quella volta del cane che Gigi ha preso sotto...»

«Mi ricordo.»

«E che io ho vomitato e poi stavo male e forse è per questo che non ci ho fatto caso e l'ho quasi dimenticato e mi è tornato in mente solo adesso...»

«Che cosa ti è tornato in mente?»

«Ecco, io ero seduto dietro chiudevo gli occhi e poi li riaprivo subito perché mi girava la testa e mi tornava la nausea e a un certo punto Gigi ha fermato la macchina è sceso è entrato in un portone ed è stato via un po', non so quanto, cinque dieci minuti non di più...»

«E poi?»

«Prima, non poi. Prima, quando ha fermato la macchina, ha detto a Karin: passo un momento dal capitano, è questo che mi sono ricordato. Lei oggi mi ha chiesto se... dice che può essere?»

«Può essere eccome, Skip uguale capitano, bravo Christian, bravissimo. Sapresti ritrovare il posto, il portone?»

«Penso di sì, di giorno però, rifacendo la stessa strada.»

«Di notte no?»

«Perché? Vuole che ci andiamo subito?»

ho perso il conto sette otto dieci quindici chi lo sa
dopo il morso la puttana mi ha fatto un'iniezione
il bestione e il muto mi tenevano ferma
il boss guardava
poi ha detto se lo rifai ti ammazzo a calci
calci no
però un pugno me l'ha dato subito

avevo la bocca piena di sangue il labbro di sopra spaccato
credevo di soffocare
la puttana rideva
brutta puttana bagascia troia te e tua madre
l'orologio me l'hanno preso perché è un rolex
perché sanno che senza è peggio
senza ti senti una cosa una pietra
le pietre però non sentono
o forse sì quando le spaccano
cosa ne sappiamo noi
forse quando le spaccano è come quando il bastardo
mi ha spaccato il labbro
il pugno era come entrato dentro e uscito dall'altra parte
dopo ho dormito tante ore
forse un giorno o anche di più
avevo la bocca impastata la faccia gonfia
l'ho sentita toccando piano piano perché mi faceva male
io puzzavo il letto puzzava mi facevo schifo da sola
mi ero pisciata addosso
ho tanta paura

«Gaetano, credo che sia importante...»

«Dimmi.»

«Christian forse sa chi è Skip, è uno che Gigi chiamava il capitano. E sa anche dove rintracciarlo, forse. Dice a Nichelino; lui Gigi e Karin erano andati a vedere un cavallo vicino a Vinovo e tornando...»

«Ci andiamo subito!»

«Ma forse di notte...»

«Ha paura di non farcela, di notte?»

«Paura no, ma di giorno sarebbe più facile.»

«Digli che vale la pena di tentare, che ogni ora guadagnata è importante.»

«Diglielo tu, è qui con me, te lo passo.»

«Christian, proviamo a cercarlo subito, questo posto. Se poi non lo troviamo, ritentiamo domani.»

«Va bene. Cosa dico ai miei? Non gli ho ancora accennato niente per non dargli altre emozioni... e col poliziotto di sopra come mi regolo?»

«Vedo di sistemare le cose da qui, non voglio avere grane con gli esperti antisequestro o coi colleghi. Richiamo io tra poco.»

le ore dopo l'iniezione sono state le uniche buone
non ho sognato non ho avuto gli incubi
ho dormito e basta
se la morte è così non è terribile
ma io non voglio morire
invece le gocce che mi mettono nell'acqua
lo so che mi mettono qualcosa nell'acqua
non ha quel gusto lì l'acqua
le gocce mi fanno dormire con gli incubi
col cuore che scappa via
da sveglia li ricordo solo un minuto poi spariscono
la puttana è proprio una puttana però peggio
ci sono puttane che non farebbero male a una mosca
questa qui è una iena
non mi ammazza solo per via del riscatto
se mi ammazza il boss ammazza lei
chi l'ha detto che le donne sono più buone
che hanno compassione
è una cazzata come tante altre che si sparano
che si credono vere
invece sono cazzate
mi faccio schifo anche adesso
sono sporca lurida chissà che faccia ho
devo puzzare come una fogna
la mia puzza non la sento più
mi hanno dato una tuta
per lavarmi mi danno una bacinella al mattino
poi la portano via col water
la mia merda la devono pulire loro
forse la puttana
e mi odia ancora di più

«Ho sistemato tutto. Mi passi Christian per favore?»

«Christian, vuole te.»

«Senti, devi dire ai tuoi che vieni in questura a vedere degli identikit e delle foto, che noi ti passiamo a prendere e poi ti riportiamo. Avvertili che può essere una cosa lunga, così non si preoccupano se fai tardi. Al poliziotto che sta da voi ha già parlato il suo capo, non devi dirgli niente, è avvertito e confermerà la tua versione.»

«Ok.»

«Mi ripassi la signora per favore?»

«Ci andate subito?»

«Sì, è meglio per tanti motivi. Ma ho bisogno di un favore grosso da te.»

«Dimmi.»

«Non voglio che vedano Christian uscire di casa a quest'ora.»

«Vedano? Chi è il soggetto di vedano?»

«Abbiamo l'impressione, solo l'impressione però, che le mosse del ragazzo interessino a qualcuno e non vogliamo che si sappia dove va.»

«Cosa devo fare?»

«Devi caricarlo sulla tua macchina passando dal cortile, lui si mette giù, esci dal passo carraio e nessuno lo vede.»

«Sulla Cinquecento? Non è mica uno gnomo.»

«Prendi la macchina di Renzo, allora. Poi ce lo scodelli... vediamo... in corso Vittorio angolo corso Vinzaglio lato Porta Nuova, e te ne torni a casa.»

«No.»

«No?»

«Non me ne torno a casa, vengo con voi.»

«Ma guarda che...»

«Non dirmi che è pericoloso perché non è vero. E non dirmi che non si può perché non ci credo. Io faccio quello che mi chiedi, ti contrabbando Christian all'andata e anche al ritorno però voglio la mia parte di azione.»

«Un'altra volta prendere o lasciare?»

«Non proprio ma quasi.»

«E Renzo cosa dice?»

«Non dice niente. È a letto con l'influenza e ronfa.»

«E se si sveglia?»

«Non credo si svegli, gli ho fatto un vin brûlé che stenderebbe anche un alpino. Comunque gli lascio un biglietto e mi porto dietro il cellulare.»

se i tuoi non pagano fai la fine di Gigi
ha detto la puttana bagascia troia
la fine di Gigi perché ha detto la fine
la fine vuol dire che Gigi è morto
non è vero non ci credo Gigi non è morto
come fa a essere morto
è giovane è sano
in macchina sta attento non si fa di ero
Gigi non è morto Gigi mi sta cercando
anche i miei mi stanno cercando
i miei pagano di sicuro
non può essere che non pagano
Gigi mi vuole bene
anche i miei
mi cercano tutti Gigi i miei la polizia
la puttana rideva quando l'ha detto
ha sempre il passamontagna ma si capiva che rideva
ha detto proprio la fine di Gigi la fine
ma l'ha detto perché è una carogna schifosa come il boss
l'ha detto perché lei fa la puttana e io no
l'ha detto per invidia
invidia di cosa
sono come una bestia in gabbia
anche peggio di una bestia
le bestie non ragionano
o forse sì
se le pietre sentono quando le spaccano
allora le bestie ragionano
questa stanza è la mia gabbia
ho tanta paura

«Mi raccomando, rannicchiati bene, sta' giù più che puoi, non ti deve vedere nessuno.»

«Va bene così?»

«Sì, credo di sì. Adesso metto in moto e partiamo. Ah, le luci, come si accendono le luci?, sta macchina non la uso mai... tergicristallo spruzzini sbrinalunotto... eccole qua. Okay, sono pronta, si va.»

«Tutto bene?»

«Abbastanza. Mi sono dimenticata di alzare il sedile ma non è il caso di fermarsi.»

«Ci segue qualcuno?»

«Non lo so. È già dura guidare con mezza visuale della strada. Di notte poi come si fa a sapere se c'è qualcuno alle costole? Sei tanto scomodo?»

«No, posso resistere. Dove siamo?»

«Corso Regina all'altezza del Rondò della forca.»

«Ma che strada fa?»

«Una strada che so, sono imbranata con le strade, meglio che faccia sempre le stesse. L'importante è arrivare, no?»

«Sì, certo. Com'è che siamo di nuovo fermi?»

«I semafori. Sempre sincronizzati sul rosso, anche di notte. Non so come facciano. Però...»

«Però cosa?»

«C'è una macchina dietro che non mi piace. Tu sta sempre giù, non muoverti.»

«Perché non le piace?»

«Ci sta sul cu... sulla coda da tre semafori.»

«Chi c'è dentro?»

«Uomini, due, forse anche uno dietro.»

«Non riesce a seminarli?»

«Per chi mi prendi? Sono una profia, non Nikita. Provo a fare un giro dell'oca, magari è solo un falso allarme.»

«Allora?»

«Non è un falso allarme. Sempre dietro. Madonna che casino.»

«Cosa facciamo?»

«Tu niente. Io provo a fare Nikita. Rallento poi schizzo

220

a semaforo rosso e faccio una svolta proibita in via Cer-
naia. Tienti forte a qualcosa e che dio ci assista.»

«È andata?»

«Siamo vivi, ma li abbiamo sempre dietro. Perlamiseria,
ci seguono proprio.»

«E adesso?»

«Adesso basta. Adesso filiamo in corso Vittorio e ci fer-
miamo in braccio alla pula.»

hanno sempre il passamontagna
non li ho mai visti in faccia
il boss il muto il bestione e la puttana
forse non mi ammazzano
ci tengono troppo a non farsi vedere
forse vogliono solo i soldi
tanti soldi poi mi lasciano andare
il muto è il meno peggio
non so se è proprio muto però non parla mai
mi ha portato dei fumetti
dei topolini sporchi e vecchi
meglio di niente però
la puttana me li ha presi la brutta troia
poi lui li ha riportati anche due dylan dog
adesso li so a memoria li ho letti e riletti
questa luce è sempre da morto di giorno e di notte
faccio anche ginnastica
flessioni piegamenti stretching salti
ne farei anche di più per stancarmi
per far passare le ore per non pensare a niente
ma mi viene fame e sete
di acqua me ne danno mezza bottiglia al giorno
acqua con le gocce
non posso sprecarla non posso buttarla via perché è poca
da mangiare solo scatolette
tonno sardine sgombri
qualche volta mortadella o formaggio e due fette di pane
il pane è buono

più buono di quello che compra Regina
o forse è che ho sempre fame
il muto una volta mi ha portato un'arancia
un'altra volta una mela poi basta
faccio ginnastica leggo i topolini leggo i dylan dog
faccio il diario
cerco di non impazzire

«Signora, lo sa che guida in un modo pazzesco?»

«Mica guido così di solito. Chi lo immaginava che non eravate delinquenti banditi assassini ma angeli custodi... Bastava dirlo prima, vero Gaetano? Bastava dire: guarda che ti faccio seguire da un'auto-civetta, e io non mi pigliavo uno stranguglione di paura, io e anche Christian.»

«Hai detto che volevi la tua parte di azione...»

«Azione, non manovre parasuicide con ritiro di patente incorporata. Secondo me l'hai fatto apposta.»

«Secondo me ti sei divertita. In che macchina vuoi stare?»

«Nell'ammiraglia, con Christian e con te. Christian, ti sei spaventato tanto?»

«No, più che altro ero curioso di come andava a finire.»

«In macchina, forza. Christian davanti con Maugeri, tu dietro con me e Vinardi, le presentazioni fatevele da soli, voi ci tallonate ma non proprio sul cu... sulla coda, chiaro? Perché ridi, ti è tornato il buonumore?»

«Un po'.»

«Commissario, gliel'ho già detto che è meglio fare la strada nello stesso senso, perché se no...»

«Sì certo. Arrivavate da Vinovo e noi andiamo fino a Vinovo. Vinovo dove?»

«La strada che va a Pinerolo e passa davanti all'ippodromo.»

«Capito, Maugeri?»

«Capito, dottore. È via Torino.»

non ho un foglio di carta non ho una biro
il diario me lo faccio nella testa

non è proprio un diario
non so la data non succede niente
solo le scatolette a pranzo e cena
solo la bacinella e il water
nella porta c'è uno spioncino
così possono vedermi quando vogliono
quando mi guardano lo sento
sento gli occhi addosso
gli occhi della puttana e del bestione
il muto no
il muto non mi guarda almeno credo
la puttana e il bestione la sera vanno via
tornano al mattino
qualche volta li ho sentiti
di sicuro lei va a battere
lui l'accompagna e la riporta indietro
lei puttana lui magnaccia
lei ha l'accento di qui e anche lui
il muto non so non parla mai
il boss sembra veneto friulano forse
non sono pratica di accenti
Christian invece sì
li acchiappa subito e poi sa rifarli
con l'inglese ha preso subito la pronuncia e l'intonazione
col francese anche
chissà cosa fa adesso
cosa fanno i miei cosa fa Gigi
Gigi mi sta cercando
quello che ha detto la puttana non è vero
anche i miei mi stanno cercando
anche Christian
io non volevo che succedesse
l'ho solo pensato
l'ho solo detto
non volevo che succedesse davvero

«L'ippodromo è lì. Cosa faccio?»

«Inverti la marcia e torniamo indietro per essere nella direzione giusta. Adagio, se no Christian non può orizzontarsi.»

«Va bene così?»

«Sì bene. Ah, adesso ricordo, è oltre la tangenziale.»

«Allora accelero un po'. Sta minchia di Astra non la smette di fare i fari.»

«E tu lasciaglieli fare, che t'importa.»

«M'importa che a certi coglioni gli dovrebbero togliere la patente.»

«Maugeri, abbiamo una signora con noi, una professoressa.»

«Ah, mi scusi professoressa, ma lo vede anche lei...»

«Non si preoccupi, ho sentito di peggio.»

«Aveva preso una via un po' sbiecata... poteva essere quella.»

«Quella che abbiamo passato?»

«Forse... ma non sono sicuro... è buio.»

«Adesso ai coglioni gli faccio prendere la strizza. Tenetevi un po'...»

«Ma sei matto? Non ci sono venuti dentro per un pelo...»

«Dottore si fidi, a dieci anni guidavo già i camion... ci vuole altro!»

«D'accordo, ma vedi di darti una calmata.»

«Giro qui?»

«Gira, e va' piano, pianissimo. Christian, guarda bene, se credi possiamo farla avanti e indietro.»

«No, non è qui, la via era più lunga.»

loro non mi credevano
hanno sempre l'aria di non credermi
anche se non lo dicono
non dicono mai niente
ma si vede che ce l'hanno con me
ce l'hanno perché esco
perché torno tardi perché non parlo con loro

ce l'hanno perché non studio
se studiavo chimica
se non tagliavo per l'interrogazione adesso non ero qui
non mi è mai fregato niente della chimica
non la capisco
la Taricco mi sta sul culo
mi guarda come fossi un verme un ragno da schiacciare
ha già deciso che mi boccia
ho tagliato per non farmi interrogare
anche il giorno dopo che c'era sempre lei
aveva detto che mi avrebbe beccata
che non la passavo liscia
i compagni me l'hanno riferito
così io non sono entrata
invece mi hanno beccata loro
lì dietro che non c'era nessuno
il boss il bestione e il muto
erano in tre
non so se erano proprio loro
hanno fatto troppo in fretta
roba di secondi
neanche il tempo di vederli ed ero già sulla macchina
ma non è colpa mia
io non volevo l'ho solo pensato
se andavo a scuola era proprio lo stesso
mi prendevano il giorno dopo o quello dopo ancora
era tutto organizzato
la macchina la prigione tutto
tutto studiato chissà da quando
da settimane da mesi forse
perché ha detto la fine di Gigi
perché l'ha detto perché l'ha detto

«Anche la prossima è un po' sbiecata, ci proviamo dottore?»

«Proviamo, Christian?»

«Proviamole tutte, è da queste parti, sono quasi sicuro.»

«Questa è più lunga e pure scassata. Ti dice qualcosa?»

«Non mi pare.»

«E c'è pure un cimitero, te lo ricordi il cimitero?»

«No, non lo ricordo, non è questa.»

«E noi torniamo indietro. Di chi è il cellulare?»

«Mio. Sempre in fondo alla borsa per non farsi prendere. Pronto? Ti sei svegliato, come stai? Come prima è già meglio di peggio di prima. Certo che sono fuori, te l'ho scritto. Con Christian Gaetano e altri due poliziotti, più al sicuro di così! Si capisce che so che ora è ma non c'è mica il coprifuoco. Sì, sta' tranquillo, cerca di dormire. Come va la febbre? Beh, un po' è scesa. Ciao, un bacio.»

«Era suo marito, signora? Cos'ha, l'influenza?»

«Ti facessi una volta i fatti tuoi, Maugeri! Perché ti sei fermato?»

«Per favorire la signora.»

«Metti in moto e gira, torniamo su via Torino, sbrigati.»

«Mi sbrigo o vado adagio, dotto'?»

«Maugeri, se il commissario non s'incazza tra un po' m'incazzo io. Scusi professoressa.»

«Grazie Vinardi. T'è passato il mal di testa?»

«No, più feroce di prima. Ci vorrebbe un Aulin.»

«Può andar bene un Optalidon? Ce l'ho in borsa.»

«Benissimo, sì, anche due, grazie signora.»

«Ce la fa senz'acqua?»

«L'acqua sta qua, basta chiedere e Maugeri provvede.»

«La prossima, giri alla prossima.»

«Agli ordini. Però pure questa è corta, no... piega un po' a sinistra.»

«Adagio... sì, mi pare di sì. Sì, la via è questa e il portone... si fermi per favore... il portone è quello là, sull'angolo.»

«Sicuro?»

«Sicuro, sicurissimo.»

«E adesso?»

non mi hanno creduta
non mi credono mai

a Christian non l'hanno detto
Gigi invece sì
Gigi mi ha creduta
ma con suo padre non ha parlato
prima voleva poi no
l'aveva beccato con la coca
gli aveva fatto scene da manicomio
la coca non va bene ma le mani addosso a me sì
questo doveva dirgli
invece è stato zitto
mi ha creduta ma non sino in fondo
io ero sicura adesso non so
sono successe troppe cose
ce l'avevo coi miei
volevo farli star male
anch'io stavo male
male da bestia
avevo bevuto
Gigi mi aveva passato un po' di roba
ai Muri c'era tanta gente
non ricordo chi
è passato tanto tempo
faceva ancora caldo
ho detto che i miei si meritavano un incendio
si meritavano una bomba
si meritavano un sequestro
l'ho detto perché stavo male
l'ho detto perché avevo bevuto
perché avevo tirato su un po' di coca
l'ho solo detto

PRIMA E DOPO

Quella sera, quando Karin aveva svaccato di brutto, ai Muri c'era un casino di gente, un venerdì o un sabato sera, non ricordava bene. Al Beach suonavano i General Elektric o forse erano i Linea 77, i ragazzi magrebini erano più forniti di un bazar, fumo pastiglie leccalecca polvere tutto quello che volevi senza neppure bisogno di chiedere, te lo offrivano con gli occhi con un movimento della testa. Ma era meglio non fidarsi, roba taroccata o tagliata male, buona per i grezzi di periferia che nei fine settimana calavano come avvoltoi e ci cadevano come pere, e in più sbirri travestiti che se li filavano cercando di non darlo a vedere.

Karin aveva bevuto aveva ballato aveva tirato una riga di coca poi ancora ballato e bevuto e alla fine era uscita di testa. Suo padre e sua madre due merde, suo fratello un imbecille, che però ci sbavavano dietro i due vecchi, che gli andava bene tutto di lui, di quello sfigato pustoloso cagasotto. Si meritavano una mazzata si meritavano, roba che gli togliesse la voglia di stare al mondo, roba che li facesse andare gobbi per un bel po', un incendio una bomba un sequestro, sì meglio di tutto un sequestro. E piantala, le aveva detto, lascia perdere, ma non c'era stato verso, la sbronza se l'era presa brutta e lui aveva preferito mollarla là per un po', che si parlasse addosso e non rompesse più di tanto. Quando era passato a riprenderla un'ora dopo o

giù di lì, lei stava con Skip e chiacchieravano di scommesse, di corse di cavalli e di macchine, di lotte di cani, degli
affari che Skip in qualche modo trattava. Erano passati
mesi, la cosa gli era uscita di testa anche perché con Karin
aveva voglia di tagliare, se non proprio tagliare del tutto
di mollare un po' di fare qualche break, perché reggerla
stava diventando un lavoro, sempre dura sempre sversa
sempre con quella storia del mare sempre pronta a scattare per niente. Solo a letto si ammorbidiva, miagolii fusa
sospiri occhi languidi, a letto le cose continuavano a funzionare bene e per questo ci stava ancora insieme.

Non era stato per niente facile: Skip scomparso, l'alloggio vuoto, il padrone di casa irrintracciabile. Poi a qualcuno era venuto in mente di chiedere alla panetteria di fronte
e la panettiera aveva detto che l'albanese, Agust o Augu-
sto, un bravo ragazzo sempre fuori a lavorare dalla mattina alla sera, non abitava più lì e che il padrone di casa si
chiamava signor Baudracco, Ernesto Baudracco, lo sapeva
perché gli aveva fatto il favore di tenere la busta con i soldi
dell'affitto che poi lui passava a ritirare ai primi del mese.
Ernesto Baudracco non aveva il telefono ma risultava residente a Torino in via Bellezia: era un vecchietto con l'aria
da cristoincroce, uno che te lo immagini subito mentre
combatte con la pensione minima a colpi di caffelatte e mi-
nestrina di dado. Invece era padrone di una quindicina di
alloggi a Nichelino Moncalieri e Grugliasco. Tutti affittati
in nero a extracomunitari, tutti affittati a peso d'oro, tutti
ignoti al fisco, tutti evasori dell'Ici. Di lui si sarebbero occupati più tardi, senza lasciarsi intenerire dagli occhi di cane
bastonato dalla sottomissione belante dalle spalle fragili.
Nell'alloggio a Nichelino c'erano quattro sedie un paglie-
riccio un tavolo di plastica un armadio senza un'anta un
frigo a tavolino un fornello da campeggio (alloggio confor-
tevolmente arredato, diceva l'inserzione gratuita pubbli-
cata ancora la domenica prima su "Tuttoaffari") e nessuna
traccia del passaggio di Skip/Agust/Augusto. Nessuna

traccia apparente, ma un mosaico di impronte digitali che avevano cominciato a raccontare brandelli di storia. Skip alias il capitano alias Agust era (probabilmente) Altin Abazi, ventisei anni, nato a Korçë, Albania. Sconosciuto alla sezione albanesi della polizia di Torino ma conosciuto dai colleghi di Brindisi, che gli avevano rilevato le impronte dopo uno sbarco di clandestini di cui si sospettava fosse uno degli scafisti. Centro di accoglienza, sospetti non confermati, rilascio ed espulsione. Altin Abazi scompare da Brindisi ma riappare a Torino dove nessuno lo conosce, dove si muove con circospezione, si fa chiamare Agust e risulta praticamente inesistente. Esistono però, a Brindisi, le sue impronte e soprattutto la sua foto. Si lavora sulla foto, si studiano e ristudiano i tabulati del suo cellulare defunto, si cerca Veruska e se ne trovano due, ma una è una russa verace e si ripiega sull'altra. Intanto Chiaffredo Caglieris detto Edo (un poliziotto della vecchia scuola, di quelli che l'archivio ce l'hanno in testa e la preda l'inseguono a naso) si mette a scarpinare per la città e dintorni con un collega della sezione extracomunitari, sottosezione albanesi, alla ricerca di Skip e anche del fantomatico "nuovo che ha per le mani una faccenda grossa".

Allora non erano lune storte, non era una bravata per farla pagare a lui dopo l'ultimo litigio e per farla pagare ai suoi di tutto quanto. Era un sequestro, cazzo, un sequestro di persona con tanto di richiesta di riscatto. Lui non l'aveva più cercata perché si era proprio rotto, che andasse a farsi fottere, che si trovasse qualcun altro per sfogare le sue paranoie, di ragazze come e meglio di lei era pieno il mondo e aveva deciso di scaricarla una volta per tutte. Un sequestro, però, cambiava le carte in tavola. Ai poliziotti aveva detto tutto quello che sapeva, non aveva contato balle, anche se uno aveva l'aria di non credergli per niente e lo guardava come un gatto guarda il canarino caduto dalla gabbia prima di dargli la zampata. Solo dopo che se ne erano andati gli era venuta in mente la sera della sbronza di Karin ai Muri, ma non è possibile si era detto, non esiste, sono io che do di fuori anche senza fumo o coca, che mi invento le cose, cosa c'entra Skip e chi mi dice che Karin abbia sbroccato anche con lui, in ogni caso Skip è un pesce piccolo, un fattorino un esattore non un boss, non ce la farebbe mai a reggere un sequestro e meno che mai a organizzarlo, non ha abbastanza testa per una cosa così grossa... A meno che... o diocristo... a meno che Karin non si sia messa d'accordo con lui e allora sì che si è cacciata da sola nel casino, lei e non lui, perché lui ha le spalle larghe e sa come sfangarla se si mette male, ma lei no anche se fa la dura, lei della storia del mare ne ha fatto una tragedia greca...

Veruska aveva un giro d'affari da media industria. Esentasse, almeno per il fisco. Una macchina del sesso dalle undici di mattina alle tre di notte, con intervallo dodici-tredici e venti-ventuno, i pasti forniti pronti dal take-away cinese o dalla gastronomia La Mediterranea, quattordici ore al giorno a cosce larghe o a bocca spalancata per placare le urgenze ormonali di stimati professionisti manager calciatori bottegai di lusso. I condomini dell'elegante palazzo di corso Unione Sovietica non si erano accorti di niente, non sapevano niente, non avevano mai notato il viavai ininterrotto, del resto la prostituzione nel nostro paese non è mica un reato e quei signori erano così distinti così discreti mai uno schiamazzo mai un litigio... Insomma tutti credevano che la signorina Stefania Monaco fosse un'esperta di contabilità, avrebbero poi dichiarato a faccenda conclusa, chi mai poteva immaginare invece che... L'ispettore Vinardi non scuoteva la testa, non faceva commenti, si limitava a covare la prossima emicrania, ma nel frattempo aveva scoperto che Veruska/Stefania aveva fatto installare a sue spese l'antenna satellitare centralizzata e provvedeva di tasca propria alla manutenzione del giardinetto condominiale. La prostituzione non è un reato ma lo sfruttamento della medesima sì, quello classico almeno.

Avevano tenuto d'occhio il palazzo con tutta la cautela possibile, un giorno un furgoncino di idraulico un altro un pullmino di finti fricchettoni un altro ancora operai dell'azienda elettrica municipale che trafficavano con matasse di cavi, e intanto si controllavano le chiamate in entrata e in uscita di telefono e telefonini di Veruska. I clienti erano tutti cittadini al di sopra di ogni sospetto, in giacca e cravatta o in casual firmato, evasi momentaneamente dai loro uffici studi botteghe o appartamenti presumibilmente confortevoli dopo laconici e neutri messaggi per fissare l'appuntamento. Ma l'esperienza insegnava che con molta probabilità dietro a Veruska c'era un magnaccia, che un'azienda con quel fatturato doveva avere un protettore, un guardaspalle, un avvoltoio che vigilava dall'alto senza volteggiare troppo sul terreno di lavoro.

Doveva trovare Skip, doveva parlargli, sapere cosa lei gli aveva detto quella sera, sapere se aveva fatto una mattana da galera, doveva togliersi il dubbio perché di sicuro i poliziotti sarebbero tornati e l'avrebbero torchiato senza riguardi non appena avessero rintracciato quella vecchia storia di possesso di stupefacenti, una dose minima che gli aveva evitato la denuncia ma non la segnalazione, una dose che non aveva fatto in tempo a buttare quando l'avevano fermato in primavera all'uscita della discoteca... Quella storia non doveva saltare fuori, perché suo padre non gliel'avrebbe fatta passare liscia, non dopo il finimondo che aveva scatenato quando l'aveva praticamente sorpreso col naso nella neve... Dove poteva essere Skip, erano forse tre mesi che non lo vedeva e non lo sentiva, che gli stava alla larga di proposito, aveva anche smesso per un po' con la coca, poi cambiato giro e fornitori per non avere altre grane col vecchio che stava sempre sul chivalà e minacciava di togliergli questo e quello... Niente telefonate, troppo pericoloso, era meglio cercarlo nei soliti posti, non a casa dove di sicuro a quell'ora non c'era... Si era messo in macchina e al terzo tentativo l'aveva trovato. Periferia di Beinasco, una strada sterrata che portava a una cascina in disarmo, un recinto per le lotte tra cani, due bestie che si straziavano a vicenda e una quarantina di spettatori eccitati dal sangue dai morsi dai rantoli dalla prospettiva di una vincita o di una perdita, cento duecento cinquecento mille euro in più o in meno nelle tasche.

Quello che aveva suonato da Veruska non era uno dei soliti clienti, la faccia gli abiti il modo di muoversi denunciavano l'appartenenza a un'altra categoria e gli agenti della buoncostume l'avevano fiutato subito. Poi c'era la questione dell'ora, mezzogiorno e mezzo, il break per il pranzo, e il tipo di scampanellata che i microfoni avevano registrato, una breve e due lunghe, l'esatto contrario di quelle dei clienti, e per di più non c'era stato nessun messaggio di preavviso. Questo ce lo curiamo ben bene, si erano detti gli angeli custodi, e avevano avvertito la centrale perché mandasse subito dei rinforzi. Venticinque minuti dopo, all'uscita, lo sconosciuto era stato preso in consegna da tre squadre di pedinatori, a piedi in macchina su motorini e moto di varia cilindrata, mentre tra i poliziotti rimasti di guardia fiorivano e si intrecciavano le ipotesi su quanto era avvenuto in quel lasso di tempo: il pagamento della protezione di sicuro, ma c'era anche scappata una sveltina? E se sì, di che tipo? Le fugaci apparizioni di Veruska fuori della sua casa-bordello avevano incoraggiato ammiccamenti e fantasie, perché nessuno – a meno che fosse cieco dalla nascita – poteva scambiarla per un'esperta di contabilità.

Skip non partecipa all'eccitazione collettiva, per lui è lavoro, roba di routine. E una visita di Gigi l'ha messa in conto, solo non così presto, non subito dopo l'annuncio del sequestro, ma è preparato lo stesso, sa cosa deve dire e che parte sostenere. Non ci sono elementi espliciti che lo colleghino alla faccenda: quella sera là, quando Karin straparlava, Gigi se n'era andato e quindi non poteva sapere cosa lei aveva o non aveva detto. Che poi non era proprio un granché, ma lui ci aveva riflettuto sopra, per settimane non aveva pensato ad altro, perché voleva dare un taglio al piccolo cabotaggio, voleva salire qualche gradino e dimostrare al boss che il sequestro dello scafo era stato un incidente, una maledetta jella in cui forse c'entrava pure una soffiata. Di chi, non l'aveva detto a nessuno, quella era una storia che avrebbe sistemato lui una volta tornato in Albania con un pacco di soldi e dei documenti buoni fino all'ultimo timbro e firma. Per fare un pacco di soldi non bastavano le percentuali sulle scommesse; di importare carne umana non ne aveva più voglia e col suo precedente poteva risultare rischioso; lavorare sulle puttane non gli piaceva, perché sono puttane in tutto e per tutto, capaci di fare una telefonata ai preti o a quei fottuti numeri che strombazzano alla tele. E se le meni per togliergli la voglia di scappare o di parlare, se le riempi di pugni e calci e le fai blu, se gli fracassi qualche osso come promemoria, dopo rendono meno oppure trovano un coglione che cerca di salvarle e allora devi dare una lezione pure a lui o meglio ancora a sua sorella o a sua moglie, se ce l'ha. L'idea di sequestrare quella stronza piena di boria era tutt'altro che male, e non gli sarebbe neanche dispiaciuto farsela come andava a lui, prima vederla scalciare mordere vomitare insulti dimenarsi poi ammorbidirla adagio adagio a cinghiate, un lavoro fatto senza fretta e con metodo sulle parti più delicate, fino a quando lo stupro le sarebbe sembrato un regalo. Neanche da pensarci però, un sequestro non è roba che si fa da soli, ci va un'organizzazione, e se l'organizzazione la poteva fornire il boss lui al boss poteva fornire un piano preparato bene e tutte le informazioni giuste sull'attività della ditta del padre, sulle abitudini e movimenti della ragazza, poteva studiarla senza destare sospetti e poi suggerire il momento giusto. Poteva proporgli l'affare quando avesse avuto tutte le carte buone in mano e chiarire subito le percentuali, solo che gli scocciava di non poter entrare nell'esecuzione del piano, perché Karin l'avrebbe riconosciuto e allora bisognava ammazzarla, cosa che il boss di sicuro preferiva evitare, nei limiti del possibile. Adesso è arrivato il suo ganzo, è sceso dal suo fuoristrada e viene qua a togliersi i dubbi, a chiedere, a cercare rassicurazioni. Viene qua di botto anche perché ha paura che gli sbirri tirino fuori quella faccenda della coca e non sa come comportarsi. Viene qua per avere risposte che lo tranquillizzino e io le risposte che vuole sentire me le sono già preparate da un pezzo.

Il presunto magnaccia speriamo che sia anche qualcos'altro, si augurano i pedinatori gli angeli custodi della buoncostume, la sezione omicidi, quella della criminalità organizzata, gli esperti antisequestro arrivati da Roma e il commissario Gaetano Berardi. Il questore la stampa le televisioni da giorni gli tengono il fiato sul collo e come se non bastasse c'è anche un avvocato dei mammasantissima che da tutti i talk-show sdottoreggia in diretta, dice che cosa va fatto e che cosa no, insulta insegna e impartisce dritte neanche fosse il padreterno delle indagini. Fortuna che i sostituti procuratore – un uomo e una donna – sono persone serie senza smanie di protagonismo, hanno imparato dal capo e parlano il meno possibile, non fanno cappellate, lavorano e lasciano lavorare. Il magnaccia qualcosa da nascondere ce l'ha, perché cammina sbirciando intorno davanti e dietro, perché per tornare alla macchina – una Punto ammaccata e arrugginita pronta per il demolitore parcheggiata a tre isolati di distanza – ha fatto un giro lasco come se avesse dimenticato la strada, perché si ferma troppo spesso a guardare delle vetrine di cui non deve fregargli un cazzo. Ma i ragazzi e le ragazze che l'hanno preso in consegna sono gente sveglia che è stata ammaestrata bene e si è perfezionata da sola con ripetute overdose di film di spionaggio e gangster, neanche il Michael Caine o il James Bond dei tempi d'oro sarebbero riusciti a seminarli, figuriamoci questo ultracinquantenne con l'aria da mercante di vacche.

E invece no. Il magnaccia è più in gamba di come se l'erano fatto, ha annusato il pericolo oppure la precauzione di non farsi seguire ce l'ha nel sangue, la Punto arrugginita ha il motore truccato che scatta ai semafori come una Maserati e riesce a seminarli. In questura cristonano tutti e coglioni è la parola più usata. Ma poi si fa sentire Maugeri – quello che guidava i camion a dieci anni, che è contento solo se ha il culo su un sedile o su una sella – e dice che ha dragato tutte le vie intorno a dove gli altri l'hanno persa e ha ritrovato la Punto, ma minchia con sto traffico non si sente niente, deve stare attento a non farsi troppo sotto con la moto, adesso è quasi al fondo di via Bologna e dopo piazza Sofia (pronuncia: Sofìa) saranno cazzi amari, perché di traffico ce n'è meno e se poi supera il ponte è tutto dritto, non farsi vedere è un problema. In zona ci sono volanti ma non auto-civetta, Maugeri te la devi vedere da solo gli dicono, gli altri sono troppo lontani, cerca di non fartelo scappare, forse quello che cerchiamo è proprio lui, adesso tutto dipende da te.

Skip lo saluta con un cenno della testa: la lotta è finita, il pittbull sta tirando le cuoia e bisogna regolare il pagamento delle scommesse. Lui non tocca più i soldi, è già un gradino più su, più al riparo, deve sorvegliare che il bookmaker non faccia il furbo e non s'intaschi qualcosa, che i conti tornino quando passerà il malloppo al boss.

«Come ti va?» dice a Gigi senza perdere d'occhio i pagamenti.

«Ti devo parlare» gli risponde Gigi.

«Non adesso, fammi finire.»

Gigi s'impunta e questo è il primo errore. «Adesso invece» replica, «adesso subito.»

Ma Skip non prende ordini da uno stronzo che si crede chissàchì e invece è meno di uno sputo, uno che i vestiti l'orologio la macchina i soldi li ha perché glieli passa il padre, uno che da solo creperebbe di fame in tre giorni.

«Ho detto dopo» gli ripete duro. E Gigi fa il secondo errore: lo prende per un braccio, lo strattona per tirarlo in disparte e non fa attenzione alla sua faccia, al suo sguardo. Le mani addosso. Lo stronzo gli ha messo le mani addosso. Poi fa il terzo errore, ed è l'ultimo. Non ha capito con chi ha a che fare e usa i modi e il tono di voce con cui ha la meglio sui suoi pari, un tono che per Skip è un insulto, che gli fa montare una furia improvvisa, un'esplosione di rabbia che non provava da anni e che non ha voglia di contenere. Si sono allontanati di qualche passo, adesso sono al buio completo, Skip si svincola, gli passa veloce alle spalle, tira fuori dalla tasca del bomber il tubo di piombo e glielo cala sulla testa. Un minuto dopo, quando il respiro gli torna regolare e il cuore rallenta, capisce che ha fatto una cazzata. La più grossa della sua vita.

La Punto truccata appartiene a Gerace Tammaro, residente a Frossasco (To) in strada Campagnino 39. Una telefonata appura che il Gerace ha ottantaquattro anni e che da tre vegeta su una sedia a rotelle nella casa di riposo Anni d'argento. La faccenda si complica ma anche si chiarisce: il visitatore delle dodici e trenta, il presunto magnaccia, è qualcuno che ha parecchio da nascondere, usa troppe precauzioni per essere soltanto un gargagnano e per di più del garga non ha lo stile, non gli abiti firmati, non l'auto di lusso. Ma loro in mano non hanno niente, solo sospetti un filmato e qualche foto di quando entra ed esce dal portone di Veruska, foto che non dicono niente a nessuno, neanche a Edo Caglieris fatto rientrare in tutta fretta dai suoi giri. Mai visto, questo qui, dice scuotendo la testa e massaggiandosi le caviglie, questo è uno nuovo, uno che vive al coperto, che non sbandiera i suoi affari, uno pericoloso insomma. Le foto non dicono niente neanche ai colleghi di Brindisi subito contattati, bisogna rassegnarsi ad aspettare le risposte delle altre questure e dei carabinieri, ma con un omicidio connesso a un sequestro e un ostaggio da liberare l'attesa è un lusso che non si possono permettere, anche perché è arrivato un terzo messaggio dei rapitori e si avvicina il momento cruciale del pagamento.

Nessuno ha visto niente, Gigi è a terra svenuto, abbastanza lontano dal gruppo degli spettatori-scommettitori che cominciano a sfollare. Skip è tornato lucido, sa di essere nella merda ma sa anche che non deve fare più niente di testa sua, che ha bisogno di aiuto. Telefona al boss e usa le parole precise che hanno concordato per le situazioni di emergenza, non ha bisogno di indicargli dove si trova perché l'altro lo sa già. Resta lì di guardia accucciato e aspetta, poi insieme fanno quello che c'è da fare, il boss comanda e Skip ubbidisce. Un altro colpo in testa a Gigi, caricarlo dietro sul fuoristrada come fosse sbronzo, andare alle ex ferriere, guidare adagio e senza scosse, il boss davanti sulla sua macchina a fare da battipista. In corso Mortara non ci sono case, solo fabbriche dismesse, tutta la zona sta per essere trasformata e per adesso di notte non ci viene nessuno, neanche i disperati. Scaricano Gigi di fianco alle ex ferriere, dalla parte dove sanno che c'è una breccia nel muro, parcheggiano le due macchine sotto il cavalcavia ed è un momento delicato, se passasse una volante sarebbe dura, ma è un rischio che devono correre. Un rapido sopralluogo dentro alla luce di una pila, non c'è nessuno come pensavano, si può portare Gigi e chiudere la faccenda. E il boss la chiude da boss, senza deleghe: tre colpi della sua Smith & Wesson 357 Magnum addosso a Gigi perché non può lasciarlo vivo, tre colpi in faccia perché non resti il segno delle manganellate. Poi dice a Skip (che non si chiama Skip né Agust ma Guri) non so perché non ammazzo anche te.

Maugeri, chiama, fatti sentire, Maugeri dove sei...

I disperati stanno alla larga da corso Mortara perché è troppo fuori mano, perché le vecchie fabbriche hanno soffitti troppo alti e finestre troppo larghe, perché i topi sono feroci, perché dentro d'inverno il freddo è micidiale. Meglio la stazione fin che si può, meglio i portici, meglio le case transennate e pericolanti, anche se quei posti lì sono contesi, spettano ai più forti, a quelli con i muscoli o il coltello in tasca. I vecchi barboni, quelli che hanno scelto la strada o ci si sono buttati per mancanza di alternative, hanno sperimentato da anni spintoni sprangate e coltellate non solo dai ragazzi di buona famiglia e dagli sbandati di ogni quartiere ma anche dai nuovi arrivati, più giovani più arroganti più incattiviti. Per questo, nonostante fosse gennaio e il freddo mordesse fin le ossa, i tre si erano rintanati nelle ex ferriere, in un passaggio tra due capannoni, sepolti da un cumulo di cartoni imballaggi stracci che sembravano essere lì da sempre. Avevano sentito gli spari ed erano rimasti immobili e muti per più di un'ora, poi aveva vinto l'urgenza di urinare e la curiosità. Un cadavere. Un cadavere vestito di lusso. Piumino maglione camicia pantaloni imbottiti calze scarponcini. Che non gli servono più.

Il fuoristrada non si può riciclare perché sarebbe da stupidi. Skip, cioè Guri, lo lascia in strada Arrivore, poco lontano dal campo-nomadi (prima che schiarisca sarà smontato e fatto a pezzi), sale sulla macchina del boss che lo aspetta poco lontano e che lo accompagna a riprendere la sua. Non farti più vedere né sentire, gli dice, gira al largo dai miei affari, sparisci più lontano che puoi, di cazzate ne hai fatte anche troppe e con te ho chiuso per sempre.

Maugeri non ha mollato la Punto, ha fatto il pazzo, ha giocato il tutto per tutto e gli è andata bene. Quasi bene. Quando ha capito che non poteva più seguirla senza essere individuato, ha ingaggiato una gara con altre moto e motorini di passaggio, ragazzi matti pronti alle sfide più assurde, impennate zigzag inversioni, uno sfrecciare tra auto e pullman, tra inchiodate e sgommate, dietro davanti di fianco alla macchina del magnaccia e di chi si trovava lì. Si è sganciato dalla Punto in strada Settimo, l'ha lasciata andare, poi filando ai centotrenta l'ha vista con la coda dell'occhio parcheggiata in strada della Cebrosa, tra una fabbrica di plexiglas e una casetta a un piano. Non si è fermato, ha fatto un altro paio di chilometri, è tornato indietro al riparo di un autobus di linea e la Punto era ancora lì, vuota si capisce. Trecento metri più avanti ha chiamato la centrale, adesso toccava a loro.

È buio pesto e non è prudente farsi luce fuori col mozzicone di candela. Loro però quel posto lo conoscono a memoria, dentro e fuori, sono anni che d'inverno si rifugiano lì quando tutti i dormitori sono pieni e non c'è più un buco libero da nessuna parte. Trascinano pian piano il corpo dandosi il cambio, stando attenti a non inciampare e quando non ce la fanno più lo mollano. Prima o poi qualcuno lo vedrà. Adesso è meglio andarsene e stare alla larga per un bel po'.

Chiaffredo Caglieris detto Edo, il poliziotto della vecchia scuola, ha deciso di cambiare tattica, visto che l'albanese non compare mai nei posti frequentati dagli albanesi. Si è fatto dare come compagno un ragazzo giovane, capelli lunghi jeans sdruciti felpa e giubbotto di pelle, gli ha fatto imparare a memoria la faccia di Skip o come diavolo si chiama e sono andati a ficcare il naso nelle sale giochi, Caglieris fuori in macchina e il ragazzo dentro a gettare occhiate apparentemente distratte. L'hanno beccato alla dodicesima o tredicesima, mentre buttava giù aerei col bazooka. Hanno aspettato che uscisse, che mangiasse due panini al bar, che salisse e scendesse da un paio di autobus, che facesse un pezzo a piedi, che infilasse la chiave in un portone di corso Vercelli, che lo aprisse e ci sparisse dietro. Venti minuti più tardi la casa era circondata e Skip in trappola.

Dopo, la strada era stata tutta in discesa. Non perché Skip – ovvero Gentian Prifti stando ai documenti che aveva addosso, ovvero August, ovvero Altin Abazi, ovvero Guri – parlasse, ma perché avevano cominciato a parlare i tabulati dei suoi due cellulari, quello muto e irrintracciabile e quello che aveva in tasca quando l'avevano impacchettato. Dal primo risultava chiara la conoscenza con Karin e soprattutto con Gigi, ma questo lo sapevano già, dal secondo era partita una telefonata in un giorno e in un'ora particolarmente interessanti. E particolarmente interessante risultava essere il destinatario della telefonata: secondo la scheda, Gerace Tammaro (il proprietario della Punto su cui viaggiava il garga di Veruska), improbabilmente svegliato alle due e mezzo di notte nella casa di riposo in cui vegetava. Secondo il buon senso, invece, il destinatario era il garga suddetto. Il commissario Berardi e gli altri si concessero uno sghignazzo: il puzzle cominciava a prendere forma, oltre ai bordi cominciavano a incastrarsi delle tessere dai contorni promettenti. Una sola telefonata da Skip al magnaccia, e anche questo era un elemento sospetto: non si chiama qualcuno, un estraneo, alle due e mezzo di notte se non per un motivo grave, ma in quel caso era più che probabile che l'estraneo non fosse tale e che l'assenza di altre telefonate fosse dovuta alla necessità di stare coperti.

Quei ragazzi in moto non gli erano per niente piaciuti. La gara sembrava improvvisata e da quelle parti era tutt'altro che raro vedere degli sbarbatelli che tiravano a schiantarsi, però gli avevano girato un po' troppo intorno e uno non gli era finito sotto per un pelo. Poi avevano cambiato strada e non li aveva più visti, ma la cosa gli aveva dato il nervoso perché era vicino a concludere e tutto gli dava ombra. Di guai nella faccenda ce n'erano già stati troppi, tutti per colpa di quel coglione di Guri, che non sapeva perché non l'avesse steso quella sera, insieme col fidanzato della ragazza. Gli aveva spiegato almeno venti volte cosa dire e come comportarsi e quello invece di parlare tira fuori il manganello, poi si caga sotto e lo chiama al cellulare. E dopo, invece di sparire di cambiare aria di non fare più vedere in giro la sua faccia come gli aveva ordinato, era rimasto in città perché credeva, il coglione, che bastasse traslocare e girare al largo dai posti soliti per rendersi invisibili. Però più coglione di tutti era lui, che Guri non l'aveva mollato al momento giusto, quando si era fatto beccare con la barca che poi avevano sequestrato, un bel po' di milioni andati a farsi fottere. Solo che Guri con la pula aveva saputo cavarsela e soprattutto non aveva fatto il suo nome, ma era meglio se dava retta al suo istinto e lo mollava allora perché era chiaro che quello prima o poi un altro casino l'avrebbe combinato.

Tengono d'occhio la Punto e la zona intorno, c'è solo da sperare che il magnaccia non si sia insospettito delle acrobazie delle moto, che non abbia mangiato la foglia, che non sia riuscito a cambiare macchina e a scomparire in quel paio di minuti che Maugeri l'ha mollato. Hanno la sua foto, è vero, ma un altro colpo di culo alla Caglieris è improbabile, perché questo qui è più furbo di Skip, sa muoversi meglio. Le sole risorse, per il momento, sono il suo cellulare e Veruska, ma il primo è spento e la seconda è meglio non toccarla, perché non la potrebbero trattenere a lungo e quella appena fuori troverebbe il modo di metterlo sull'avviso, dato che di sicuro ha più paura di lui che di tutte le minacce della polizia. Skip non ha detto una parola, è più muto di un muro, non resta che continuare a studiare i tabulati dei cellulari, magari salta fuori qualcos'altro.

> *il boss non è più venuto*
> *loro mi hanno chiesto la password del mio computer*
> *come si chiamava la tata che avevo da bambina*
> *i miei vogliono sapere se sono viva*
> *per adesso sono viva*
> *ma non ce la faccio più*

Vinardi sta andando avanti ad Aulin, Gaetano a caffè e sigarette. L'intuizione vincente viene in mente a tutti e due nello stesso momento e quasi si strappano di mano il tabulato del cellulare di Skip-Guri, quello muto e scomparso. Di lì sono partite un paio di chiamate a Domenica Giuglardi, di anni settantadue, residente a Torino in vicolo San Simone, alle spalle di Porta Palazzo. E se andassimo a vedere com'è questa Giuglardi?, si chiedono, perché Skip non sembra il tipo da telefonare alle nonnette, e vicolo San Simone è un posto che può riservare delle sorprese. Si portano dietro una collega giovane in divisa perché non si sa mai, in quanto al da farsi lo vedranno sul momento.

La zona non sembra sorvegliata, sono più di due ore che sta al buio dietro la finestra e non ha notato nessun movimento, ma non è tranquillo lo stesso, ha paura di aver fatto anche lui una stronzata andando a riscuotere da Veruska, ma cristosanto non può mica starle troppo alla larga perché se no arriva subito qualcun altro e quella è una gallina dalle uova d'oro, altro che le sgallettate da strada. Le precauzioni le ha prese tutte ma in faccende come questa basta un niente a mandare tutto all'aria, e per lui è pericoloso telefonare, è pericoloso andare in giro, è pericoloso tutto.

La casa non ha più un palmo di intonaco, al primo piano i due balconi sono senza ringhiera e le finestre murate, sul marciapiede davanti alla facciata sono sistemati due cavalletti che reggono la banda bianca e rossa indicante pericolo. Non ci sono campanelli, il portone è chiuso ma basta una spallata a farlo cedere e quando arrivano in cortile vedono una tendina muoversi dietro una porta a vetri e si sentono puntare addosso forse una decina di sguardi invisibili. Domenica Giuglardi abita dietro la tendina e quando finalmente si decide ad aprire, grazie alla presenza della poliziotta in divisa che sbandiera tesserino e distintivo, Vinardi e Gaetano capiscono subito come dev'essere andata. È andata che la Giuglardi campa con la minima, che non ha nessuno al mondo oltre i suoi gatti, che paga centocinquanta euro al mese per quella stamberga col cesso nel cortile, che non le danno una casa popolare perché le famiglie numerose hanno più punti, che scaldarsi costa tanto, che le medicine per il mal di schiena le deve pagare quasi tutte, così quando qualche mese fa un ragazzo le ha allungato cento euro perché andasse con lui a comprare un cellulare non ha saputo dire di no. È questo il ragazzo?, le chiedono. Lei si mette gli occhiali, guarda la foto di Skip e dice sì. Gaetano e Vinardi si scambiano un'occhiata d'intesa. Un telefonino comprato con precauzioni fraudolente. Un telefonino destinato a qualcun altro. Qualcun altro a cui si fanno soltanto due telefonate in tre mesi. Troppe cose che non quadrano: la pista è più che promettente...

La Punto è sempre lì, fa un freddo cane ed è già buio. La casa di Veruska continua a essere sorvegliata e anche i suoi telefoni, ma non ci contano più di tanto. Con Skip o come si chiama hanno lasciato perdere perché hanno capito di sprecare il tempo: tanto non parla, non è nel suo interesse. Di tempo ce n'è poco, la consegna del riscatto è fissata di lì a due giorni. Il cellulare intestato alla Giuglardi è spento.

la febbre
forse ho la febbre
oppure sono le gocce
le gocce che mi mettono nell'acqua
ho i brividi
non riesco ad alzarmi
mi sono di nuovo pisciata addosso
la puttana mi ha sbattuto la testa contro il muro
non ce la faccio più
vorrei essere morta

Alle dieci di sera il cellulare intestato alla Giuglardi viene acceso, mezz'ora dopo o poco più sanno con precisione dov'è: via Varano, dietro al cimitero, zona di battone di ultima. Il resto è abbastanza facile: la battona individuata e tenuta d'occhio da lontano, più di venti agenti e sette auto che si danno il cambio, Maugeri che contratta una scopata, non si mette d'accordo su prezzo e tipo di prestazione, litiga scende sbraita fa avvicinare il garga risale in macchina e sgomma via, Caglieris passa di lì adagio adagio e se li fotografa in mente tutti e due, non si sa mai, poi alle cinque, quando la ragazza ha finito il turno e il garga se la carica, gli vanno dietro. I due attraversano mezza città, arrivano sino a Druento, infilano una strada abbastanza stretta, lui scende apre un cancello risale in macchina ed entrano in un cortile. La casa è piccola, ha solo un piano e nessun'altra uscita oltre al cancello e al portoncino d'ingresso. I due sostituti procuratore vengono svegliati, si precipitano in questura, vagliano gli ultimi sviluppi della situazione i sospetti e le ipotesi. Alle nove meno un quarto la polizia sfonda il portone ed entra: nella casa c'è la battona il garga e un altro uomo, uno che non ha l'aria da bandito ma che deve esserlo per forza se sta lì con gli altri due. In una stanza chiusa a chiave c'è Karin. Quello della Punto, il veneto, lo beccano un'ora dopo.

ALLA FINE

Ho visto Karin due giorni dopo.
Aveva gli occhi di una piccola bestia ferita.

Ringraziamenti

Grazie a Renata Colorni e Antonio Franchini che hanno creduto in questo libro.

A Elena De Angeli che mi ha detto di finirlo.

A Giulia Ichino che l'ha amorosamente rivisto.

A Luciana Littizzetto che l'ha apprezzato.

A Dalia Oggero che è una mia fan.

A Nico Orengo che ha dato una spinta agli eventi.

A Francesca Paci e Giovanni Tesio che mi hanno tolto alcune castagne dal fuoco.

E a mio marito Alberto che qualche volta mi ha legata alla sedia.

INDICE

Margherita Oggero

in Oscar Bestsellers

margherita oggero

la collega tatuata

BEST SELLERS

PRESTO IL FILM
CON
**LUCIANA
LITTIZZETTO**
NEI PANNI DELLA
PROTAGONISTA

OSCAR MONDADORI

LA COLLEGA TATUATA

Un'ironica, brillante, intelligente professoressa quarantenne, alle prese con i guai di famiglia e la burocrazia scolastica, si improvvisa detective quando la bellissima collega Bianca viene misteriosamente assassinata... Un romanzo d'esordio vivace, dinamico, elegante.

(n. 1308), pp. 196, € 7,80, cod. 451281